CHARLIE RICHARDS

Die Wölfe von Stone Ridge

Band 15

Borschts flatternder Geliebter
Beschützer im Mini-Format

Eine Sammlung homoerotischer Liebesromane für Erwachsene

Me and the Muse Publishing

ME AND THE MUSE PUBLISHING
www.meandthemuse.com

ISBN-13: 9781672340830

Me and the Muse Publishing – Sage Marlowe
Hohenstaufenring 62, 50674 Köln, 2019

Übersetzt von: Sage Marlowe

Inhalt

Borschts flatternder Geliebter

KAPITEL 1

Borscht Kuznetsov starrte sein Telefon an. Er wünschte, er könnte das Klingeln ignorieren, aber er wusste, dass das nicht ging. Außerdem wollte er sein Telefon nur durch den Raum werfen, weil er einfach nicht herausfinden konnte, wie die Formel in der Excel-Tabelle funktionierte. Es schien, als würde er seinen Bruder Vadim bitten müssen, es ihm noch einmal zu erklären.

Er hielt das Telefon ans Ohr und schnappte: „*Da?*"

„Es tut mir leid, dich zu unterbrechen", sagte Aleksei. Der war ein weiterer seiner Brüder und der Vollstrecker seines kleinen Zirkels.

Komischerweise fand Borscht, dass er überhaupt nicht klang, als würde es ihm leid tun.

„Wir haben Eindringlinge", fuhr Aleksei fort. „Du

musst in den Sicherheitsraum C kommen."

Ohne sich die Mühe zu machen zu antworten, legte Borscht das Telefon wieder weg und stand auf. Er schritt schnell aus seinem Büro und einen kurzen Flur hinunter. Nach rechts, dann navigierte er durch ein paar Gänge, wobei er an den Suiten von mehreren seiner Geschwister vorbeikam, bevor an der Rückseite des Hauses angelangte, wo eine Reihe von Sicherheitsräumen eingerichtet worden waren.

Während Raum A die Sicherheitsmonitore für die Vorderseite des Hauses und das Tor enthielt, befanden sich in Raum B Sicherheitsdaten für die Kameras, die alle ihre Außengebäude überwachten. Raum C war voll von Monitoren, die die Umgebung ihres Anwesens zeigten. Da dieses am nördlichen Ende an ziemlich wildes Land grenzte, behielten sie ihre Umgebung im Auge.

Nachdem Borschts Eltern einige Jahrzehnte zuvor gestorben waren, war er von seinem Zirkel weggegangen. Seine Loyalität hatte gegenüber seinen Eltern bestanden und er konnte die Differenzen, die er mit dem Meister des Zirkels hatte, nicht länger tolerieren. Er hatte die meisten seiner Geschwister mitgenommen. Sein Zirkel bestand aus ihm, gewissermaßen dem Meister, da er der älteste war, und seinen vier Brüdern Nikolai, Aleksei, Vadim und Zakhar. Auch seine beiden Schwestern Nikita und Natalia hatten sich ihnen angeschlossen.

Seine beiden jüngsten Brüder waren zunächst in ihrem alten Zirkel geblieben, dann aber schließlich ihre eigenen Wege gegangen. Petre hatte sein Glück mit seiner besonderen Person gefunden und war zu einem Zirkel nach Frankreich gezogen.

Tullion hatte kürzlich auch seine andere Hälfte gefunden und war in die Vereinigten Staaten gezogen, um bei ihm zu sein.

Angesichts der Tatsache, dass die meisten Zirkel aus Dutzenden von Vampiren bestanden, war ihre Gruppe von sieben Mitgliedern ungewöhnlich. Einige betrachteten sie aufgrund ihrer geringen Größe sogar als leicht angreifbar. Sie lebten seit etwas mehr als drei Jahrzehnten in Abgeschiedenheit, und fanden, dass es für sie gut funktionierte.

Die Tür zum Sicherheitsraum stand offen, als Borscht ankam. Als er eintrat, entdeckte er Aleksei in der Mitte des Raumes. Er hatte seine Arme vor der mageren Brust gekreuzt, und starrte finster auf einen Monitor, der an der rechten Wand hing.

Borscht blieb neben ihm stehen und nahm die Szene auf, auf die sich sein Bruder konzentrierte. Vier Männer in Tarnhosen und schwarzen Jacken stiegen langsam die Seite einer Schlucht hinunter. Sie trugen Gürtel mit Utensilien um ihre Taillen und Nachtsichtbrillen auf dem Kopf. Sie alle waren bewaffnet.

„Sic gehen nicht in Richtung unseres Hauses“, kommentierte Borscht leise. „Wo zum Teufel wollen sie hin?“

Anstatt Borschts Frage zu beantworten, zeigte Aleksei auf einen Mann. „Was trägt er?“

Borscht beugte sich näher an den Bildschirm, um das Gerät besser sehen zu können. „Wie ist die Sicht von Kamera acht?“, fragte er leise.

Aleksei beugte sich über den Schreibtisch und drückte ein paar Tasten. Das Bild auf dem Monitor änderte sich. Statt einer Seitenansicht blickte Borscht nun von vorne auf die

Männer herab.

„Was schauen wir uns da an?“, fragte Vadim, als er den Raum betrat. „Wer sind diese Jungs?“ Bevor einer von beiden antworten konnte, zeigte Vadim auf den Mann, der gerade ein kleines elektronisches Gerät in der Hand hielt. „Was zur Hölle glaubst du, tracken die auf unserem Grundstück? Uns?“

„Ein Ortungsgerät“, murmelte Aleksei. „Natürlich.“ Er drückte noch ein paar Knöpfe und das Bild einer überwucherten Forststraße erschien, zusammen mit zwei schwarzen SUVs, die am Rand geparkt waren. „Sie kamen von dort und haben dann den hinteren Bereich des Anwesens überquert. Sie kommen offensichtlich nicht her, also was machen sie?“

„Fragen wir sie“, sagte Borscht. „Vadim, bist du bereit, hier zu bleiben und ihre Koordinaten zu übermitteln?“

Als ein mittlerer Bruder war Vadim fast so groß wie Borscht, der eins fünfundneunzig groß war. Was niemand außerhalb der Familie wusste, war, dass der große Mann ein sanfter Riese war. Auch wenn Vadim wusste, wie man kämpft, und es, wenn nötig konnte, zog er es vor, sich mit der technologischen Seite zu beschäftigen.

„Ich werde ein Auge auf sie haben“, bestätigte Vadim und nahm ein Headset in die Hand. „Wenn ich sehe, was sie verfolgen, werde ich euch das auch wissen lassen.“

Borscht nickte. „Gut.“

Er verließ den Raum, ging durch das Haus voran und spürte, wie Aleksei ihn begleitete. Er fand Zakhar in der Küche, wo dieser ein Sandwich aß. Nachdem Borscht ihm erklärt hatte, was los war, wischte Zakhar sich den Mund an einer Serviette ab.

„Ich bin gleich da", versprach er.

„Ich werde die anderen zusammentrommeln", sagte Aleksei. „Du solltest dich umziehen."

Borscht warf einen Blick auf seine Kleidung und begriff die Andeutung seines Bruders. Er hatte in seinem Büro an der blöden Überprüfung seines Bankkontos gearbeitet. Derzeit trug er eine Jogginghose, Socken und sonst nichts.

„Wir sehen uns in fünf Minuten im Foyer", sagte Borscht.

Aleksei salutierte zum Scherz und ging dann weg.

Borscht lief in sein Schlafzimmer und zog sich schnell schwarze Jeans und einen marinegrünen Rollkragenpullover an. Er streifte Wanderschuhe über die dicken Socken. Auf dem Weg zur Tür griff er nach seiner schwarzen Lederjacke.

Als Borscht im hinteren Foyer ankam, entdeckte er, dass die meisten seiner Geschwister schon dort warteten. Er nahm den Ohrhörer, den Nikolai ihm reichte, und steckte ihn ins Ohr. Er öffnete einen Schrank und holte ein Schulterhalfter heraus. Das streifte er über und zog dann seine Lederjacke an.

„Fertig?", fragte Borscht und sah sich zu seinen Geschwistern um. Nachdem alle genickt hatten, traf er Nikitas Blick. „Halte die Schlüssel bereit, falls es Verletzungen gibt. Vadim wird dir den Forstweg zeigen, der dem Gebiet am nächsten liegt."

Nikita nickte. „Lass dich einfach nicht verletzen", ermahnte sie.

Borscht grinste und wandte sich ab. Als er nach draußen ging, holte er tief Luft und genoss die saubere Waldluft. Im nächsten Moment rannte er über das Gelände und in den Wald.

Ihr zweistöckiges Haus mit den zwölf Schlafzimmern war schon etwas älter und befand sich auf etwas mehr als zweihundert Hektar Land. Die ursprünglichen Besitzer hatten es als Jagdhaus auf dem Land genutzt. Das war vor fast zweihundert Jahren gewesen, und als sie einzogen, hatte das Gebäude größere Renovierungen benötigt.

Wenn sie in die Stadt gingen, um nach Blutspendern zu suchen, erregte die Geschichte ihres Hauses das Interesse der Touristen. Das machte es einfach, ihnen eine Besichtigung anzubieten, wobei sie manchmal auch ihre vampirischen Fähigkeit anwendeten, um sie zu zwingen. Sie bereiteten ihren Besuchern eine Nacht voller Leidenschaft und Spaß, während sie im Austausch etwas von ihrem Blut nahmen. Dann brachten sie sie in die Stadt zurück, und niemand ahnte etwas.

Mit über dreihundert Jahren wusste Borscht zu schätzen, dass er das nur ein paar Mal im Monat tun musste. Er sehnte sich nach einer beständigen Partnerschaft, aber diese besondere Person hatte er noch nicht getroffen. Manchmal, wenn er nachts allein im Bett lag, fragte er sich, warum das Schicksal seine beiden jüngsten Brüder mit ihren Geliebten beschenkt hatte, aber nicht ihn.

Borscht schob seine Gedanken beiseite und konzentrierte sich auf das Laufen. Er wusste, dass seine Brüder und seine Schwester ihn flankierten. Hunderte Male hatten sie schon zusammengearbeitet, und selbst wenn sich herausstellen sollte, dass die Männer Vampire oder Wandler waren, konnten sie die vier Männer leicht überwältigen.

Wonach suchen sie?

Borscht wusste, dass er keine Antworten bekommen konnte, ohne sie zu fragen. Er hob eine Hand an seinen Ohrhörer und drückte den Sendeknopf. „Wir sollten nah dran sein“, sagte er und verlangsamte seine Geschwindigkeit. „Vadim, hast du Sicht auf uns?“

„*Da*“, antwortete Vadim sofort bejahend. „Ihr müsst etwas weiter nach Süden, und die Schlucht befindet sich innerhalb von etwa tausend Metern.“

„Wo sind sie?“, fragte Borscht, als er seinen Kurs anpasste.

„Sie sind die Westwand hinuntergeklettert und auf halber Höhe an der Ostseite“, erklärte ihnen Vadim. „Ich habe die Kameras in der Richtung geprüft, in die sie gehen. Ich kann nicht viel finden. Ein paar nachtaktive Wesen rühren sich, aber nichts Außergewöhnliches.“

„Was zum Teufel machen die da draußen?“ Alekseis Stimme knurrte in seinem Ohr.

Borscht ging langsamer und legte den Kopf schief. „Wir werden es früh genug herausfinden“, antwortete er. Als Oberhaupt des Haushalts nahm er die Sicherheit seiner Familie ernst. „Wenn sie auf euch schießen, schlagt ihr mit tödlicher Gewalt zurück“, befahl er. „Aber denkt dran, ich brauche jemanden, der noch lebt, um ihn zu befragen.“

Während er die gemurmelten Antworten seiner Geschwister hörte, ertappte sich Borscht, wie ihn ein moschusartiger Duft ablenkte. Er kam zum Stehen und stolperte dabei über eine Baumwurzel. Er fing sich gerade noch rechtzeitig, legte den Kopf zurück und atmete tief ein.

Borscht nahm den Geruch wieder wahr, diesmal schwächer. Zu seiner Überraschung spürte er, wie sich sein Blut erhitzte, als er den ungewohnten Geruch einatmete, und sein Schwanz wurde dicker. Er runzelte die Stirn, sah sich im Wald um und suchte nach der Quelle.

Borscht fand nichts und ließ die Veränderung seiner Sicht geschehen, was ihm im Grunde Nachtsicht ermöglichte. Er durchsuchte die Gegend erneut und richtete seinen Blick auch auf die Bäume. Dort entdeckte er winzige Wesen, die um die Baumwipfel huschten und an den Zweigen hingen. Eulen und Fledermäuse, entschied er.

„Borscht?“ Natalia legte eine Hand auf seinen Oberarm und lenkte seine Aufmerksamkeit auf sich. „Was stimmt nicht?“

Borscht konzentrierte sich auf seine Schwester. „Nichts“, antwortete er. „Ich habe nur gerade etwas … Unbekanntes gerochen.“

„Nun, wir können zurückkommen und es überprüfen, wenn wir müssen“, antwortete Natalia. „Die anderen sind schon weiter gegangen.“

Borscht sah sich um und bemerkte, dass seine Brüder nicht mehr in Sichtweite waren. Ihm wurde klar, dass er viel länger nach der Quelle des Geruchs gesucht hatte, als er gedacht hatte. „Scheiße“, grummelte er. „Ich weiß nicht, was das war.“

Borscht eilte weiter in die Richtung, die seine Brüder genommen hatten, und lauschte aufmerksam. Er hörte die Menschen, bevor er sie sah … oder seine Brüder. Das überraschte ihn jedoch nicht wirklich.

Borscht schaute über den Rand der Schlucht und entdeckte zwei Männer, die nebeneinander standen. Einer hielt das kleine Ortungsgerät in der Hand, das einem Fischsuchgerät sehr ähnlich sah. Er zeigte auf den Bildschirm und dann auf eine Stelle rechts von Borscht.

Der zweite Mann nickte und rief den beiden Männern, die sie flankierten, leise zu: „Wir sind nah dran. Sobald wir oben sind, schwärmt ihr auf dreißig Meter aus, und haltet die Augen offen für jede Bewegung in den Bäumen." Seine Stimme bekam einen harten Ton, als er fortfuhr: „Falls es fliegt, wenn ihr es trefft, müsst ihr versuchen, es zu fangen. Wir müssen dieses Ding, wenn möglich, unbeschadet abliefern."

„Was?" Natalia sah sich im dunklen Wald um. „Sind sie auf der Jagd nach einem Tier?"

Borscht zuckte die Achseln und murmelte: „Es gibt hier draußen nichts Gefährlicheres als uns."

Er bemerkte Aleksei, der sich an den Mann auf der linken Seite heranschlich und Nikolai, der sich dem Mann auf der rechten Seite näherte. Irgendwie war Zakhar bereits auf einen Baum geklettert und saß sieben Meter über den Männern mit dem Tracker.

Borscht hob die Hand zu dem Gerät in seinem Ohr und flüsterte: „Alle bereit in zehn … neun … acht …"

Borscht verstummte und ließ alle den Countdown in ihren Köpfen beenden. Er ließ seine Nägel zu sieben Zentimeter langen Krallen wachsen und spannte seine Hände voller Erwartung. Auf eins stürzte er sich auf den Mann, der den Tracker hielt, da sie sich zu diesem Zeitpunkt nur wenige

Meter von der Spitze des Hügels entfernt befanden. Er riss den Menschen leicht zu Boden.

Da sie sich auf einem Hügel befanden, rollte Borscht zweimal herum, bevor er zum Stehen kam. Der Mensch stieß einen gequälten Schrei neben ihm aus. Borscht sprang auf und sah sich um, aber er starrte in die Mündung eines Revolvers.

Borscht sah, wie die Hand des Mannes zitterte, wie sein Geruch nach Angst und Schmerz stank, und wusste, dass er nur ein paar Sekunden Zeit hatte. Er sprang geradewegs nach oben, katapultierte sich höher, als es ein Mensch jemals schaffen könnte, packte einen Ast über sich und schwang daran. Er hörte das Geräusch der Waffe und spürte die verdrängte Luft zu seiner Rechten, als die Kugel an seiner Schulter vorbeizischte. Borscht landete auf dem Boden hinter dem Menschen, schlang einen Arm um dessen Oberkörper und packte mit der anderen seinen Hals.

„Halt still", befahl Borscht grob.

Der Mann hob die Hände und ließ die Waffe fallen. „Bitte, verletze mich nicht", flehte er in schlecht akzentuiertem Russisch.

Borscht runzelte die Stirn. Er drückte seine messerscharfen Krallen in den Hals des Mannes, als er den Hügel hinaufblickte. Es dauerte nur einen Moment, bis ihm klar wurde, dass die anderen drei Männer ebenfalls überwältigt waren. Der Geruch von Blut hing schwer in der Luft und sagte Borscht, dass mindestens einer der Menschen wahrscheinlich tot war.

„Du bist auf meinem Land", sagte Borscht und sprach langsam. Er hatte keine Ahnung, was die Muttersprache des

Menschen war, aber Russisch war es nicht. „Was tut ihr hier?“

Der Mensch leckte sich die Lippen. Sein Blick schweifte umher und er nahm offensichtlich die Tatsache wahr, dass alle seine Kameraden ausgeschaltet waren. Er schluckte schwer und sein Adamsapfel wippte, bevor er antwortete.

„Ich suche nach einem Flughund.“

Borscht konnte die Wahrheit in dieser Aussage wittern. „Warum?“, fragte er.

„Tollwütig“, antwortete der Mann. „Krank. Gefährlich. Muss ihn zurück ins Labor bringen.“

Borscht kniff die Augen zusammen und schnupperte diskret, stellte leicht fest, dass der Mann log. Aus irgendeinem Grund schoss ein fast übermächtiger Drang durch ihn, dem Mann den unehrlichen Hals umzudrehen. Er schaffte es kaum, ihn zu kontrollieren.

Glücklicherweise erschien Zakhar neben ihm. „Zwei sind tot. Einer ist bewusstlos.“ Er sah den Mann an, den Borscht festhielt. „Wird dieser auch bald tot sein?“

Stattdessen beugte sich Borscht vor und knurrte: „Du lügst, Eindringling. Ich werde herausfinden, warum.“ Er lockerte seinen Griff und nickte Zakhar zu. „Nimm ihn. Ich werde nach dem Ortungsgerät suchen. Sie sind hinter einem Flughund her. Ich will ihn finden.“

KAPITEL 2

Sekani schaute durch die Blätter zu den Fremden. Sie rochen merkwürdig. Nun, die meisten von ihnen jedenfalls. Einer von ihnen roch wirklich gut. Er hatte sich dabei ertappt, wie er näher heranflatterte, bevor er überhaupt wusste, was er tat.

Er hatte angehalten, als er die Jäger hörte.

Zu seiner Überraschung hatte Sekani beobachtet, wie die Fremden die vier Männer, die ihn jagten, leicht entwaffneten und ausschalteten. Mindestens einer von ihnen war tot. Sekani roch den Gestank des Todes, der jetzt die Gegend durchzog.

Sekani war sich nicht sicher, was er tun sollte. Seine Instinkte waren widersprüchlich. Obwohl er sich dem größten Fremden nähern wollte – sein Geruch war seltsamerweise verlockend –, hielt er das nicht für weise.

Einer der Jäger war noch wach. Was, wenn er dem großen Mann von ihm erzählte? Was, wenn der große Mann dem Jäger helfen würde?

Während Sekani zusah, knurrte der große Mann den Jäger an, den er entwaffnet hatte. Er schob ihn zu dem anderen Mann, der schnell die Arme des Jägers hinter seinem Rücken festhielt und seine Handgelenke mit etwas zusammenband. Der große Mann stieg mit gesenktem Kopf den Hügel hinauf und schien nach etwas Ausschau zu halten.

Sekanis Herz setzte in seinem Brustkorb einen Schlag aus, als er sah, wie der große Mann das quadratische Gerät aufhob, das der Jäger in den Händen gehalten hatte. Er drehte sich um und sah sich im Wald um, versuchte zu entscheiden, in welche Richtung er fliegen sollte. Als er den großen Mann etwas in einer Sprache bellen hörte, die er nicht erkannte, hielt er inne und hörte zu.

Sekani erkannte die Worte nicht und konnte nicht sagen, warum er innehielt. Zu hören, wie der Mann redete, stellte komische Dinge mit ihm an. Es ließ ihn auf eine Weise kribbeln, die er noch nie erlebt hatte.

Anstatt wegzufliegen, wie er es sicherlich sollte, kroch Sekani an dem Ast entlang. Er rutschte näher an den großen Mann heran, breitete seine Flügel aus und huschte noch näher, in einen anderen Baum. Irgendetwas an dem Geruch des Mannes roch einfach … richtig. Er mochte es sehr.

Sekani sah zu, wie der große Mann seine Hand an sein Ohr hob und dann wieder auf diese lustige Weise sprach. Er klopfte auf das Gerät, berührte dann wieder sein Ohr und sprach. Nach einer Sekunde blickte er sich in der Gegend um.

Zu Sekanis Überraschung flatterten die Nasenlöcher des großen Mannes und er schnupperte in der Luft. Dann legte der Mann den Kopf zurück und schaute in die Bäume. Sekani konnte nicht aufhören, ihn anzustarren, selbst in seiner Flughundform. Die Augen des Mannes schienen im Mondlicht rot zu leuchten.

Sekani hatte so etwas noch nie gesehen.

Der Mann warf das Gerät zu Boden und legte den Kopf schief. Er kniff die rot aussehenden Augen zusammen. Als ein anderer Mann etwas in dieser seltsamen Sprache sagte, winkte der Mann ihm mit der Hand zu. Er konzentrierte sich auf den Baum, in dem Sekani sich versteckte, und sagte etwas in dieser lustigen Sprache.

Es klang trotz all der harten Konsonanten lockend und nett.

Sekani kroch näher.

Der Blick des Mannes schien ihn festzuhalten. Der Schein seiner roten Augen verschwand, als er sich auf Sekani konzentrierte, und er lächelte. Er streckte die Hand aus und hielt die Handfläche nach oben. Wieder redete er leise in dieser Sprache, die Sekani nicht verstand, die er aber mit Sicherheit gern von diesem Mann hörte, und sah zu, wie der Fremde ein wenig mit den Fingern wackelte, um ihn einzuladen, sich zu nähern.

Sekani hatte noch nie über seine Instinkte nachgedacht – schließlich konnte er sich nicht an eine Zeit erinnern, in der er nicht in einem Käfig gelebt hatte –, aber alles in seinem winzigen Flughundkörper drängte ihn, zu dem Mann zu gehen.

Genau das tat Sekani, er breitete seine Flügel aus und flatterte zu dem Mann. Er landete auf seinem Oberarm und packte den glatten schwarzen Stoff fest mit seinen winzigen Krallen. Er erstarrte, als er den überraschten Ausdruck auf dem Gesicht des Mannes sah.

Verdammt. Was habe ich gerade gemacht?

Dann wurden die bärtigen Gesichtszüge des Mannes

weich, und er lächelte wieder. Er hob langsam seine Hand und berührte sanft Sekanis Wolle. Wieder murmelte er einige unbekannte Worte.

Sekani tschilpte leise und sagte dem Mann, dass er ihn nicht verstand.

Der Fremde lachte nur leise und streichelte seinen Flügel. Die Finger glitten ganz sanft über Sekanis empfindlichen Körper. Die leichte Berührung des Mannes stand im Widerspruch zu seiner gewaltigen Größe.

Als sich ein anderer Mann näherte und in dieser rauen Sprache etwas zu dem Objekt von Sekanis Verliebtheit sagte, spannte Sekani sich an. Er flatterte um den Hals des Mannes, benutzte die Jacke des Fremden, um sich abzustützen, und schmiegte sich dicht an seinen Hals.

Der Mann knurrte den anderen an, der die Brauen offensichtlich überrascht hochzog. Dann begann sein neuer Freund Befehle zu bellen und deutete auf die Jäger, die sie ausgeschaltet hatten. Schließlich hob er die Hand und umfasste sanft Sekanis Körper. Anstatt ihn wegzuziehen, ermutigte er ihn, über seine Schulter, seine Brust hinab und unter seinen Mantel zu klettern.

Nach ein paar weiteren zärtlichen Worten fing der Mann an zu rennen.

Sekani klammerte sich an den Mann. Er konnte sich nicht erinnern, jemals jemanden gesehen zu haben, der sich so schnell bewegte! Die Bäume rasten mit schockierender Geschwindigkeit an ihm vorbei … fast so, als ob sie auf dem Boden fliegen würden.

Nach einer Weile, Sekani wusste nicht, wie lange es

dauerte, fühlte er den Mann langsamer werden. Er schaute durch die Öffnung des Mantels und spannte sich an. Sie standen an der Tür eines Gebäudes. Das Gebäude selbst schien nicht so zu sein wie die, in denen man ihn gefangen gehalten hatte, aber dennoch entschlüpfte ihm vor Angst ein besorgter kleiner Laut.

Der Mann beruhigte ihn sanft. Er schob die linke Hand in seine Jacke und streichelte Sekani, während er mit seiner rechten eine Tür aufschloss und aufstieß. Seine Chance zu fliehen war dahin, als der Mann, der ihn hielt, den Raum betrat und die Tür hinter sich schloss.

Eine Frau erschien und sprach schnell. Der andere Mann antwortete schroff und ging an ihr vorbei. Er ging durch den Raum, stieg eine Treppe hinauf und betrat einen weiteren Raum.

Schließlich griff der Mann in die Jacke und umfasste erneut Sekanis Körper.

Sekani quietschte, als er aus seinem Unterschlupf gezogen wurde.

* * * *

Borscht zog das winzige Fledertier so sanft wie möglich unter seiner Jacke hervor. Er konnte nicht glauben, was er vermutete. Dieser winzige Flughundwandler könnte sehr gut sein Geliebter sein.

Borscht hielt das kleine Wesen in den Händen und ließ

sich auf das Bett im Gästezimmer sinken, in das er den Wandler gebracht hatte. Er konnte die Angst des kleinen Tieres spüren, aber er wusste nicht, wie er sie lindern sollte. Borscht war sich nicht einmal sicher, wie viel der Flughundwandler verstand.

Borscht hatte die letzten Jahrzehnte auf dem Land gelebt und erkannte diese Flughundart nicht. Er glaubte jedenfalls nicht, dass er eine Krankheit hatte. Er wirkte und roch gesund.

„Ruhig, Kleiner", murmelte Borscht, als er den kleinen Flughund auf seinem Schoß hielt. „Du kannst dich hier in Sicherheit verwandeln. Niemand wird dir hier etwas antun", versprach er.

Auch wenn sich der Flughund beruhigte, verwandelte er sich nicht. Stattdessen sah das Tier sich mit seinen tiefgrünen, geweiteten Augen im Raum um. Es bewegte seine Flügel ein, zwei Mal, verließ aber Borschts Schoß nicht.

„Ich musste es sehen, um es zu glauben", stellte Vadim fest und machte auf sich aufmerksam, als er in der Tür stand. Seine Arme waren gespreizt und er stützte sich gegen beide Seiten des Türrahmens, als er Borscht breit angrinste. „Nikita hat gesagt, du hast eine Fledermaus mit nach Hause gebracht, aber zu sehen, wie du sie hältst?" Er lachte. „Was ist da draußen passiert? Hast du einen Schlag auf den Kopf bekommen, als ich nicht hingeschaut habe?"

Borscht starrte seinen Bruder warnend an, als er spürte, wie sich die kleine Kreatur anspannte und näher an seine Beine drängte. „Mach dir keine Sorgen, Kleiner", grollte er. „Dieser Esel wird dir nicht weh tun."

Er sah, wie Vadims Augen sich weiteten, bevor er seinen Blick von seinem Bruder abwandte und sich wieder auf den Flughund konzentrierte. Er dachte, das kleine Wesen würde vielleicht noch ein bisschen mehr Ermutigung brauchen, schließlich war es gejagt worden, und jetzt befand es sich an einem fremden Ort. Also fügte er hinzu: „Das ist mein Bruder, Vadim. Die anderen, die hier leben, sind meine Geschwister. Ich bin der Zirkelmeister, Borscht Kuznetsov. Du stehst jetzt so lange unter meinem Schutz, wie du ihn brauchst", versprach er.

Als Borscht sprach, erkannte er, dass es verdammt schnell kompliziert werden könnte, wenn sich dieses kleine Wesen als sein Geliebter entpuppte. Wenn Menschen hinter ihm her waren, könnte er mehr als nur die Hilfe seiner Familie brauchen, um ihn zu beschützen. Er war sich auch nicht sicher, ob er ihre Unterstützung bekommen würde. Jedenfalls nicht von allen.

Borscht erinnerte sich an Alekseis Reaktion, als ihr jüngster Bruder Tullion enthüllte, dass er einen männlichen Geliebten hatte. Aleksei hatte sich als bigottes Arschloch entpuppt. Vadim war überrascht gewesen, aber er schien es akzeptiert zu haben. Zakhar hatte Tullions Einzigen, Toby, wohlwollend in ihrer Familie willkommen geheißen. Die anderen hatten ihre Meinung für sich behalten.

„Bist du sicher, dass er ein Wandler ist?", fragte Vadim und schritt langsam näher. „Hätte er sich nicht inzwischen verwandelt, wenn er es wäre?" Dann grinste er. „Und woher weißt du überhaupt, dass das da ein *Er* ist?"

Borscht blickte seinen Bruder finster an und strich mit

den Fingerspitzen über die Wirbelsäule des Flughundes. Er erkannte am Geruch des Wandlers, dass die kleine Kreatur seine Berührung entspannend fand. Der moschusartige Duft von Wohlgefallen kitzelte seine Sinne. Dass der Wandler seine Berührung so sehr genoss, war ein starkes Zeichen dafür, dass seine Vermutung richtig war.

„Sein Geruch hat eine moschusartige Note, die eindeutig männlich ist“, sagte Borscht zu Vadim. „Und kannst du dir vorstellen, dass irgendein Fledertier, das kein Wandler ist, zu mir kommt?“, fragte er trocken.

Vadim nickte langsam und runzelte die Stirn. „Nun, er scheint dich zu mögen“, überlegte er. Er legte den Kopf schief und sagte: „Ich frage mich, wo er herkommt. Er sieht nicht wie die Fledermäuse aus, die wir hier haben.“

„Ich habe das Gleiche gedacht“, gab Borscht zu. Er konzentrierte sich auf das Wesen, das sich auf seinem Schoß zusammengerollt hatte. Als er den Ausdruck bemerkte, der von Zufriedenheit sprach, dachte er, dass der Wandler, wenn er eine Katze gewesen wäre, geschnurrt hätte. „Ich weiß es nicht. Der Jäger sagte, er ist ein Flughund. Ich glaube, ich rufe Tullion an. Er lebt jetzt mit Wandlern zusammen.“ Er konzentrierte sich auf Vadim und beobachtete seinen Gesichtsausdruck genau. „Ich wette, sie können uns einen Hinweis geben, warum er sich nicht verwandelt.“

Vadim nickte einmal. „Ich hätte nie gedacht, dass wir mal Hilfe von Wandlern brauchen würden“, grummelte der große Vampir.

„Die Zeiten ändern sich, Bruder“, warnte Borscht.

„*Da*“, antwortete Vadim schroff. „Das heißt aber noch

nicht, dass ich mich damit wohl fühle.“

Borscht nickte. „Ich muss mit Tullion sprechen“, sagte er und starrte den Flughund an. Obwohl er es nicht mochte, den Wandler allein zu lassen, wollte er ihn nicht im selben Raum wie den menschlichen Jäger haben. „Und ich muss mit den anderen reden.“ Er ließ den kleinen Wandler von seinem Schoß auf die Matratze sinken.

Der Flughund tschilpte, und eine Reihe von hohen Quietschlauten, Zwitschern und Grunzen entkam ihm, als er auf Borscht zukroch. Er hielt inne, als Borscht aufstand und eine Hand hob.

„Dort entlang ist ein Bad“, sagte Borscht und trat mehrere Schritte zurück, so dass er die Hand ausstrecken und die Tür zum angrenzenden Badezimmer weiter öffnen konnte, ohne sich von dem Flughund abzuwenden. „Entspann dich einfach hier. Ich werde gleich etwas zu essen raufbringen“, fügte er hinzu und versuchte sich zu erinnern, was sie an möglicher Nahrung für das kleine Tier im Haus hatten. Ihm wurde klar, dass er Zakhar fragen musste, der sich um den Großteil des Lebensmitteleinkaufs und des Kochens kümmerte.

Der Flughund tschilpte und kletterte auf das Bettgestell. Er sah zu Borscht und dann zum Badezimmer.

„Ich kann dich nicht verstehen, Kleiner“, murmelte Borscht und ging auf die Tür zum Flur zu. Dort hielt er inne, fuhr sich mit der Hand durchs Haar und kratzte sich an der Kopfhaut. „Ich weiß nicht, ob ich die Tür offenlassen soll, damit du dich nicht gefangen fühlst, oder sie schließen, damit du dich sicherer fühlst.“

Am Ende beschloss Borscht, sie gerade so weit offen zu lassen, dass der Flughund hindurchschlüpfen konnte, wenn er es wollte. Er wollte das tun, was für den Wandler am besten war, und nahm an, dass er sich nicht gefangen fühlen wollte. Hoffentlich würde sich die kleine Kreatur wohl genug fühlen, um sich zu verwandeln, dann könnten sie kommunizieren.

„Komm schon, Vadim“, drängte Borscht. „Wir haben Dinge zu erledigen.“

„Du lässt ihn einfach da drin?“

Borscht zuckte die Achseln. „Was kann ich sonst tun? Ich brauche mehr Informationen, und ich will ihn nicht bei einem Verhör dabeihaben.“

Vadim trat neben ihn und sah sich um. „Willst du, dass ich ein Auge auf ihn halte?“

„*Nyet*“, antwortete Borscht verneinend. „Ich möchte, dass du die Nummernschilder der SUVs überprüfst, die auf dem Forstweg geparkt sind.“ Er sah seinen Bruder an und hob eine Braue. „Kannst du ein Bild bekommen, das klar genug ist, um die Zahlen zu sehen?“

„Schon erledigt“, antwortete Vadim und grinste breit. „Sie gehören einer Sicherheitsfirma, von der ich noch nie gehört habe. Ich habe unser System so eingerichtet, dass es sich derzeit in die Datenbank hackt.“

Borscht lachte. „Kannst du das auch machen, wenn du nicht mal im Raum bist?“

Vadim grinste. „Es ist ein Programm, das ich geschrieben habe. Wenn es nicht funktioniert, werde ich das Programm neu schreiben und es erneut versuchen.“

„Ich verstehe kein Wort davon“, grummelte Borscht.

„Ich werde Tullion anrufen und dann sehen, ob unsere neuen Gäste uns aufklären möchten."

Nach etwa einer Stunde hatte Borscht weder von seinem Bruder noch von dem Menschen, der bei Bewusstsein war, viel erfahren. Tullion hatte ihm versichert, dass er sich mit Declan McIntire in Verbindung setzen würde. Declan war der Alpha-Wolf des Territoriums, in dem Tullion lebte. Sein Bruder hatte von dem Mann eine Sondergenehmigung erhalten, da er als Vampir mit einem Menschen verbunden war, der Ehrenmitglied des Wolfswandler-Rudels war. Tullion versprach, sich so bald wie möglich bei ihm zu melden.

Ihr menschlicher Gefangener hingegen wiederholte immer wieder, dass der Flughund krank und wild sei und zur Behandlung eingefangen werden müsse. Selbst nachdem Aleksei ihn ein paar Mal geschlagen und Nikolai ihm mehrere Finger gebrochen hatte, war die einzige zusätzliche Information, die der Mensch – mit einer schlecht akzentuierten, schmerzerfüllten Stimme gesprochen – ihnen gegeben hatte, dass Doktor LeReux den Transfer von einer anderen Einrichtung genehmigt hatte. Offensichtlich hatten sie an diesem Morgen einen Transfer mit mehreren Wandlern von einer anderen Einrichtung bekommen und dabei einen verloren.

„Glaubst du, du kannst ihn dazu bringen, uns zu sagen, wo diese Einrichtungen sind?", fragte Borscht Nikolai.

Nikolais Augen verengten sich, und er stieß einen langsamen Atemzug aus. „Ich kann ihn brechen", antwortete er kalt, und ein Grinsen umspielte seine dünnen Lippen.

„Dieser Kerl ist weich. Gib mir vielleicht ein oder zwei Stunden."

Als zweiter Sohn galt Nikolai als Stellvertreter des Zirkels. Es war jedoch bereits früh in seinem Leben festgestellt worden, dass Nikolais *Auge um Auge* und *Erst in Stücke schneiden und später Fragen stellen*-Einstellung es unmöglich machte, die Familie auf einem geraden Weg zu führen. Normalerweise war Aleksei derjenige, der nach Anweisungen gefragt wurde, wenn Borscht nicht in der Nähe war. Nikolai hatte jedoch kein Problem damit, sozusagen die … Drecksarbeit der Familie zu erledigen.

Borscht nickte ruckend. „Und der andere?"

Nikolai zuckte die Achseln und sagte: „Aleksei hat ihn ziemlich heftig auf den Kopf geschlagen. Der Mann ist immer noch ausgeknockt." Er grinste, und der Ausdruck auf dem Gesicht seines Bruders war etwas gruselig. „Wenn er aufwacht, unterhalte ich mich auch mit ihm."

„Ich werde dem Flughund etwas zu essen bringen", sagte Borscht und verstand genau, wie sein Bruder sich mit dem Gefangenen *unterhalten* würde. Er wusste, dass es notwendig war – und nicht nur für die Sicherheit des Flughundwandlers. Seine Familie schien in etwas Düsteres hineingestolpert zu sein. „Dann gehe ich in mein Büro, um ein paar Anrufe zu tätigen."

Nikolai legte eine Hand auf seinen Arm und zog die volle Aufmerksamkeit von Borscht auf sich. Er hob fragend eine Braue und begegnete dem nachdenklichen Blick seines Bruders.

„Ich habe gehört, dass der Wandler sich nicht

verwandelt", kommentierte Nikolai.

„*Da*", bestätigte Borscht. „Ich warte auf Tullions Rückruf, um zu sehen, ob die Wandler, die wir vor ein paar Monaten trafen, diesbezüglich einen Rat haben."

Nikolai summte. „Weißt du, der Akzent dieses Mannes ist stark. Russisch ist nicht seine Muttersprache", sagte er und wies auf etwas hin, über das Borscht auch nachgedacht hatte. „Was ist, wenn der Wandler nur die Muttersprache dieses Mannes kennt?"

Borschts Brauen zogen sich zusammen. „Du glaubst nicht, dass er Russisch versteht?"

Nikolai zuckte die Achseln, ließ seine Schulter los und wandte sich wieder dem Verhörraum zu. „Nur so ein Gedanke."

„Ich werde sehen, ob ich dann in einer anderen Sprache eine bessere Antwort bekomme", sagte Borscht, und teilte seinem Bruder auf seine Weise mit, dass er den Hinweis schätzte. „Viel Glück mit diesem dummen Mann."

Nikolais grollendes Lachen verstummte, als er die Tür hinter sich schloss.

Borscht eilte in die Küche.

Zakhar sah von den Eiern auf, die er gerade hackte. „Hey", grüßte er. „Läuft das Verhör gut?"

„Wir haben erfahren, dass es mehr als eine Einrichtung gibt, die Wandler gefangen hält", sagte Borscht. Er hob einen Apfel auf und fragte sich, ob der Flughund den mögen würde. „Nikolai wird die Orte aus dem Mann herausbekommen, wenn der sie kennt."

„Richtig. Das kann er gut", stimmte Zakhar zu. Er

zeigte auf den Kühlschrank und sagte: „Ich habe deinen neuen Freund online recherchiert. Er ist ein Nilflughund. Ich habe ein paar der Früchte aufgeschnitten, von denen die Website sagt, dass er sie gerne isst. Sie stehen in einer Schüssel im Kühlschrank."

Borscht öffnete den Kühlschrank. Er entdeckte eine Schüssel mit aufgeschnittenen Erdbeeren, Pfirsichen und Nektarinen und zog sie heraus. Es sah köstlich aus und er konnte nicht widerstehen, sich eine Scheibe Pfirsich in den Mund zu stecken.

Vor Anerkennung summend nickte Borscht seinem Bruder zu und schluckte. „Danke", rief er, als er die Küche verließ und nach oben ging.

Als er sah, dass die Tür immer noch leicht geöffnet war, betrat er den Raum. „Hey, Kleiner?", rief er leise.

Als er das Bett leer sah, blickte er durch den Raum. Da er den kleinen Wandler nicht sofort entdeckte, schaute sich Borscht noch einmal um und sah diesmal auch an den Möbeln hinauf. Er legte auch den Kopf schief und atmete tief ein.

Borscht trat einen Schritt zurück und schnüffelte erneut. „Verdammt", grummelte er. „Wohin könnte er gegangen sein?"

„Alles in Ordnung?", fragte Natalia. Ihre Stimme kam von hinten. „Was ist los?"

„Der Flughund ist auf Wanderschaft gegangen", verriet Borscht. „Ich muss ihn finden."

„Er kann nicht weit gekommen sein", überlegte seine Schwester. „Ich werde dir bei der Suche helfen."

KAPITEL 3

Sobald die Männer gegangen waren, flatterte Sekani vom Bett und krabbelte zur Tür. Er überlegte, sich in seine menschliche Form zu verwandeln, aber es dauerte so lange, bis er sich verwandelte – vom Flughund zum Mensch und wieder zurück würde er einige Minuten brauchen –, dass er befürchtete, erwischt zu werden. Wenn die netten Menschen entdeckten, dass er sich verwandelte, würden sie ihn sicherlich schlagen oder rausschmeißen oder ihn vielleicht sogar den Jägern überlassen. Er wusste, dass mindestens einer von ihnen noch am Leben gewesen war, als der gut riechende Fremde ihn zu diesem Ort getragen und ihn in dieses Zimmer gebracht hatte.

Sekani wünschte wirklich, der Mann wäre nicht gegangen. Er wäre glücklich, den Rest seines Lebens in seiner Flughundform zu verbringen, wenn er sich an die Schulter des großen Mannes kuscheln könnte. Etwas an ihm zog ihn an.

Trotzdem war der Mann gegangen.

Sekani nahm an, dass der große Mann etwas zu tun hatte, und beschloss, ein wenig herumzukriechen. Die Tür war offengelassen worden, das bedeutete also, dass er kein Gefangener war. Sekani unterdrückte ein Schaudern bei dem Gedanken. Er wollte nie wieder in einem Käfig sein.

Sekani legte den Kopf schief und betrachtete den Flur. Unter seinen Krallen und Flügeln befand sich ein üppiger Teppich, weich und dick. An den Wänden hingen hübsche Bilder, die wunderschöne Landschaften und atemberaubende Wellen zeigten. Die Jagdbilder, auf denen Pferde über Zäune sprangen und Hunde einen Fuchs jagten, ließen Sekani schaudern.

Er wusste nur zu gut, wie sich dieser Fuchs fühlte.

Sekani kroch den Flur entlang, schnüffelte an den Türen und steckte den Kopf in Zimmer, wenn sie geöffnet waren. Er folgte seiner Nase und ging dorthin, wo der Geruch des Fremden am stärksten war. Er nahm an, dass dies sein Zimmer sein musste, und das war der Ort, wo er sein wollte … um sich ihm näher zu fühlen, während er weg war.

Sekani kam zu einer geschlossenen Tür. Er schnüffelte am Boden herum und rieb sich am Teppich. Er genoss, wie intensiv der Geruch dort im Teppich war, seufzte und ließ sich für ein paar Sekunden dort nieder.

Als Sekani endlich den Flur verlassen wollte, schaute er zur Türklinke. Er wollte unbedingt in dieses Zimmer. Der gut riechende Mann musste es häufig aufsuchen, vielleicht würde er sogar bald wiederkommen.

Nach so vielen Jahren an einem sterilen, mit Bleichmitteln getränkten Ort wollte Sekani den Geruch einfach so lange genießen, wie er konnte.

Sekani grub seine Krallen in den Rahmen um die Tür. Er ließ seine winzigen Krallen in das weiche Holz sinken und kletterte auf den Griff zu. Als er dort ankam, betrachtete er das lange, gebogene schwarze Metallstück. Er sprang und landete am Ende, drückte es mit seinem geringen Gewicht nach unten.

Als Sekani zurück auf den Teppich fiel, hörte er ein Klicken. Nachdem er sich geschüttelt hatte, stellte er fest, dass die Tür nicht mehr verschlossen war. Er legte seine Schulter dagegen und grub seine Krallen in den Teppich. Er schob und zappelte und schaffte es, die Tür weit genug zu öffnen, dass er hindurchschlüpfen konnte.

Sekani schnappte nach Luft, als er entdeckte, dass die Wände links und rechts von ihm von oben bis unten mit Bücherregalen bedeckt waren. Einer der Assistenten des Wissenschaftlers hatte angefangen, ihm das Lesen beizubringen, aber das war schon Jahre her. Der Assistent hatte nicht lange dort gearbeitet. Sekani hatte Zweifel, dass er sich an viel erinnern würde, aber allein der Gedanke, sich vor dem Feuer zusammenzurollen, das die Regale auf der rechten Seite unterbrach, war fantastisch. Als er die beiden großen Sessel erblickte, die davor standen, konnte er sich vorstellen, wie sein Mensch dort mit einem Buch saß, und er würde es sich auf dem Schoß oder der Schulter seines Menschen bequem machen.

Er seufzte. Das war Wunschdenken.

Wenn der Mensch von Sekanis Fähigkeit erfuhr, sowohl Mensch als auch Tier zu sein, würde er bestenfalls rausgeworfen werden und im schlimmsten Fall getötet, weil er ein Monster war.

Trotzdem hinderte das Sekani nicht daran, den Raum zu durchqueren, um zu der Wand mit den Fenstern auf der anderen Seite zu gelangen. Er kletterte auf die Fensterbank und schaute zum Abendhimmel hinaus. Die Sterne zwinkerten ihm zu und er verspürte den Wunsch, das Fenster zu öffnen und zwischen ihnen zu spielen.

Stattdessen stieg Sekani wieder hinunter und stellte fest, dass der menschliche Geruch auf dem Stuhl mit den Rädern hinter dem Schreibtisch am stärksten konzentriert war. Er stieg hinein. Nachdem er sich auf dem gepolsterten Sitz herumgedreht und seine Wolle mit dem Geruch des Menschen überzogen hatte, rollte er sich zusammen.

Nach stundenlangem Herumhüpfen in einem Käfig und der gelungenen Flucht in fremde Wälder übermannte der Schlaf Sekani rasch.

Als Sekani eine tiefe Stimme hörte, die in der Nähe sprach, zuckte er zusammen. Er hob den Kopf, blinzelte schnell und sah sich um ihn. Als er den großen Mann erblickte, der auf ihn herab lächelte, kehrten die Erinnerungen rasend schnell zurück … sediert und in einen Lastwagen geladen zu werden, das Aufwachen in einem winzigen Käfig, der aus dem Regal rutschte und gegen einen anderen Käfig knallte, wobei sich die Tür öffnete. Sekani hatte seine Chance ergriffen und war geflohen, aber er fühlte sich schlecht, weil er die anderen zurückgelassen hatte.

Als der Mann noch etwas sagte, hob Sekani den Kopf und starrte zu ihm auf. Er tschilpte leise, dann rieb er seinen Kopf wieder an dem Sitz und versuchte auszudrücken, wie sehr er den Geruch des Mannes auf dem Stuhl mochte. Er rollte sich auf den Rücken und rieb sich noch mehr.

Der Mann sprach erneut, aber Sekani verstand ihn immer noch nicht. Er sah sich im Raum um und fragte sich, ob es eine andere Möglichkeit gab, mit dem Mann zu kommunizieren.

„Verstehst du mich jetzt, Kleiner?“

Sekani drehte den Kopf herum und konzentrierte sich auf den Mann. Seine Augen wurden groß, als er realisierte, dass er das verstand. Er rollte sich auf seine Krallenfüße, stützte die Daumenkrallen seiner Flügel auf die Armlehne des Stuhls und legte den Kopf schief.

Die Frau neben dem Mann sagte etwas, und der Mann warf ihr einen Blick zu. Dann konzentrierte er sich wieder auf Sekani. Er lächelte, ging um den Schreibtisch herum und hockte sich neben den Stuhl.

„Ich bin Borscht Kuznetsov“, schnurrte der große Mann. „Du bist in meinem Haus in Sicherheit, Kleiner.“ Er streckte die Hand aus und streichelte sanft Sekanis Kopf. „Wirst du dich in deine menschliche Form verwandeln, damit wir reden können?“

Sekani starrte ihn an. Er konnte nicht anders, selbst in seiner Flughundform. Dieser Mann wusste, dass er sich in einen Menschen verwandeln konnte? Instinktiv krabbelte er rückwärts. Sekani stieß gegen die andere Armlehne des Stuhls und kippte darüber. Quietschend fiel er vom Stuhl.

„Langsam, Kleiner“, sagte Borscht beruhigend und fing ihn auf. Er hielt ihn vorsichtig in den Händen, als er sich auf den Boden kniete. „Du bist in Sicherheit, kleiner Wandler. Sicher. Beruhige dich.“

Als Borscht sanft mit den Daumen über Sekanis Körper rieb, ließ sein Zittern nach. Dieser Mann wusste von seiner Fähigkeit, sich zu verwandeln? Er fand das in Ordnung? Sekani wusste nicht, warum, aber irgendwie glaubte er ihm.

Sekani machte einen Sprung des Glaubens, rollte sich von den Händen des Mannes und fiel ein paar Zentimeter auf den Teppichboden. Er lag auf dem Bauch und begann sich zu verwandeln. Sein Körper wuchs. Seine Wolle ging zurück. Seine Flügel wurden zu Armen und seine Beine streckten sich. Sein Gesicht veränderte sich und nahm eine neue Form an. Dabei knackten seine Sehnen, seine Knochen knirschten und sein Körper fühlte sich an, als würde er sich seltsam verziehen.

Nach einer gefühlten Ewigkeit ruhte Sekani auf Händen und Knien. Er fühlte den dicken Teppich unter seinen Handflächen und Schienbeinen. Der berauschende Geruch des Mannes war immer noch in der Nähe, wenn auch etwas abgeschwächt. Schließlich registrierte Sekani die große Hand auf seinem Rücken, die sanft auf und ab rieb.

„Na also, Kleiner“, brummte Borscht, der neben ihm kniete. „Jetzt können wir sprechen. Wir haben viel zu besprechen.“

„W-wie ist …“ Sekani hielt inne und schluckte schwer. Er drehte den Kopf und sah den großen Mann an. „Woher wusstest du das?“

Borscht lächelte ihn an. Mit seiner freien Hand strich er Sekani sanft die dicken dunklen Haarsträhnen aus den Augen. „Woher wusste ich, dass du ein Wandler bist?“

Sekani dachte einen Moment darüber nach. *Ein Wandler. Okay.* Dieser Begriff schien zu passen. Er nickte.

Grinsend zeigte Borscht seine ungewöhnlich spitzen Eckzähne. „Ich bin ein Vampir, Kleiner. Ich kann den Unterschied zwischen einem Menschen und einem Wandler riechen."

„Vampir?" Sekani wiederholte das Wort. „Ich … ich verstehe nicht", gab er zu. „Was ist das? Ist das ein Monster wie ich?"

Borschts Brauen schossen hoch. „Monster?" Seine Stimme senkte sich zu einem tiefen Knurren. „Wer hat dich ein Monster genannt?"

Sekani zuckte bei seinem Ton zusammen und rollte sich auf seinen Hintern. Er zog die Knie an die Brust und schlang die Arme um die Beine. Er sah Borscht durch die Wimpern an und sagte zu ihm: „Meistens die Wachen. Aber die Männer, die Tests machten, sagten nie etwas anderes." Er zuckte die Achseln und grub seine Zehen nervös in den Teppich. „Ich verwandle mich in ein Tier. Sie tun es nicht. Ich bin ein Monster."

Borscht griff nach ihm und packte ihn sanft an der Schulter. Er schlang seine andere große Hand um seine Hüfte und zog ihn zu sich heran.

Sekani wusste nicht, ob er versuchen sollte, wegzukommen oder nicht. Er mochte es, von Borscht gehalten zu werden. Obwohl er nicht verstand, was der Mann damit meinte, ein Vampir zu sein, genoss er seine sanfte Berührung. Niemand hatte jemals seine Wolle gestreichelt oder seine Flügel gekrault.

Wäre Borscht in seiner menschlichen Form genauso nett zu ihm? Bisher war er es gewesen. Könnte dieser Mann ihm helfen, die Welt um ihn herum zu verstehen? Borscht hatte gesagt, er wäre in seinem Haus in Sicherheit.

Als Sekani sich endlich entschieden hatte, lag die

Entscheidung nicht mehr in seinen Händen. Er wurde hochgehoben und auf Borschts Schoß niedergelassen. Der große Mann schlang seine Arme um ihn und rieb über seinen Arm, seine Wirbelsäule und seine Hüfte auf und ab. Seine großen, rauen Hände waren sanft und warm und beruhigend. Sekani seufzte und lehnte sich an ihn. Er genoss es, von dem wunderbar riechenden Mann festgehalten zu werden.

Sekani spürte eine ungewohnte Reaktion in seinem Körper. Seine Haut erhitzte sich und seine Leistengegend wurde heiß. Als sich sein Penis zu verdicken begann und seine Eier zu kribbeln schienen, bewegte sich Sekani unruhig. Er hatte so etwas noch nie gefühlt und wusste nicht, was mit seinem Körper geschah.

„Wie heißt du, Kleiner?“, fragte Borscht leise.

Sekani schluckte schwer und sah durch seine Wimpern zu ihm auf. „Sekani“, flüsterte er.

„Es ist schön, dich kennenzulernen, Sekani“, murmelte Borscht. Dann senkte der große Mann zu Sekanis Überraschung den Kopf und rieb mit der Wange über die Oberseite seines Kopfes, als er fragte: „Wie lange haben diese Männer dich eingesperrt?“

Sekani kuschelte sich an den Mann. Er wollte nicht an die bösen Männer denken, die ihn mit Nadeln zerstochen und gequält hatten, aber wenn er wollte, dass der Mann nett zu ihm war, musste er seine Fragen beantworten. Das war doch nur vernünftig, oder?

„Ich weiß nicht“, gab Sekani zu. „Ich erinnere mich an nichts vor den Käfigen und den Tests.“ Er beendete seine Worte murmelnd und zitternd bei seinen Erinnerungen.

„Ruhig, Sekani", grollte Borscht. „Du bist in Sicherheit. Ich werde nicht zulassen, dass dir etwas passiert."

Der tiefe Klang von Borschts Stimme fühlte sich an, als würde sie durch Sekani vibrieren. Sein Penis verhärtete sich weiter, richtete sich auf und zuckte. Er wimmerte bei dem seltsamen Gefühl und drückte seine Beine zusammen.

Was ist bloß los mit mir?

Die Frau, die schweigend in der Nähe gestanden hatte, sprach schließlich. Ihre Worte kamen in dieser kehligen Sprache heraus, die Sekani nicht verstand. Sie klang besorgt und verwirrt.

Borscht antwortete mit Worten, die Sekani verstand. „Sprich in der Nähe von Sekani so, dass er dich verstehen kann, Natalia", befahl er schroff. „Und geh jetzt. Lass die anderen wissen, dass sie mich nicht stören sollen. Ich komme später runter und erkläre es dir."

Natalia schob sich von dem Schreibtisch weg, an den sie sich gelehnt hatte. „Ja, Bruder", antwortete sie gereizt. „Ich werde es weitergeben." Nach einem weiteren Blick auf Sekani drehte sie sich um und stellte die Schale, die sie in der Hand hatte, in einen kleinen Schrank, dann verließ sie den Raum.

Als Sekani das Klicken der Tür hörte, blickte er zu Borscht auf. „Glaubt sie, ich bin ein Monster?", fragte er leise. „Mag sie mich deshalb nicht?"

Borscht hob eine Hand, um seinen Kiefer zu umfassen. Mit leichtem Druck ermutigte er Sekani, den Kopf nach oben zu neigen und seinen Blick voll zu treffen. „Natalia ist meine jüngste Schwester. Sie macht sich Sorgen um mich", sagte Borscht. „Das ist alles. Und du bist kein Monster."

Seufzend drückte Sekani sein Gesicht in Borschts große Hand. „Okay." Er schmiegte sich an die raue Handfläche des Mannes und zitterte, als er spürte, wie die rauen Fingerkuppen auf seinem Gesicht ein Kribbeln seinen Hals und seine Brust hinunter auslösten. „Oh", wimmerte er, als sich seine Brustwarzen merkwürdig versteiften. Sekani rieb mit der Hand darüber und versuchte, das seltsame Gefühl zu lindern. Stattdessen kribbelte es in seiner Leiste, und sein harter Penis zuckte zwischen seinen Beinen.

„Irgendwas stimmt nicht mit mir", quietschte er und rutschte unruhig auf Borschts Schoß herum. Als er den großen Mann leise knurren hörte, starrte er ihn an. „Was ist los mit mir?"

„Mit dir ist alles in Ordnung, Sekani", knurrte Borscht. „Mein Duft erregt dich. Das ist alles."

„E-erregt mich?" Sekani wusste nicht, was das bedeutete.

Borscht musste seine Verwirrung gespürt haben, denn er fragte: „Bist du noch nie erregt gewesen, Sekani? Hat noch nie jemand deinen Körper erregt werden lassen?" Während er sprach, fuhr er mit seiner Hand über Sekanis Beine und strich mit seinem Zeigefinger über die Länge seines geschwollenen Schwanzes.

Sekani schrie auf, als prickelnde Empfindungen durch sein Becken schossen. Unfähig es zu kontrollieren, sickerte eine flüssige Perle aus seinem Schlitz. Wimmernd wand er sich und versuchte wegzukommen … mehr von dem ungewohnten Gefühl als von dem Mann, der ihn hielt.

„Ruhig, Sekani", schnurrte Borscht rau. „Hab keine

Angst. Lass mich dir zeigen, wonach dein Körper fragt."

Sekani konnte nicht gegen das ankämpfen, was mit ihm geschah, und nickte. Wenn Borscht ihm helfen konnte, würde er es annehmen. Er verstand es nicht, aber der Mann hatte ihm schon einmal geholfen, er konnte es sicherlich wieder tun.

„Okay."

„Danke", brummte Borscht. „Jetzt werde ich dir zeigen, was Lust ist."

Sekani verstand es nicht, bis Borscht ihn auf den Teppich legte. Zuerst fühlte er sich verlassen und allein, aber der größere Mann beugte sich kurz darauf über ihn. Borscht stützte den Ellbogen auf den Teppich neben seiner Schulter und schob die Hand unter seinen Nacken. Mit der anderen Hand griff er nach Sekanis hartem Penis.

Sein überraschtes Keuchen verwandelte sich schnell in ein Stöhnen der Begeisterung, als Borscht begann, seine Hand locker über die Haut seines Schafts zu schieben. Sekani bewegte sich unruhig und spreizte die Beine, als Borscht seine Bewegungen beschleunigte und sein Griff fester wurde. Er stöhnte laut und spürte, wie sein Körper in Flammen aufging.

KAPITEL 4

Beim Anblick von Sekani, der sich in den Wogen seines Orgasmus verloren hatte, kam Borscht fast in seine Jeans. Der kleine Mann, der unter ihm lag, war absolut atemberaubend. Mit seiner vor Erregung geröteten blassen Haut und seinem dunklen Haar, das seine blassen, elfenartigen Züge umrahmte, und seinem glückseligen Gesichtsausdruck, der seine grünen Augen so dunkel erscheinen ließ, fand Borscht, dass der Mann aussah wie ein sündiger Engel.

Er braucht nur noch Flügel.

Borscht lächelte seinen neuen Liebhaber an und schaffte es kaum, seinen Drang zu unterdrücken, den Kopf zu senken und seine Zähne in Sekanis Nacken zu stoßen. Aufgrund der Worte und Handlungen des kleinen Mannes glaubte er nicht, dass sein möglicher Geliebter über solche Dinge Bescheid wusste. Zur Hölle, er schien nicht einmal zu verstehen, was es bedeutete, ein Wandler zu sein.

Als Borscht sah, welche Anstrengung es Sekani gekostet hatte, sich zu verwandeln, erinnerte er sich daran, dass einer der amerikanischen Vampire, den er getroffen hatte, Vincent, mit einem Wandler befreundet war, der andere in seinem Rudel dazu gebracht hatte, sich schneller zu verwandeln. Dieser Wandler war ein Wolf namens Frankie. Borscht hatte noch nie viel Zeit mit Wandlern verbracht, aber mit Sicherheit waren fast zwei Minuten nicht normal, unabhängig von der Art. Er fügte einen Anruf bei Vincent zu seiner Anrufliste hinzu.

Borscht ließ Sekanis erschlaffenden Schwanz los, packte ihn an der Hüfte und rieb mit dem Daumen über den vorstehenden Hüftknochen. Der Mann, der halb unter ihm lag, war klein, vielleicht eins fünfundsechzig, und schlanker als er sein sollte. Borscht fand ihn dennoch umwerfend, und er wünschte, er könnte die nächste Woche in seinem Zimmer verbringen und diesen Mann erforschen, ihn mit Essen versorgen und ihm Lust bereiten. Es war Jahrhunderte her, seit Borscht einem Mann Lust bereitet hatte, aber er konnte es kaum erwarten, alles mit und für Sekani zu tun.

Er war schockiert gewesen, als er gehört hatte, dass der Wandler sich noch nicht einmal selbst befriedigt hatte, aber wenn er wirklich sein ganzes Leben eingesperrt gewesen war … nun, Borscht konnte es sich einfach nicht vorstellen. Der Drang, jeden der Leute, die Sekani Schaden zugefügt hatten, zu jagen und zu vernichten, stürmte auf ihn ein.

Als Borscht Sekanis Augenlider flattern sah, konzentrierte er sich wieder auf das Gesicht des kleinen Mannes. Er lächelte auf ihn herab.

„Wie fühlst du dich jetzt?“, fragte Borscht. „Besser?“

„Wow“, murmelte Sekani. Sein Lächeln wirkte etwas benebelt. „Das ist erstaunlich. Was ist passiert?“

Borscht hatte gedacht, dass er seinem Geliebten die Existenz von Vampiren erklären müsste, da er immer geglaubt hatte, er würde mit einem Menschen enden. Nicht einmal in seinen wildesten Fantasien hätte er gedacht, dass er erklären müsste, was Sex war. Er zermarterte sich sein Gehirn und versuchte, seine Worte sorgfältig zu wählen.

„Das nennt man einen Orgasmus, Sekani“, sagte Borscht leise. „Hast du schon mal von Sex oder Fortpflanzung gehört?“

Sekani nickte. „Die Wachen haben manchmal über Sex und Ficken geredet.“ Seine Brauen zogen sich zusammen. „Ist das also, worüber sie gesprochen haben?“ Er fuhr mit den Fingerspitzen durch seinen Samen und sah verwirrt aus. „Was ist das?“

Borscht beschloss, am Anfang zu beginnen, und erklärte: „Wenn zwei Erwachsene einander attraktiv finden, werden ihre Körper erregt.“ Er rieb mit dem Daumen über die Falte am Schoß seines Geliebten. „Für einen Mann bedeutet das, dass Blut seinen Penis füllt, ihn steif und sehr empfindlich für Berührungen werden lässt. Wenn man diese Berührung nicht bekommt, kann es schmerzhaft werden.“

Borscht griff nach Sekanis Eiern und brachte seinen Geliebten dazu, zu quietschen und zu zucken, als seine Augen sich noch weiter weiteten. „Deine Eier enthalten deinen Samen oder Sperma, mit dem eine Frau geschwängert würde, wenn du dich mit einer Frau verbinden und Kinder haben wolltest. Wenn du einen Orgasmus hast, schicken deine Eier deinen Samen durch deine Erektion nach oben.“

Nachdem er Sekanis Hoden losgelassen hatte, strich er mit den Fingerspitzen den Schwanz seines Geliebten hinauf und beobachtete zufrieden, wie der halb erschlaffte Schaft sich wieder verdickte. „Und es wird aus deinem Schwanz ausgestoßen", flüsterte Borscht rau. Er spürte, wie sich seine eigene Erektion bei der Reaktionsfreudigkeit seines Geliebten in seiner Jeans bewegte. „Das nennt man einen Orgasmus. Es ist eine äußerst erfreuliche Erfahrung, wenn man sie mit dem richtigen Liebhaber teilt." Er zwinkerte. „Mit mir."

„Liebhaber?", murmelte Sekani fragend. Seine Wangen waren von neuerlicher Erregung gerötet. „Was ist das?"

„Jemand, mit dem du Sex hast." Borscht leckte sich über die Lippen, wohl wissend, dass er zu diesem Punkt noch etwas erklären musste. „Auch wenn du und ich unsere Körper auf diese Weise miteinander teilen, tun wir das nicht mit jemand anderem. Nur ich berühre dich und nur du berührst mich."

Sekani beknabberte seine Unterlippe, während er seinen Blick über Borschts Gesicht schweifen ließ. „Also kann ich dich auch anfassen?"

„*Da,* Sekani", antwortete Borscht rau. „Ich würde gerne spüren, wie deine Hände meinen Körper berühren."

Mit einem schüchternen Lächeln streckte Sekani die Hände aus und legte sie auf Borschts Hals. Er kratzte mit den Nägeln leicht über die Sehnen bis zum Kragen seines T-Shirts. Er bewegte sie wieder nach oben und fuhr mit den Fingerspitzen über Borschts dichte Bartstoppeln.

„Kratzig."

Borscht drehte den Kopf und küsste Sekanis Handfläche. „Ich habe viele Haare", stellte er fest. „Du wirst mögen, wie es sich anfühlt, wenn sie über deine glatte Haut reiben." Borscht hoffte jedenfalls, dass es so sein würde, weil er wie die Vorstellung, sein Körperhaar zu rasieren, nicht besonders angenehm fand.

„Was war das?“

Borscht hielt Sekanis Blick, als er erneut die Hand seines Geliebten küsste. „Das?“

„Ja“, antwortete Sekani atemlos. „Mein Bauch fühlt sich dabei komisch an.“

Borscht grinste ihn an und sagte: „Küssen, Sekani. Das ist küssen.“ Er zwinkerte. „Und wenn du denkst, dass dein Bauch sich davon komisch anfühlt, wirst du das noch mehr mögen.“

Borscht verstärkte seinen Griff um Sekanis Nacken, als er seine andere Hand nach oben bewegte und seinen Brustkorb umfasste. Er senkte den Kopf und legte die Lippen auf den Mund seines Geliebten. Zuerst drückte er leicht, bevor er mit der Zunge über die Oberlippe fuhr und dann an der unteren knabberte.

Als Borscht spürte, wie Sekani seine Fingerspitzen in die Sehnen seines Halses bohrte, schluckte er das Keuchen seines Geliebten. Er nutzte die Reaktion, schob seine Zunge in Sekanis Mund und tippte leicht auf die Spitze der Zunge des kleinen Mannes. Borscht genoss den natürlichen Moschusgeschmack seines Liebhabers.

Bemüht, seine Vermutung zu bestätigen, saugte er ein paar Sekunden lang leicht an Sekanis Unterlippe, bevor er einen Fangzahn in das pralle Fleisch bohrte, gerade fest genug, um Blut hervorzubringen. Der berauschende metallische Geschmack floss über seine Zunge und ließ seine Sinne kribbeln. Es erforderte jegliche Selbstbeherrschung, die er in vielen Jahren erlernt hatte, um seine Zunge über die kleine

Wunde zu bewegen und sie zu schließen, anstatt seinen Fangzahn tiefer zu versenken und mehr von dem Geschmack zu bekommen. Er hatte, was er brauchte.

Endlich hielt Borscht seinen Geliebten in den Armen.

Borschts Schwanz reckte sich in seiner Jeans, pulsierte im Takt seines Herzschlags. Während er an der Zunge seines Geliebten leckte und seinen Mund erforschte, ihn lockte, bei dem Zungenspiel mitzumachen, ließ Borscht Sekanis Brustkorb los. Er fuhr mit der Hand über die Brust des Mannes und zwickte dabei in eine seiner Brustwarzen.

Borscht machte kurzen Prozess mit seinem Reißverschluss und schob seine Jeans gerade so weit nach unten, dass sein schmerzender Schwanz befreit wurde. Er positionierte ein Knie zwischen den Oberschenkeln seines Geliebten, umfasste dann Sekanis Pobacke, nutzte seinen Unterarm, um sein Bein an seine Taille zu führen. Die fügsame Persönlichkeit seines Wandlers ausnutzend, schob er seine Hand in dessen Poritze.

Sekani zuckte unter ihm zusammen und beendete den Kuss.

Borscht hob den Kopf weit genug, um Sekanis Blick zu begegnen, als er mit den Fingerspitzen in seiner Ritze wackelte. Während er seine Hand nach unten schob und nach seinem Eingang suchte, begann er seine dicke Erektion gegen Sekanis viel schmalere zu reiben. Er grinste, als er seinem Geliebten zusah, wie der offensichtlich die Empfindungen genoss.

„So ist es gut“, drängte Borscht. „Kämpfe nicht gegen die Lust an, die ich dir bereite. Gib dich dem hin.“

Während Borscht zusah, verdunkelten sich Sekanis

Augen zu einem tiefen Jadegrün. Sein Kiefer sackte auf, und er wimmerte so schön, als er gegen ihn bockte. Als Borscht sah, wie Sekanis Augen in seinen Hinterkopf rollten, spürte er, wie sich der Körper seines Geliebten krümmte und zitterte.

Borscht fühlte, wie der Samen seines Wandlers seine Haut wärmte, und spürte, wie seine eigenen Eier sich zusammenzogen. Er knurrte und bockte, stieß einmal, zweimal, zu, während er seinen Geliebten in seiner Lust bewunderte. Innerhalb von Sekunden entluden sich seine Eier, sein Schwanz spritzte ab und mischte seinen eigenen Samen mit dem seines Geliebten.

Sekani blinzelte benommen zu ihm auf. Summend neigte er verführerisch den Kopf. Er seufzte und leckte sich die Lippen. „Ist Sex immer so?"

Borscht grinste breit, als er versuchte, zu Atem zu kommen. „Oh, mein geliebter Sekani", gurrte er. „Es wird nur noch besser."

„Besser?"

Bei Sekanis ungläubigem Ton rieb Borscht leicht über den engen Muskel an der Öffnung seines Geliebten. „*Da*", bestätigte er und hielt Sekani fest, als der schauderte. „Ein Stückchen weiter oben in deinem Kanal befindet sich deine Prostata. Es ist ein kleiner Knubbel, der dir große Freude bereiten wird, wenn ich dagegen drücke." Er grinste bei Sekanis ungläubigem Blick. „Ich werde meinen Schwanz hineinschieben und darüber reiben, damit du Sterne siehst."

Sekanis Brauen zogen sich zusammen. Sein glückseliger Gesichtsausdruck klärte sich ein wenig. Sein Loch zog sich bei Borschts sanftem Reiben enger zusammen. „Auf keinen Fall kann ein Penis dort reinpassen."

Borscht gluckste leise. „Doch, wird er, Sekani. Ich verspreche es." Er lehnte den Kopf an Sekanis Ohr und saugte leicht ab seinem Ohrläppchen, bevor er flüsterte: „Du wirst mich sogar darum bitten. So gut wird es sich anfühlen."

Borscht hob den Kopf und sah Sekanis ungläubigen Gesichtsausdruck. Er gluckste rau und wusste, dass er es dem kleinen Mann beweisen musste. Das war in Ordnung. Er freute sich darauf, seinen Wandler so wild vor Lust zu machen, dass er um seinen Schwanz betteln würde.

„Wie wäre es, wenn ich dir noch eine weitere Sache zeige, die du am Zusammensein mit einem Vampir mögen wirst?"

Sekani legte den Kopf schief. „O-okay."

Borscht ließ die Veränderung seiner Augen zu. Als Sekani nach Luft schnappte, wusste er, dass seine Iris nun tief rot erschien. Als er den Kopf senkte, fühlte er, wie Sekani sich in seinen Armen ein wenig anspannte.

Sobald sein Mund Sekanis Ohr nahe war, flüsterte Borscht: „Ein Vampir trinkt Blut, um zu überleben, Kleiner."

„Wa-was?"

Borscht saugte am Hals seines Geliebten und hinterließ einen blauen Fleck. Er fühlte, wie Sekani sich unter ihm entspannte. Sobald Sekani geschmeidig in seinen Armen lag, hob Borscht den Mund von der Stelle.

„Ich werde meine Reißzähne in deinen Hals stecken", murmelte Borscht ins Ohr seines Geliebten. „Ich werde dein Blut trinken, und du wirst wieder kommen."

„K-kommen?", fragte Sekani.

Als Borscht merkte, dass sein Liebhaber den umgangssprachlichen Ausdruck nicht verstand, entschloss er sich, es ihm zu zeigen, anstatt es ihm zu sagen. „Kommen", antwortete er kehlig. Er versenkte seine Reißzähne im Hals seines Geliebten und stieß sie tief in die Ader, die darin entlanglief.

Borscht hörte Sekani wimmern, als er zu saugen anfing. Die heiße, eisenreiche, lebensspendende Flüssigkeit floss über seine Zunge und ließ seine Sinne singen. Im nächsten Moment schrie Sekani auf. Sein Körper bäumte sich unter Borscht auf, und er fühlte, wie sich noch mehr heißer Samen mit der bereits zwischen ihnen befindlichen abkühlenden Mischung vermischte.

Borscht knurrte zufrieden und spürte, wie sein eigener Schwanz sich bewegte und zuckte. Er bewegte langsam die Hüften, als er noch einen Schluck trank. Dann zog er seine Reißzähne heraus und stöhnte, als sein Orgasmus durch ihn rollte. Leise keuchend erinnerte er sich daran, seinen beanspruchenden Biss zu versiegeln, bevor er die Arme um seinen Geliebten schlang und sie herumrollte.

Borscht ließ sich auf den Rücken fallen. Er zog Sekani auf seine Brust und rieb mit einer Hand über seinen Rücken und Hintern. Mit der anderen Hand massierte er ihm sanft den Kopf.

Nach einigen Minuten der Stille riss sich Borscht aus seiner durch Glückseligkeit ausgelösten Starre. Er sah seinen Geliebten an und bemerkte, dass Sekani tief und fest schlief. Er lächelte selbstgefällig und lachte leise.

Es wollte schon etwas heißen, dass er seinem niedlichen

Wandler so viel Lust bereitet hatte, dass der einfach wegnickte.

Borscht hielt seinen viel kleineren Geliebten vorsichtig fest, als er aufstand. Ihn fest an sich drückend, zog er seine eigene Hose hoch, um sicherzustellen, dass sie nicht herunterrutschte, wenn er sich bewegte. Dann trug Borscht Sekani quer durch den Raum zur Tür. Er schaute in jede Richtung und vergewisserte sich, dass der Flur leer war, bevor er aus seinem Büro schlüpfte und in sein Zimmer ging.

Als Borscht das Schlafzimmer betrat, schloss er die Tür mit dem Fuß. Er ging zum Bett und legte Sekani auf die Bettdecke. Er betrat das Badezimmer, tränkte ein Tuch mit warmem Wasser und kehrte dann zu seinem Geliebten zurück.

Er säuberte ihn und zog die Bettdecke unter ihm hervor. Nachdem er sie hochgezogen und über ihm ausgebreitet hatte, steckte er sie um ihn herum fest. Er beugte sich vor und drückte einen leichten Kuss auf die Stirn seines Geliebten.

„Ruh dich aus, kleine Geliebter", drängte Borscht sanft.

Borscht trat von Sekani zurück und kehrte ins Badezimmer zurück. Nachdem er sich selbst gereinigt hatte, richtete er seine Jeans und sein Hemd und ging zurück ins Schlafzimmer. Borscht holte ein Stück Papier und einen Stift aus der obersten Schublade seines Nachttisches und kritzelte, nachdem er sich die richtigen Wörter überlegt hatte, eine kurze Notiz für seinen Geliebten.

Nach einem weiteren Kuss auf Sekanis Stirn verließ Borscht den Raum. Er schritt den Flur und die Treppe hinunter und suchte dann seine Geschwister auf. Als er sie im Aufenthaltsraum vorfand, bemerkte er, dass sie alle da waren und ihre Unterhaltung aufhörte, als er eintrat.

Borscht kniff die Augen zusammen, als er sich auf einen Liegestuhl setzte und sich entspannte … einigermaßen. Um sich wirklich zu entspannen, müsste er im Bett liegen und Sekani in den Armen halten. Stattdessen musste er sich mit den Fragen seiner Geschwister auseinandersetzen, möglicherweise ihren Beleidigungen, und herausfinden, wie er für die Sicherheit seines kleinen Wandlers sorgen konnte.

Borscht sah zu, wie seine Geschwister in der Luft schnüffelten – einige diskreter als andere – und wartete auf ihre Fragen.

Nikolai rieb sich das Kinn und kniff die Augen zusammen, als er ihn abschätzend ansah. Aleksei blickte finster zu Boden und sah ihn nicht an. Vadim lächelte, während Zakhar breit grinste. Seine Schwestern sahen sich an und grinsten ebenfalls. Nikita streckte die Hand aus, die Handfläche nach oben, und wackelte mit den Fingern. Sowohl Natalia als auch Vadim klatschten einen Geldschein auf ihre Handfläche.

„Wofür zum Teufel war das?“, grummelte Borscht und funkelte Nikita an. Als sie nur lachte, knurrte er: „Nun?“

Lachend antwortete Nikita ungeniert: „Nun, vor etwa fünfzig Jahren sagte ich, dass ich wette, dass du deinen Geliebten noch nicht gefunden hast, weil man dich immer ermutigte, an der falschen Stelle zu suchen.“ Sie grinste triumphierend, als sie die Achseln zuckte. „Ein paar von ihnen nahmen die Wette an, und ich habe gerade gewonnen.“

„Glückwunsch“, unterbrach Nikolai.

Borscht fuhr mit der Zunge über seinen linken Fangzahn und biss die Zähne zusammen, als er langsam Luft holte. Er nickte einmal und hielt Nikolais Blick. Als der Bruder, der ihm am nächsten stand, bedeutete ihm seine Unterstützung viel. Auch wenn Borscht nicht wusste, warum sein Bruder keine Probleme damit hatte, einem anderen Schmerz zuzufügen, schätzte er, dass sein Bruder immer hinter ihm stand.

Plötzlich sprang Aleksei auf die Füße. „Willst du ernsthaft dieses Fledertier als deinen Geliebten beanspruchen?"

„Die Nachrichten verbreiten sich wirklich schnell", antwortete Borscht leise. „Ich habe es noch nicht einmal angekündigt." Als er Aleksei seine Lippe verziehen sah, hielt Borscht den Blick seines Bruders und stand langsam auf. Er blickte einige Zentimeter auf seinen kleineren Bruder herab und knurrte: „Ja, Aleksei. Mein Geliebter ist ein Flughundwandler." Er kniff die Augen zusammen und knurrte. „Ein *männlicher* Flughundwandler. Er heißt Sekani. Ich erwarte, dass du ihm die gleiche Höflichkeit entgegenbringst wie mir."

Aleksei zischte und verzog seine Lippe. „Das ist Blödsinn!"

Borscht beugte sich vor und packte die Vorderseite des Hemdes seines Bruders. Er hob den kleineren Mann in die Luft, als er brüllte: „Wir haben über deine miese Einstellung in dieser Hinsicht schon einmal gesprochen!" Dann warf er ihn gegen die gegenüberliegende Wand. Als Aleksei gegen die Wand prallte, daran hinunterrutschte und zusammensackte, sprang er über das Sofa und landete vor ihm. Borscht bückte sich und überprüfte den Puls seines Bruders.

Gleichmäßig, aber bewusstlos.

Als Tullion enthüllt hatte, dass seine andere Hälfte der menschliche Mann Toby war, war Aleksei höhnisch und unhöflich gewesen. Er hatte Elizabette, die Geliebte ihres anderen Bruders Petre beleidigt, weil deren Bruder die Gesellschaft von Männern bevorzugte. Borscht hatte Aleksei beiseite gezogen und zugegeben, dass auch er sich in der Vergangenheit mehr als einmal einen männlichen Liebhaber genommen hatte. Es war nichts Falsches daran, wenn die Anziehungskraft zwischen zwei einvernehmlichen Erwachsenen bestand. Offensichtlich hatten sich seine Worte nicht durchgesetzt.

Borscht erhob sich wieder und drehte sich zu den anderen Geschwistern um. „Hat noch jemand ein Problem mit meinem Geliebten?“, brüllte er.

Nikolai stand langsam auf. In seinen braunen Augen funkelte ausgerechnet Belustigung. Er sah sich zu den anderen um und zuckte dann mit den Schultern, als er sich wieder auf Borscht konzentrierte.

„Wenn doch“, stellte Nikolai fest, „wissen sie, dass sie es auch mit mir zu tun bekommen werden.“ Sein Lächeln verblasste und seine Augen verhärteten sich. „Die Familie steht vor allem.“

Borscht nickte langsam. „Danke.“ Er trat von dem immer noch bewusstlosen Aleksei zurück – er wusste, dass er den Vampir nicht wirklich verletzt hatte – und ging zurück zu seinem Platz. „Wir haben viel zu besprechen.“

KAPITEL 5

Sekani blinzelte langsam und versuchte sich daran zu erinnern, was passiert war, dass er sich so träge fühlte … so entspannt. Er konnte sich nicht erinnern, jemals ein solches Gefühl gehabt zu haben. Es war wundervoll.

Sekani streckte sich und summte, als er sich auf dem Bett räkelte. Die Laken waren so viel weicher als alles, was er bisher gefühlt hatte. Er konnte sich nicht erinnern, jemals etwas gespürt zu haben, das so weich und glatt war wie diese Laken … oder so federnd wie das Bett.

Sekani setzte sich im Bett auf und sah sich im Raum um. Er sah weder Borscht noch sonst jemanden. Der Spiegel über der Kommode könnte ein verstecktes Fenster sein, vermutete er, denn er wusste, dass die Wissenschaftler solche verwendeten, aber würde Borscht das auch tun?

Ein Zettel auf dem Nachttisch erregte seine Aufmerksamkeit. Er streckte die Hand aus und hob ihn auf. Er runzelte die Stirn und versuchte, die Worte darauf zu verstehen. Es war so lange her, dass er versucht hatte, etwas zu lesen … oder auch nur die Gelegenheit gehabt hatte, es zu versuchen …

Sekani erkannte seinen Namen oben auf dem Zettel und vermutete, dass die Notiz an ihn geschrieben war. Der Einzige, der ihm eine Notiz schreiben würde, war Borscht, also nahm er an, dass das Wort ganz unten dessen Name war, aber er war sich nicht ganz sicher. Das einzige andere Wort, das er erkannte, waren *Brüder* und *Schwestern*.

Als Sekani die Notiz beiseitelegte, bemerkte er das Badezimmer. Er schlüpfte aus dem Bett und schlich sich nach einem kurzen Blick durch das Schlafzimmer über den Teppich in den Raum. Sein Mund klappte auf, als er sich in dem wunderschönen Bad umsah.

Das Zimmer war groß, mit sandfarbenen und braunen Fliesen auf dem Boden und sandfarbenen Wänden. Die großen, flauschig aussehenden Handtücher, die an den Stangen hingen, waren hellbraun. Es gab zwei Waschbecken, die in einen bernsteinfarbenen Stein eingelassen waren.

Warum sollte jemand zwei Waschbecken brauchen?

Eine Tür stand offen und zeigte eine Toilette. Es war Ewigkeiten her, seit er eine benutzt hatte, aber Sekani erinnerte sich daran, wie es funktionierte. Er nutzte die Annehmlichkeit schnell, erleichterte sich und wischte sich sauber – heiliges Wunder, das Toilettenpapier war weich. Schließlich sah er sich noch einmal um und stieg in die Dusche.

Nachdem er die Hebel gedreht hatte, trat Sekani unter den Wasserstrahl. Er schauderte bei dem Gefühl von eisigen Nadelstichen, die auf seine Haut trafen, aber nach ein paar Sekunden des Ausprobierens mit den Hebeln prasselte ein heißer Strahl auf ihn herab. Sekani schwelgte stöhnend in den Empfindungen. Er stand da und genoss die Neuheit, heißes Wasser auf seiner Haut zu spüren. Er konnte sich nicht an das letzte Mal erinnern, als er die Gelegenheit bekommen hatte, eine heiße Dusche zu genießen, so lange er wollte.

Nach einer Ewigkeit kühlte das Wasser schließlich ab.

Seufzend stellte Sekani die Dusche ab. Er stand ein paar Sekunden im Dampf, einfach nur weil er es konnte, dann öffnete er die Tür und griff nach einem Handtuch. Sekani brachte es zu seiner Nase und atmete ein. Während der überwiegende Geruch etwas zitronig war, entdeckte er auch Borschts Duft, was bedeutete, dass der große Mann das Handtuch auch irgendwann benutzt hatte.

Sekani rieb den weichen Stoff über seinen Körper, stöhnte und stellte sich vor, wie er Borschts Geruch über seine Haut verteilte und mit seinem mischte. Er seufzte, als er seine Augen schloss und an den großen Mann dachte.

Liebhaber. Vampir. Orgasmus.

Borscht hatte ihm so viele neue wundervolle Dinge gezeigt. Er sah nach unten und runzelte die Stirn. Sogar bei den Erinnerungen begann sich der normalerweise schlaffe Körperteil zu verdicken und zu verlängern.

Sekani entschied, dass er nicht wusste, was er damit anfangen sollte, hängte das Handtuch wieder auf und kehrte ins Schlafzimmer zurück. Er starrte einige Sekunden auf das Bett und sah sich dann im Raum um. Der Raum war riesig, das Bett war groß, und er bemerkte, dass auf der anderen Seite des Bettes mehr von diesen bequemen Sesseln standen, die er zuvor schon gesehen hatte. Es gab sogar einen Kamin.

Wie wäre es wohl, sich in einem von denen zusammenzurollen?

Fasziniert ging Sekani zum Bett, sprang dann darauf und wollte darüber krabbeln. Als er hüpfte, wurde er abgelenkt. In der Mitte des Bettes hielt er inne und hüpfte wieder, diesmal geradewegs nach oben. Da er das Hüpfen als angenehm empfand, tat er es erneut.

Lachend stand Sekani auf und sprang. Er schnappte nach Luft, als die Decke schneller auf ihn zukam, als er erwartet hatte, also rollte er sich zu einem Ball zusammen. Sekunden später landete er auf dem Rücken. Er starrte an die Zimmerdecke und hielt den Atem an.

Sekani rappelte sich auf und grinste breit. Er achtete besser darauf, wo sich die Decke befand, und begann zu springen. Laut lachend, sprang und fiel er, sprang erneut, rollte sich dann zu einer Kugel zusammen und vollführte eine komplette Drehung. Er streckte die Beine gerade rechtzeitig aus, um wieder zu springen.

Das macht so viel Spaß!

Lachend und hüpfend vergaß Sekani, was er hatte tun wollen. Das Bett war super! Es fühlte sich fast so an, als würde er fliegen! Er drehte sich und sprang, hüpfte und lachte. Mit einem Quietschen verlor er das Gleichgewicht und landete wieder flach auf dem Rücken. Lachend und glücklicher, als er es je gewesen war, starrte Sekani für ein paar Sekunden an die Decke, als er wieder zu Atem kam. Dann er rollte auf seine Hände und Knie in der Absicht, aufzustehen und weiter zu hüpfen.

„Hast du Spaß, Sekani?"

Sekani erstarrte, als er Borscht im Raum stehen sah. Die Tür schloss sich hinter ihm und er lehnte sich gegen die Wand. Seinem amüsierten Ausdruck nach wusste er offenbar, was Sekani getan hatte, und es war nicht zu erkennen, wie lange er ihn beobachtet hatte.

Sekani beschloss, ehrlich zu sein, während er einzuschätzen versuchte, wie verärgert der Mann – Vampir, und heilige Makrele, Borschts Biss war fantastisch – war. „Ja."

„Das freut mich", brummte Borscht und kam näher. „Ich mag es zu sehen, dass du Spaß hast und dich entspannst." Er lächelte warm und schaute auf ihn hinunter. „Du kannst jederzeit auf meinem Bett springen."

„Danke."

Dafür sollte er dem anderen Mann danken, oder? Sekani dachte, er sollte dem Mann eigentlich für so ziemlich alles danken. Er hatte ihm sein Haus geöffnet, ihm Lust bereitet und ihn nicht zurechtgewiesen.

„Willst du mit mir darauf springen?", fragte Sekani und stand auf. Er vollführte ein winziges Hüpfen und grinste. „Du musst aber aufpassen, dass du dir nicht den Kopf anschlägst. Du bist wirklich groß."

Borscht lachte und blieb neben dem Bett stehen. „*Nyet*", antwortete er kopfschüttelnd, also vermutete Sekani, dass das *nein* bedeutete. Borscht streckte die Hand aus und packte Sekanis Arm in einem sanften Griff. „Ich bin so groß, dass ich wahrscheinlich den Rahmen kaputtmachen würde."

„Oh." Das war schade.

„Ich rieche, dass du geduscht hast", sagte Borscht und legte seine andere Hand auf Sekanis Hüfte. „Bist du bereit für Essen? Du musst hungrig sein."

Allein die Erwähnung von Essen ließ Sekanis Magen knurren. Er legte seine Hand auf seinen Bauch und nickte. „Ja."

„Dann komm mit runter", drängte Borscht und half

Sekani vom Bett. „Ich habe dir eine Jogginghose mitgebracht", fügte er hinzu und deutete auf einen Stuhl in der Nähe der Tür. „Sie dürfte ein bisschen groß sein, aber sie sollte reichen, bis wir ein paar Klamotten für dich bestellt haben."

Sekani widersetzte sich Borscht nicht. Er knabberte an seiner Lippe, als der große Mann ihn zu der Kleidung führte. Trotzdem konnte er nicht verhindern, dass der Schweiß auf seine Haut tropfte, als ihn Nervosität überkam. Als Borscht die Jogginghose hochhob und ihm hinhielt, griff Sekani danach. Seine Hand zitterte.

Anstatt ihm die Jogginghose zu geben, ließ Borscht sie an seiner Seite sinken. Er nahm seine Hand von Sekanis Rücken.

Als Sekani das Gefühl von Borschts Hand auf seinem Körper verlor, geriet er beinahe in Panik. Er schnappte nach Luft und sah zu Borscht auf. Sein Atem stockte in seiner Brust, als er um Luft kämpfte.

„Kleiner", murmelte Borscht und ließ die Hose fallen, um Sekanis Gesicht mit beiden Händen zu umfassen. „Was stimmt nicht? Sprich mit mir. Bitte."

„M-muss ich eine J-Jogginghose tragen?", fragte Sekani mit schriller Stimme. „Ich will sie nicht tragen –"

Borscht setzte sich auf den Stuhl, wo die Hose gelegen hatte, und zog Sekani auf seinen Schoß. „Ganz ruhig, Sekani", sagte er und hielt ihn fest. Er drückte einen Kuss auf Sekanis Schläfe, bevor er fragte: „Bitte sag mir, was los ist. Jogginghosen sind bequem. Ich dachte, du würdest sie mögen."

„I-ich …" Sekani hielt inne und wimmerte. „Ich habe

nur Kleidung getragen, wenn Versuche an mir durchgeführt wurden. Immer musste ich ein T-Shirt, eine Jogginghose, Socken und Turnschuhe tragen. U-uns wurden nie andere Klamotten gegeben." Er knabberte einen Moment an seiner Unterlippe und fragte dann: „Werde ich zu Versuchen gebracht?"

„Oh, mein Geliebter", murmelte Borscht und drückte ihn an sich. „Es tut mir leid, dass ich schlechte Erinnerungen hervorgerufen habe. Das war nicht meine Absicht." Er schmiegte sich an Sekanis Schläfe und versicherte: „Keine weiteren Versuche."

Sekani nickte langsam. Irgendwie hatte er das gewusst, aber dieses Wissen hatte die Angst nicht davon abgehalten, ihn zu überwältigen. „Ich dachte, dies wäre vielleicht der Moment, in dem die Hiobsbotschaft kommt", flüsterte er. „Weißt du?" Er schnaufte und zwang sich zu einem Lächeln. „Das ist Gilberts Lieblingswort."

„Keine Hiobsbotschaft", versprach Borscht. „Und wenn du keine Jogginghose tragen möchtest, werden wir etwas anderes für dich finden. Vielleicht eines meiner Hemden." Er lächelte und rieb mit dem Daumen über Sekanis Augenbraue. „Ich mag die Vorstellung, dass du etwas trägst, das mir gehört."

„Wird es nach dir riechen?", fragte Sekani. Wenn es nach Borscht roch, würde er es gerne tragen. „Ich mag, wie du riechst."

„Das liegt daran, dass ich dein Geliebter bin", erwiderte Borscht leise. „Du wirst es immer lieben, wie ich rieche, genauso wie ich es liebe, wie du riechst."

„Magst du, wie ich rieche?“ Sekani lächelte ihn schüchtern an. „Auch wenn ich mich in ein Tier verwandle?“

Borscht warf ihm einen ernsten Blick zu. „Sekani, du bist der süßeste Flughund, den ich je gesehen habe.“ Er zwinkerte. „Wenn du in deiner tierischen Form in meinem Haus herumflattern willst, kannst du das gerne tun. Ich werde dich sogar auf meiner Schulter tragen, wenn du das willst.“ Dann wurde sein Gesichtsausdruck ernst. „Aber du darfst dann nicht vor anderen Leuten menschlich werden.“

Sekani starrte ihn an. „Du würdest so tun, als wäre ich nur ein Tier?“ Er versuchte, von Borschts Schoß zu rutschen. „Du denkst auch, ich bin ein Monster!“

Knurrend verstärkte Borscht seinen Griff und verwehrte ihm die Flucht. „Du bist *kein* Monster“, knurrte er. „Wenn jemand ein Monster wäre, wäre ich das. Ich trinke Blut zum Überleben. Macht mich das zu einem Monster?“

Nach Luft schnappend erstarrte Sekani und drehte den Kopf, um Borschts Blick zu begegnen. „Nein! Was du getan hast, fühlte sich wundervoll an! Du bist kein Monster!“

Borschts gebräunte Gesichtszüge wurden weicher. Er lächelte breit, zeigte dabei seine Reißzähne, fuhr mit der Zunge über einen und zwinkerte. „Dann sind wir uns einig.“

Sekanis Augen weiteten sich, als er den Mann ansah. „Warum sagst du solche Dinge?“

„Damit du verstehst, dass zu raten, was ich denke, oft nicht richtig ist“, sagte er. „Wenn du eine Frage zu etwas hast, was ich sage, dann frag mich bitte.“

„Warum kann ich mich nicht vor Leuten verwandeln?“

„Weil du dann nackt vor jemand anderem als mir bist“,

antwortete Borscht sofort. „Ich bin ein eifersüchtiger Mann."

Mit gerunzelter Stirn versuchte Sekani das zu verstehen. Er war seit Jahren fast die ganze Zeit nackt. „Ich … ich musste noch nie Kleidung tragen", gab er zu und legte den Kopf schief. „Was bedeutet eifersüchtig?"

Borscht runzelte die Stirn. „Es bedeutet, dass ich nicht mag, dass andere dich nackt sehen", erklärte er rau. „Ich weiß, dass du nackt sein musst, um dich zu verwandeln, aber versuche es bitte nur, wenn dir Kleidung zur Verfügung steht." Er seufzte und grinste schief. „Ich bekomme den Drang, jedem, der dich nackt sieht, die Augen auszukratzen. Deshalb habe ich meine Schwester vorhin aus dem Büro geschickt."

„Oh." Sekani verstand es nicht. „Ist es nicht normal, nackt zu sein?"

Borscht schüttelte den Kopf. „Ich fürchte nicht, Kleiner."

„Oh." Er nickte. „Ich werde Kleidung tragen, wenn es dich glücklich macht."

„Das tut es", bestätigte Borscht. „Danke."

Sekani nickte und lächelte, froh, dass er den großen Mann erfreut hatte.

„Baby, wer ist Gilbert?"

„Gilbert verwandelt sich in einen Raben", antwortete Sekani. „Er ist vor ein paar Jahren zu uns in die Forschungseinrichtung gekommen, glaube ich. Ich verliere das Zeitgefühl dort drinnen."

„Also gibt es andere Wandler, die diese Wissenschaftler gefangen halten und an denen sie Tests durchführen?"

Sekani nickte. Dann sackte sein Kiefer nach unten. „Wir

müssen ihn retten! Und die anderen auch", fügte er hinzu. Er griff nach Borschts Hemd. „Wir müssen sie retten!"

Borscht nickte und schenkte ihm ein kleines Lächeln. „Das werden wir."

KAPITEL 6

Am Ende kleidete Borscht Sekani in eine seiner Boxershorts und ein T-Shirt. Die Shorts waren nicht einmal zu sehen. Es sah so aus, als würde der Wandler ein Kleid tragen. Trotzdem beruhigte sich der besitzergreifende Teil von ihm, als der kleine Mann von seinem Geruch umhüllt war.

Borscht führte ihn nebenan in sein Büro und deutete auf einen der beiden Sessel vor dem Feuer. „Nimm Platz, Sekani", forderte er ihn auf. „Ich habe Obst für dich. Magst du auch Fleisch?"

„Ich weiß nicht", antwortete Sekani und kletterte auf den Sessel. So groß, wie der Sessel war, und so, wie er die Beine unter sich zog, sah Sekani fast aus wie ein Kind. Er zuckte die Achseln, und sein Blick war ebenfalls unschuldig. „Ich habe nur gegessen, was sie mir gegeben haben."

Borscht nickte und versuchte zu entscheiden, wie er diese Antwort fand. Traurig, vermutete er. Er hoffte, dass er helfen könnte, das zu ändern.

Borscht holte die Obstschale aus dem Minikühlschrank und nahm auch eine Dose Zitronenlimo heraus. „Mein Bruder, Zakhar, hat das zusammengestellt, als du noch in Flughundform warst", sagte er und trug beides zu Sekani. „Er ist ein großartiger Koch", fügte er hinzu. „Wir können mit ihm zusammenarbeiten, um herauszufinden, was du gerne magst."

Sekani lächelte zögernd, griff aber nicht nach der Schüssel. „Wie konnte er das tun?", fragte er und sah sehnsüchtig auf das Essen.

„Hier, Kleiner", drängte Borscht sanft und stellte die Schüssel fast auf den Schoß seines Geliebten. „Das ist für dich. Hattest du schon einmal Limonade?"

Schließlich nahm Sekani die Schüssel. „Danke." Er blickte verwirrt auf die Getränkedose. „Ich glaube nicht."

Als Borscht beobachtete, wie Sekani ein Stück Erdbeere in seinen Mund steckte und in offensichtlicher Anerkennung summte, fiel ihm etwas ein, was der junge Mann gesagt hatte. Man hatte ihm das Essen gegeben. Erst als Borscht ihm die Schüssel beinahe auf den Schoß gestellt hatte, hatte Sekani sie ergriffen. Borscht hatte ihm das Essen *gegeben*.

Borscht unterdrückte eine Grimasse und fragte sich, wie er Sekani diesbezüglich helfen konnte. Er wusste, dass er als Anführer seiner kleinen Gruppe von Vampiren nicht immer da sein würde, um seinem Geliebten Essen zu geben. Sekani musste sich wohl damit fühlen, dass er in die Küche ging und sich etwas zu essen nahm … oder zumindest danach fragte.

„Genieß dein Essen, Sekani", ermunterte Borscht ihn leise. „Wenn du nicht alles magst, musst du es nicht essen." Er warf einen Blick auf die Dose, die er hielt, und öffnete sie. Er stellte sie auf den kleinen Tisch zwischen Stuhl und Wand und nickte ihm zu. „Aufpassen. Sie ist kohlensäurehaltig." Als er sah, dass Sekani mit geneigtem Kopf zu ihm aufblickte, fügte er hinzu: „Da sind Blubberblasen drin. Die könnten in deiner Nase kitzeln oder in deiner Kehle brennen."

Sekani starrte auf die Dose, als wäre es eine Schlange, die kurz davor war, ihn zu beißen.

Borscht gluckste leise. „Trink es einfach langsam. Wenn du es nicht magst, musst du es nicht trinken.“ Er beugte sich herab und drückte einen Kuss auf die Schläfe seines Geliebten. „Ich muss ein paar Anrufe tätigen. Ich werde dich herumführen, wenn ich damit fertig bin.“

Nachdem Sekani ihn angelächelt hatte, konzentrierte er sich wieder auf sein Essen.

Borscht drehte sich zu seinem Schreibtisch um, ging dorthin und griff nach seinem Handy. Er drückte einen Knopf an der Seite, um es zu aktivieren, und fuhr dann mit dem Daumen über den Bildschirm, um ihn zu entsperren. Er öffnete sein Telefonbuch, blätterte darin und verharrte dann bei einem Namen.

Borscht warf seinem Geliebten einen Blick zu, der sich gerade ein Stück Nektarine in den Mund gesteckt hatte. Sekani verzog das Gesicht und spuckte das halbgekaute Stück Obst in seine Hand. Als Borscht ihn beobachtete, wie er die unerwünschte Frucht ganz links an den Rand der Schüssel schob, lächelte er und nahm sich vor, Sekani keine Nektarinen mehr zu geben.

Er drückte die Anruftaste. Innerhalb von Sekunden antwortete eine kalte Tenorstimme.

„Wer ist da?“

Borscht legte fast auf. Ein weiterer Blick auf seinen Geliebten ließ ihn diese Entscheidung überdenken. „Hier ist Borscht Kuznetsov.“

Nach einigen Sekunden der Stille fragte der Mann: „Was

willst du, Vampir?“

„Ist da Jared Templeton?“, fragte Borscht unverblümt.

„Ja.“

Borscht kniff die Augen zusammen, zwang sich jedoch zu sagen: „Ich habe einen Wandler gerettet, der von Wissenschaftlern festgehalten wurde. Soweit ich weiß, hat euer Rudel dasselbe getan.“ Er schwieg für ein paar Herzschläge und lauschte der tiefen Stille. „Ich habe jemanden in Gewahrsam, dessen Muttersprache Englisch zu sein scheint.“

„Wie hast du den Wandler gerettet?“, wollte Jared wissen. Seine Worte waren nur ein Knurren. „Welche Art?“

Borscht zwang sich zu einem Lächeln, als er seinen Geliebten ansah, nur für den Fall, dass der ihn anschaute. „Sekani ist ein Nilflughund. Er ist geflohen, als er von einer Einrichtung in eine andere verlegt wurde.“

„Dann müssen wir beide Einrichtungen finden“, knurrte Jared. „Ist Sekani jetzt da?“

„Ja.“

„Ich muss mit ihm reden. Hol ihn ans Telefon“, forderte Jared. Als nächstes klang Jareds Stimme gedämpft, aber immer noch hörbar. Borscht vermutete, dass er seine Hand über das Telefon gelegt hatte, als er sagte: „Carson, wir haben eine Spur.“

Borscht wurde klar, dass Jared sich an seinen Wolfswandlergefährten Carson Angeni gewandt hatte. Jared Templeton war ein Mensch, ein Hacker, und hatte es geschafft, Fotos von einem Vampir zu finden, indem er alte, handgezeichnete Bilder mit aktuellen High-Tech-Videofotos abglich. Auch wenn Borscht einen gesunden Respekt vor

Aleksei und Vadims Fähigkeiten im Umgang mit Technik hatte, wusste er, dass Jared besser war.

Aleksei ist schon sauer auf mich. Das wird ihn an die Decke gehen lassen.

Auch wenn Borscht es hasste, eine noch größere Kluft zwischen sich und seinem Bruder zu schaffen – verdammt, er hatte den Mann an diesem Abend bereits ausgeknockt –, musste er sich um seinen Geliebten kümmern.

„Moment“, antwortete Borscht.

Er legte sein Handy hin, nahm dann sein Telefon und drückte die interne Taste für den Apparat in der Küche. So wie er vermutete, hörte er Zakhars undeutliche Begrüßung, wahrscheinlich, weil dessen Mund voller Essen war. Aus irgendeinem Grund aß sein Bruder ständig. Er nahm nie auch nur ein Gramm zu, blieb immer schlank und gut in Form, aber seine kulinarischen Fähigkeiten bedeuteten, dass er immer irgendetwas probierte.

„Ich brauche Nikolai in meinem Büro“, grollte Borscht. „Sofort.“

„Wird erledigt, Boss“, antwortete Zakhar. Borscht bewegte seine Hand zur *Ende*-Taste, als er seinen Bruder fragen hörte: „Wie geht es deinem kleinen Geliebten, Bruder? Braucht er etwas?“

Borscht lächelte über die Aufmerksamkeit seines Bruders. Er sah Sekani an, nur um zu entdecken, dass dieser zu ihm schaute. „Er mag keine Nektarinen“, antwortete Borscht und hob eine Braue, als er Sekani weiter ansah. „Und er könnte etwas Protein gebrauchen.“

„Oh, dann ist er also in menschlicher Form?“

„*Da*“, bestätigte Borscht.

„Nachdem ich Nikolai gefunden habe, werde ich etwas zusammenstellen, das einen hohen Proteingehalt hat … für euch beide.“

Borscht bedankte sich und beendete das Gespräch. Während er noch immer Sekanis Blick begegnete und seinen neugierigen Gesichtsausdruck bemerkte, nahm er sein Handy und grollte auf Russisch: „Verstehst du mich?“

„*Da*“, antwortete Jared sarkastisch. Der Mensch fuhr auf Russisch fort und sagte: „Das Fledertier ist dein Geliebter. Herzlichen Glückwunsch. Jetzt hol ihn ans Telefon.“

„Ich werde mein Handy auf Lautsprecher stellen. Er kennt sich mit den Gepflogenheiten der Außenwelt nicht aus, also sei ja höflich“, befahl Borscht schroff. „Reg ihn nicht auf.“ Nachdem er Jareds Sarkasmus schon zuvor gehört hatte, wusste er, wie sehr der Mensch einen reizen konnte.

Jared schnaubte. „Ich bin immer höflich.“

„Bullshit“, schnappte Borscht. Er wechselte wieder zu Englisch und sagte zu Jared: „Ich warte auf meinen Bruder Nikolai, damit Sekani sich nicht wiederholen muss. Warte einen Moment.“

„Gut“, antwortete Jared. „Ich werde mein Handy auch auf Lautsprecher lassen und damit beginnen, die Unternehmen in deiner Region zu überprüfen. In welcher Stadt bist du?“

Borscht sagte es ihm, dann stellte er auch sein Telefon auf Lautsprecher.

„Und hast du irgendwelche Namen von den Männern, die Sekani gejagt haben?“

„Carmen Reynolds“, warf Nikolai ein, als er in das Büro

ging. „Unser bewusstloser Freund ist aufgewacht, und er heißt Varian Lorschantz." Er wischte sich mit einem hellbraunen Handtuch über die Krallen und hinterließ dunkle Flecken, die Borscht aufgrund des Geruchs als Blut identifizierte. Nikolai lächelte grimmig. „Beide arbeiten für ein Sicherheitsunternehmen namens Stay Safe Security in einer Vertragsfabrik namens Crystal Pharmaceuticals."

„Süß. Wer ist das?", fragte Jared, während der Klang klickender Tasten durch die Leitung kam.

„Mein Bruder Nikolai", antwortete Borscht. Seine Aufmerksamkeit von seinem Bruder nehmend, konzentrierte er sich auf Sekani und streckte seine Hand aus. „Bitte komm her, Sekani. Wir müssen dir einige Fragen stellen."

Sekani stellte die Schüssel auf den Beistelltisch und kam zu ihm. Ohne Aufforderung legte er eine Hand in Borschts, dann seine andere Hand auf die Armlehne des Sessels. Er stieg schnell auf Borschts Schoß und kuschelte sich an seine Brust.

Borscht ließ seine Hand los und hob sie, um sein Kinn zu umfassen, während er seinen anderen Arm um Sekani Taille schlang. Den Kopf des kleinen Mannes neigend, lehnte er sich vor und drückte einen Kuss auf die Lippen des Wandlers. Er lächelte und rieb mit seinen Bartstoppeln gegen Sekanis Wange.

Sekani lachte und senkte den Kopf, als er Borschts Shirt ergriff und sich an ihn klammerte.

Nikolai lachte leise.

Den Blick erhoben, sah Borscht den amüsierten Ausdruck seines Bruders und hob eine Augenbraue in stummer Frage.

„Es ist schön, dich so zu sehen", erklärte Nikolai und legte das Handtuch auf den Schreibtisch. Er zog einen Dolch heraus und begann, seine Krallen damit zu reinigen, die letzten Blutreste zu entfernen und die Klinge des Handtuchs abzuwischen. Er winkte mit dem Dolch in seine Richtung und fügte hinzu: „Glücklich. Entspannt."

Sekani hob den Kopf ein Stück von Borschts Brust, schnüffelte und konzentrierte sich dann auf Nikolai. „Wieso hast du Blut an deinen Händen?", fragte er. „Warum sehen deine Nägel so aus?"

Nikolai gluckste und antwortete: „Ich bin ein Vampir und das sind meine Klauen." Er hob die Hand und zeigte seine jetzt größtenteils sauberen, sieben Zentimeter langen Krallen. Nachdem er sie in seine Finger zurückgezogen hatte, so dass sie wieder eine normale Länge hatten, fügte Nikolai hinzu: „Und jetzt sind sie wieder normal aussehende Hände." Er zwinkerte Sekani zu. „Auf diese Weise bleibe ich unter Menschen unerkannt."

„Trinkst du auch Blut?", fragte Sekani.

„Das tue ich", bestätigte Nikolai.

Sekani legte den Kopf schief, als ob er nachdenken würde, dann fuhr er fort: „Hast du das Blut des Jägers getrunken?"

Borscht hätte es vor seinem Bruder nie zugegeben, aber er fragte sich oft dasselbe, wenn er ihn losschickte, um Menschen zu befragen.

„*Nyet*", antwortete Nikolai und schüttelte den Kopf. „Ich trinke kein … schlechtes Blut."

Nachdem Borscht bemerkt hatte, wie sein Bruder

innehielt, um das Blut des Mannes zu beschreiben, hob er interessiert eine Braue. „Schlechtes Blut?“ Gab es so etwas für einen Vampir? Borscht wusste, dass er eine bestimmte Blutgruppe im Vergleich zu anderen bevorzugte, wenn es um Menschen ging, aber dies war nicht mehr von Bedeutung, seit er seinen Geliebten getroffen hatte.

Nikolai begegnete seinem Blick und nickte. Er öffnete den Mund und kniff die Augen zusammen, als er sich über die Lippen leckte. „Konsumenten von … Drogen“, erklärte er. „Verdirbt das Blut.“

Daran hatte Borscht nicht gedacht, aber sein Bruder hatte recht. Er hielt sich auch von bestimmten Menschen fern. Er hatte vor fast einem Jahrhundert aufgehört, Leute in Bars aufzugabeln. Als er nach einem neuen Zuhause für seine Familie gesucht hatte, war er dankbar gewesen, dass er diesen Ort gefunden hatte, denn Touristen waren ein leichtes Ziel. Niemand in seiner Familie blieb hungrig.

„Hebt euch die Unterhaltung für ein anderes Mal auf“, sagte Jared, dessen Stimme durch das Handy kam. „Ich habe eine gute und eine schlechte Nachricht.“

„Was ist die schlechte Nachricht?“, fragte Borscht, da er diese zuerst aus dem Weg haben wollte.

„Crystal Pharmaceuticals hatte ihren Sitz in den USA unter dem Namen Crystal Lake Corporation“, sagte Jared. „Wir wussten immer, dass wir nicht alle erwischt haben, und wir suchen seit Jahren nach diesen Jungs.“ Sein Ton wurde kalt. „Jetzt, wo ich eine Spur habe, werde ich herausfinden, wem diese verdammte Firma gehört und ob derjenige der verdammte Geldgeber für Marlows Experimente mit Wandlern war."

Borscht konnte nicht sagen, dass er überrascht war, Jareds offensichtlichen Wunsch zu hören, das Unternehmen zu Fall zu bringen. Er zog seine Brauen zusammen und fragte: „Wenn du das als schlechte Nachricht betrachtest, was ist dann die gute Nachricht?"

„Du wirst mich wiedersehen", witzelte Jared. „Ist Sekani jetzt da?"

Borscht hörte Nikolais Grunzen, was seine Aufmerksamkeit auf ihn lenkte. Er entdeckte den amüsierten Ausdruck seines Bruders und schüttelte den Kopf. „Ermutige ihn nicht", grummelte er und beantwortete dann Jareds Frage. „*Da,* Sekani ist hier. Wenn du den Firmennamen bereits kennst, was musst du ihn dann fragen?"

„Sekani? Wie bist du geflohen?", fragte Jared.

Sekani sah zu Borscht auf und suchte offensichtlich nach Unterstützung. Nachdem er nickte und den Rücken seines Geliebten rieb, antwortete Sekani: „Die Jäger haben uns transportiert. Sie haben ein Schlagloch erwischt und mein Käfig ist runtergefallen. Die Tür öffnete sich." Er knabberte für ein paar Sekunden an seiner Lippe, dann fuhr er fort: „Ich wollte nicht gehen, aber Ash machte scheuchende Gesten mit seinen Flügeln, also flog ich weg."

„Wie viele wurden verlegt, und welche Arten von Wandlern waren es?", fragte Jared.

„Warum willst du das wissen?", fragte Sekani. „Du wirst ihnen nicht weh tun, oder?"

Jared schnaubte. „Oh nein, Sekani. Wir müssen nur wissen, wie viele Fahrzeuge wir mitbringen müssen, damit wir sie alle retten können“, erklärte er. „Und ich muss wissen, ob welche von ihnen Verletzungen haben oder sich nicht verwandeln können oder unter Drogen gesetzt wurden, um sie zum Schlafen zu zwingen. Was auch immer du uns sagen kannst, wird es einfacher für uns machen, deine Freunde zu befreien.“

Sekani nickte, aber dann musste er erkannt haben, dass Jared es nicht sehen konnte, denn er fing an zu reden. „Nun, wir waren sieben bei dem Transport. Ich, Gilbert, Hector, Ash, Thad, Cho und Prescott. Wir können alle fliegen, aber wir sind verschieden. Wenn wir Tiere sind, nehmen wir nicht viel Platz ein“, erklärte er. „Daher gaben sie uns die Spritze, die uns in Tierform bleiben lässt, und sie haben uns in Käfige gesteckt und in diese große Garage gebracht, wo Wachen uns in einen Lastwagen geladen haben. Unsere Käfige waren festgebunden, aber der Mann, der meinen Käfig festgeschnallt hat, war zu sehr damit beschäftigt, einen anderen Wachmann anzusehen, und hat es nicht richtig gemacht, also fiel er herunter.“ Sekani sah zu Borscht auf und sagte: „Wenigstens wird er keine Schwierigkeiten mit seinem Chef bekommen, weil er einer der Jäger war, die du getötet hast.“ Er sah Nikolai an und zeigte auf ihn. „Nun, ich glaube, tatsächlich warst du es, oder der andere schlanke Mann. Es war definitiv nicht die Frau. Sie hat die Wache getötet, die Ash geschlagen hat, weil Ash immer wieder versucht hat, ihn zu picken.“

„Whoa, hey, Turbo“, rief Jared durch das Telefon. „Langsamer.“

Borscht musste zugeben, er war sich nicht sicher, ob er alles verstanden hatte, was Sekani gesagt hatte. Obwohl er

Englisch verstand und sprach, war es nicht seine Muttersprache und einige seiner Geschwister konnten es besser als er. Dennoch dachte Borscht, dass er immer noch lächeln und nicken konnte, während seinen Geliebter plapperte, auch wenn er nicht alles verstand … und es schien, als ob er viel reden konnte, wenn er einmal in Fahrt war.

Sekanis Brauen zogen sich zusammen und er sah zu ihm auf. „Was bedeutet das?"

Borscht fuhr mit dem Daumen über Sekanis Kiefer und erklärte: „Jared bittet dich, langsamer zu sprechen." Er lächelte, als er in Nikolais Richtung sah, nicht überrascht, Belustigung im Gesicht seines Bruders zu sehen, dann konzentrierte er sich wieder auf Sekani und fügte grinsend hinzu: „Es fällt ihm schwer, mit deinem schnellen Reden Schritt zu halten."

„Ha, ha", kommentierte Jared trocken.

KAPITEL 7

Sekani rutschte auf dem Kissen des Hockers herum. Er sah sich in der großen Küche um und betrachtete all die Farben und glänzenden Oberflächen. Er spannte seine gefalteten Hände an, nicht sicher, ob er irgendetwas berühren durfte, aber er wollte es so sehr.

„Geht es dir gut, Kumpel?“, fragte Zakhar.

Nachdem sie das Gespräch mit Jared im Büro beendet hatten, meinte Nikolai, dass er die anderen zusammenbringen würde. Borscht hatte ihm gesagt, dass er bald da sein würde. Dann hatte er Sekani hierher gebracht und ihm Zakhar vorgestellt. Nachdem Borscht seinem Bruder gesagt hatte, er solle Sekani helfen, herauszufinden, welche Art von Essen er mochte, gab er Sekani einen Kuss und sagte ihm, dass er bald zurück sein würde.

„Ähm, ja“, flüsterte Sekani. Er legte eine seiner Hände auf die Theke. „Glatt“, kommentierte er und rieb über die lustig gefärbte Oberfläche.

„Es ist ein Stein namens Marmor“, erklärte Zakhar. Er stellte eine Schale mit einer braunen Flüssigkeit auf die Theke und schob sie in Sekanis Richtung. „Das nennt man Rindfleischeintopf. Versuch es mal.“

Sekani starrte darauf. Die Schüssel war voll mit brauner

Flüssigkeit. In der Flüssigkeit schwammen winzige Stücke, Essen, nahm er an. Die kleinen waren orange und grün, dann gab es größere Stücke in Weiß und Braun. Er hatte nicht viel Fleisch bekommen, aber er erkannte die braunen Brocken als das Rindfleisch in der Bezeichnung. Sekani tauchte seine Finger in die Flüssigkeit und nahm ein weißes Stück heraus. Er starrte es einige Sekunden lang an, ließ den größten Teil der braunen Flüssigkeit abtropfen und steckte es dann in seinen Mund.

Aromen, die Sekani nicht einmal ansatzweise beschreiben konnte, explodierten auf seiner Zunge. Summend tauchte er seine Finger wieder in die Brühe und fischte ein Stück Fleisch heraus. Als er mit einem glücklichen Lächeln darauf herumkaute, hörte er Zakhar lachen.

Sekani sah von dem Essen auf und beobachtete, wie der Mann einen kleinen Teller mit einem Stück Brot auf ihn zu schob. Auf dem Stück Brot war eine Art gelbes Zeug verteilt. Sekani tauchte seinen Finger hinein, führte ihn dann an seine Nase und schnüffelte. Er war sich nicht sicher, was er da roch, und warf Zakhar einen Blick zu.

„Das ist Butter“, sagte Zakhar leise. „Sie wird auf Brot gestrichen, um es süßer zu machen.“

Sekani steckte den Finger in den Mund. Als er es probierte, runzelte er die Stirn. Er war sich nicht sicher, ob es ihm gefiel oder nicht.

„Es schmeckt besser auf dem Brot“, versicherte Zakhar. „Und benutze den Löffel, um die Brocken im Eintopf herauszubekommen“, wies er sanft an und schob einen Metallgegenstand auf Sekani zu. „Auf diese Weise wirst du dir deine Finger nicht schmutzig machen."

Sekani hob den Gegenstand auf und hielt ihn hoch. An einer kleinen, flachen, länglichen Schüssel war ein langes, schmales Stück Metall befestigt. „Wie, ähm …" Sekani zog die Schultern hoch und sah Zakhar unsicher an. „Ich habe noch nie …"

Zakhar kam um die Theke herum. „Ah, ich verstehe", sagte er leise. Er blieb neben Sekanis Hocker stehen und zog den Löffel vorsichtig aus seinem Griff. „Wenn du es erlaubst, werde ich es dir zeigen."

Sekani nickte langsam, erleichtert, dass Zakhar ihn nicht so ansah, als wäre er ein Idiot. Die Wachen hatten das die ganze Zeit getan. Die Wissenschaftler sahen ihn nur an, als wäre er ein seltsames Monster, das sie erforschen wollten.

„So", sagte Zakhar. Er ergriff sanft Sekanis Handgelenk und nahm den Löffel in die Hand. „Halte den Griff so", erklärte er und legte Sekanis viel kleinere Finger um das dünne Ende. „Dann tauche ihn in die Suppe." Er führte Sekanis Hand, während er das andere Ende in den Eintopf tauchte und ihn mit einigen orangen und grünen Stücken und einem kleinen Brocken Fleisch füllte. „Halte ihn ruhig, während du ihn zu deinem Mund führst."

Sekani öffnete seinen Mund weit und brachte mit Zakhars Hilfe den mit Essen gefüllten Löffel zu seinem Mund. Er kaute und summte anerkennend, lächelte zu dem Mann auf und nickte, als er schluckte.

„Danke", sagte Sekani zu ihm. „Es schmeckt viel besser, so miteinander vermischt!"

Zakhar grinste ihn an. „Hier ist ein weiterer Trick." Er

ergriff erneut Sekanis Hand und führte sie zur Schüssel. Dieses Mal stach er mit der Spitze des Löffels in eines der weißen Dinger. „Das ist eine Kartoffel, und manchmal schneide ich sie nicht klein genug. Auf diese Weise kannst du ein Stück abtrennen, damit es besser auf den Löffel passt."

„Kartoffel", murmelte Sekani. „Und die gibt es auch größer?", fragte er, als er einen weiteren Bissen an seinen Mund führte.

„Allerdings."

„Mmm, ich rieche etwas Fantastisches", sagte eine Frau, als sie in die Küche trat. Sie hob eine Braue und schaute Sekani und Zakhar an. „Lass Borscht lieber nicht sehen, wie du seine Hand hältst."

Zakhar sah die Frau finster an, ließ Sekani aber los. „Ich habe ihm nur geholfen", grummelte er, als er die Theke umrundete. „Du bist also nicht bei der Besprechung?"

„Nö. Borscht lässt mich nur das Fluchtauto fahren", sagte die Frau. „So wie immer." Sie zuckte die Achseln, blieb dann neben Sekani stehen und streckte ihre Hand aus. „Ich bin Nikita, eine von Borschts Schwestern."

Sekani schaute vom lächelnden Gesicht der dunkelhaarigen Frau zu ihrer ausgestreckten Hand. Brauchte sie etwas? Nachdem er für einen Moment auf den Löffel herabgesehen hatte, den er in der Hand hatte, hielt er ihn ihr hin.

„Brauchst du den Löffel?"

Nikitas Augen weiteten sich leicht, dann schüttelte sie den Kopf. „Oh, nein, ähm ..."

„Es ist ein Händedruck, Sekani", sagte Zakhar zu ihm.

„Leg den Löffel auf die Theke und nimm Nikitas Hand. Sie wird dir einen richtigen Händedruck zeigen."

Sekani runzelte die Brauen und tat, was ihm gesagt wurde. Er legte seinen Löffel hin, streckte die Hand aus und hielt sie ihr hin. Nikita nahm seine Hand und drückte sie ein paar Sekunden lang sanft, bevor sie wieder losließ.

„Warum tust du das?", fragte Sekani, hob seinen Löffel wieder auf und wandte sich wieder dem Eintopf zu. „Das Essen ist wirklich sehr, sehr gut. So etwas hatte ich noch nie." Er lächelte Zakhar zu und tauchte den Löffel vorsichtig in das Essen. „Mir wurden immer Früchte, Nüsse und Bohnen gegeben. Manchmal ein bisschen Steak."

Zakhar erwiderte sein Lächeln. „Ich freu mich, dass du es magst. Nachdem du das Brot probiert hast, versuch mal, es in die Brühe zu tauchen", riet er und betrachtete das Essen, von dem er sprach. „Es ist wunderbar, die Aromen zu kombinieren."

„Okay", stimmte Sekani zu. Er legte den Löffel ab, griff nach dem Brot und hielt inne. „Benutze ich den Löffel auch dafür?"

„*Nyet*", antwortete Zakhar. „Mit den Fingern ist dabei in Ordnung." Er lehnte sich gegen die Theke und fügte hinzu: „Wenn man jemandem begegnet, wird es als höflich angesehen, ihm die Hand zu schütteln."

Sekani hob die dicke Scheibe Butterbrot auf. Er nickte abwesend. „Das muss ich mir merken", murmelte er. „So viel zu lernen." Dann öffnete er den Mund und nahm einen großen Bissen.

Sekani kaute langsam und stöhnte. Zakhar hatte recht.

Die Butter machte das Brot süßer. Außerdem hatte er noch nie so weiches und leckeres Brot gegessen. Das Brot, das er bekommen hatte, war dunkelbraun, ein bisschen hart und etwas bitter. Er schluckte und nahm einen weiteren großen Bissen.

„Ich denke, er mag es", neckte Nikita und stieß mit ihrer Schulter gegen Zakhars, als sie sich in der Küche bewegte. „Also, gibt es noch mehr von diesem Eintopf? Es riecht großartig", wiederholte sie ihren früheren Kommentar.

„Ja", antwortete Zakhar. „In dem großen Topf auf dem Herd", sagte er und zeigte auf etwas. „Bedien dich." Er klopfte auf die Theke und zeigte auf das Brot in Sekanis Hand. „Möchtest du mehr?"

Sekanis Augen weiteten sich. „Ich kann mehr haben?"

„Du kannst so viel haben, wie du willst", versicherte Zakhar, drehte sich um und zeigte auf eine kleine Holztür. „Unser Brot ist hier drin", sagte er, packte einen Holzgriff am unteren Ende und zog die Tür nach oben. „Du kannst davon haben, wann immer du willst, mit oder ohne Butter." Er grinste. „Ich zeige dir als nächstes, wo die zu finden ist", sagte er und holte einen in Papier eingewickelten Brotlaib heraus.

Nachdem er den letzten Bissen Brot in den Mund gesteckt hatte, nahm Sekani seinen Löffel und sah erwartungsvoll zu, während er kaute und schluckte.

„Hier sind die Messer", erklärte Zakhar, zeigte auf einen Holzklotz, der sich im hinteren Bereich der Theke befand, und zog ein großes Messer heraus. „Pass nur auf deine Finger auf. Ich halte sie scharf."

Sekani nickte eifrig. Wenn er mehr von dem köstlichen

Brot und der Butter haben konnte, wann immer er wollte, würde er ganz vorsichtig sein. Während er zuschaute, wie Zakhar ein Stück Brot von dem langen, schlanken Laib abschnitt, aß Sekani einen weiteren Löffel des köstlichen Eintopfs.

Zakhar zog den Teller zu sich und legte die Scheibe Brot darauf. „Die Butter ist hier im Kühlschrank“, sagte er und ging zu einer Doppeltür aus Metall. Er öffnete sie und ein Licht ging an, enthüllte Regale mit bunten Behältern, Krügen und Flaschen mit Flüssigkeit darin. „Es ist das hier“, sagte er und ergriff einen runden, braunen Behälter.

Sekani war nicht in der Lage, seine Aufregung über die Aussicht auf mehr Brot und Butter zu zügeln, und wand sich auf seinem Platz. Er aß seinen Eintopf und sah erwartungsvoll zu, wie Zakhar eine Schicht Butter auf das Brot strich.

„Machst du mir auch eins, während du dran bist?“, fragte Nikita und stellte eine Schüssel mit Eintopf auf die Theke.

Zakhar nickte. „*Da.*“ Er schob den kleinen Teller über die Theke vor Sekani. „Hier, bitte. Probier mal, ein Stück in den Eintopf zu tauchen.“

Sekani leckte den Löffel sauber und nahm das Brot. Nach kurzem Zögern tauchte er das Ende der Scheibe in den Eintopf. Er brachte das tropfende, durchnässte Ende schnell zu seinem Mund und biss das Stück ab.

Sekani stöhnte leise und ließ das feuchte Brot für ein paar Sekunden auf seiner Zunge liegen. Er schloss die Augen und summte, als er die Aromen genoss. Er hatte nicht gedacht, dass es noch besser werden könnte, aber er hatte sich geirrt.

„Fantastisch“, murmelte Sekani mit seinem Mund voll Essen.

Zakhar lachte. „Ich freu mich, dass es dir schmeckt.“

„Dieses ganze Lob wird dir noch zu Kopf steigen“, sagte Nikita grinsend.

„Dafür kannst du dir dein Brot selbst machen“, grummelte Zakhar, aber er lächelte, als er es sagte. „Ich bin dran mit Eintopf.“

„Also, wie lange wurdest du gefangen gehalten?“, fragte Nikita neugierig, als sie eine Scheibe Brot abschnitt.

Sekani warf einen Blick zwischen den beiden Geschwistern hin und her. Er knabberte an seiner Unterlippe, als er den Löffel weglegte. „Ähm, ich weiß nicht“, gab er zu. Er packte den Saum seines T-Shirts und rieb mit den Fingern über den Stoff. Es roch nach Borscht und beruhigte sein Herz, das bei dem Gedanken, gefangen gehalten zu werden, zu rasen begann.

„Wie alt bist du?“, fragte Zakhar und wandte sich wieder von der Stelle ab, wo er den Eintopf in seine Schüssel schöpfte.

Sekani blickte stirnrunzelnd zwischen ihnen hin und her. Er erkannte, dass sie neugierig und nicht absichtlich gemein waren. Gilbert hatte erklärt, was ein Geburtstag war. Diese Leute konnten nicht wissen, dass er keine Ahnung hatte, wann seiner war oder auch, wie viele er schon gehabt hatte.

Sekani leckte sich über die Lippen, dann antwortete er ihnen leise: „Ich erinnere mich nicht an eine Zeit, als ich nicht in einem Käfig war.“ Er zuckte mit den Schultern. „Geburtstage haben für mich keine Bedeutung.“

Nikitas Gesicht wurde rot, als sie einen Blick mit Zakhar austauschte. Bevor einer von ihnen etwas sagen konnte, hallte eine laute Männerstimme durch das Haus. Die Worte ergaben für Sekani keinen Sinn, aber er kannte den Klang von Wut, wenn er ihn hörte.

Zakhar sagte etwas zu seiner Schwester in derselben Sprache, und sie verzog das Gesicht, als sie nickte.

„Wieso kann ich euch manchmal verstehen und manchmal nicht?“, flüsterte Sekani. Er fühlte sich manchmal, als würde er Dinge verpassen.

„Entschuldige, Sekani“, sagte Zakhar leise und legte seine Ellbogen auf die Theke. „Manchmal vergessen wir, dass du kein Russisch verstehst.“

„Russisch?“ Sekani hatte dieses Wort noch nie gehört. „Was ist das?“

Nachdem Zakhar und Nikita sich angesehen hatten, lächelte sie und erklärte: „Russisch ist die Sprache, die die meisten Menschen in dieser Region sprechen. Viele von uns sprechen auch andere Sprachen. Die Worte, die wir verwenden, um mit dir zu sprechen, sind englische Worte.“ Mit einer leichten Berührung seiner Hand fügte sie hinzu: „Wenn du hier bleiben möchtest, können wir es dir beibringen.“

Bevor Sekani nach weiteren Informationen fragen konnte, stürmte ein großer, schlanker Mann mit dunkelblonden Haaren, der Zakhar ähnlich sah, in den Raum. Er ließ seinen Blick durch den Raum schweifen und richtete ihn dann auf Sekani. Er verzog die Lippe, drehte sich um, ging zum Herd und machte sich eine Schüssel voll Essen.

Borscht erschien einen Augenblick später, gefolgt von einer Reihe anderer Leute … zwei Männer, von denen einer Nikolai war, und die Frau, die früher an diesem Tag im Arbeitszimmer gewesen war. Als sein Geliebter ihn anlächelte, beschloss Sekani, den wütenden Mann zu ignorieren. Stattdessen hielt er den Löffel und seinen letzten Bissen Butterbrot hoch.

„Hast du das schon mal gegessen? Ich wette, du darfst es die ganze Zeit essen", sagte Sekani aufgeregt. „Dieses Brot schmeckt fantastisch, besonders mit der Butter, die dein Bruder draufgetan hat. Das Brot, das ich von den Wachen bekam, war nie so gut. Er sagt sogar, ich kann so viel haben, wie ich will!" Er hielt es ihm hin. „Willst du den letzten Bissen?"

Borscht ging auf ihn zu und lächelte ihn an. „Bist du sicher, dass du mir das geben willst?"

„Du hast so viel für mich getan, und dies ist mein zweites Stück", sagte Sekani und hielt es vor seinen Mund. Er lächelte schüchtern und fügte hinzu: „Außerdem, ich bin langsam satt, und falls ich später Hunger bekomme, hat Zakhar mir gezeigt, wo es ist, und er sagt, dass ich mit selbst mehr nehmen kann, wenn ich will."

Borschts Augen glänzten, als er sagte: „Danke, Sekani." Dann öffnete er den Mund, beugte sich vor und aß den Bissen Brot. Er zwickte leicht in Sekanis Daumenkuppe, bevor er sich zurückzog und kaute.

Sekani lachte, als ein Kribbeln seinen Arm hinaufstieg. Er lächelte und war erfreut, etwas so Einfaches für den großen Mann tun zu können, da der bereits so viel für ihn getan hatte.

Er leckte sich die Lippe und rieb sich mit der prickelnden Hand über den Oberschenkel.

„Zakhar hat mir auch beigebracht, wie man einen Löffel benutzt", sagte Sekani und wollte zeigen, dass er lernen konnte. „Die Wachen haben uns solche Dinge nie gegeben. Wir haben einfach unsere Hände benutzt. Tiere brauchen keine Gabeln, sagte ein Wachmann zu Gilbert, als er danach fragte", fügte Sekani mit gerunzelter Stirn hinzu. „Benutzt ihr hier Gabeln? Was ist eine Gabel?"

Als die große Frau, die er nicht kannte, nach Luft schnappte, hielt Sekani inne und sah sich unter den anderen um. Er sah die geschockten Ausdrücke auf mehreren ihrer Gesichter und den großen Mann, den er nicht kannte, etwas zu Nikolai flüstern, das er nicht verstehen konnte. Das erinnerte ihn an die anderen Dinge, über die er mit Zakhar und Nikita gesprochen hatte.

„Sie werden mir dein … Russisch beibringen", sagte Sekani zu Borscht. Er hoffte, dass er das richtig erklärt hatte. Er war immer noch ein wenig unsicher, was es bedeutete. „Und Nikita hat mir beigebracht, wie man Hände schüttelt."

Als Borscht nicht sofort antwortete, rutschte Sekani unruhig auf seinem Sitz herum. Er griff nach dem Saum des T-Shirts, das sein Vampir ihm zum Tragen gegeben hatte. Er mochte, wie der Stoff sich um ihn legte. Wenn er die Wahl hätte, würde er die Boxershorts, die um seine Taille lagen, auslassen und nur das T-Shirt tragen, aber er hatte Borscht nicht durch die Weigerung verärgern wollen.

„Ich finde das wunderbar", sagte Borscht und seine Stimme klang ein wenig dumpf. „Wir benutzen Gabeln. Ich werde dir beibringen, wie es funktioniert."

Sekani strahlte seinen Geliebten an und hüpfte ein wenig auf seinem Sitz hin und her. „Juhu!"

KAPITEL 8

Borscht hielt Sekani auf seinem Schoß, während er sich auf dem Liegestuhl entspannte. Nach dem Essen hatte die Gruppe das getan, was sie am Donnerstagabend meistens taten. Sie waren in den Aufenthaltsraum gegangen, hatten sich über die Filmauswahl gestritten und dann auf einen geeinigt. Borscht hatte sich nicht die Mühe gemacht, etwas zu kommentieren. Er war zu beschäftigt damit gewesen, Sekani durch den Raum zu führen und Elektronik zu erklären. Leider war Borscht kein Experte. Zu seiner Erleichterung war Vadim ein- oder zweimal eingesprungen, um es zu erklären.

Seine Geschwister hatten sich für einen Actionfilm entschieden, den sie schon oft gesehen hatten. Borscht hatte bemerkt, dass Aleksei nichts gesagt hatte, weil er zu beschäftigt war, alle finster anzustarren. Die anderen hatten das schlechte Benehmen ihres Bruders größtenteils ignoriert. Nach der Enthüllung, dass Sekani nicht einmal wusste, wie man Besteck benutzt, waren alle sehr entgegenkommend.

Borscht hielt Sekani jetzt zusammengerollt auf seinem Schoß. Er wusste, dass sein Geliebter vor gut dreißig Minuten eingeschlafen war. Zunächst hatte er so viele Fragen über den Film gestellt – *ist das real – wer sind diese Menschen – wie können wir sie so sehen* – dass es gut war, dass alle den Film schon unzählige

Male gesehen hatten.

Fast jeder fing an, Dinge zu erklären … nun, außer Aleksei. Borscht wusste nicht, was seinem Bruder so zu schaffen machte. War es die Tatsache, dass er sich darauf vorbereitete, sich mit einem Mann zu verbinden? Andererseits hätte Aleksei vielleicht darüber hinwegkommen können, wenn Borscht nicht sofort einen ganzen Trupp von homosexuellen Wandlern zu sich nach Hause eingeladen hätte. Sein Bruder hatte sich schon immer schwergetan, Veränderungen zu akzeptieren.

Borscht fuhr mit den Fingerspitzen durch die seidigen Strähnen von Sekanis mittelbraunem Haar und versuchte, den Schmerz in seinem Schwanz zu ignorieren. Sein Wandler, der mit seinem Hintern an Borschts Schwanz saß, machte das nicht gerade einfach, aber er tat sein Bestes. Borscht konzentrierte sich darauf, zu genießen, wie Sekani sich in seinen Armen anfühlte – endlich, nach so vielen Jahren –, dass er es kaum erwarten konnte, ihre Bindung abzuschließen.

Vielleicht morgen früh.

Immer und immer wieder war Borscht an diesem Tag verblüfft worden, nicht nur von dem Mangel an Wissen seines Geliebten, sondern auch von seiner Begeisterung, neue Dinge zu lernen. Zu sehen, wie sich sein kleiner Flughundkörper auf dem Bürostuhl bewegte, war so sexy gewesen. Es hatte Borscht angemacht und ihn in mehrfacher Hinsicht unbehaglich gemacht.

„Sekani hat aufgehört, Fragen zu stellen“, brummte Vadim vom Stuhl neben ihm. „Ist er endlich eingeschlafen?“

Borscht machte sich nicht die Mühe, seinen Bruder

dafür zu schimpfen, dass er Russisch sprach. Er wusste, dass er in ihrer Muttersprache sprach, für den Fall, dass seine Annahme falsch war. Auf diese Weise brachte er seinen süßen Flughundwandler nicht in Verlegenheit.

Borscht nickte nur und fuhr fort, seine Finger durch Sekanis Haar zu bewegen.

Aleksei warf einen Bierflaschenverschluss nach Zakhar und erregte die Aufmerksamkeit ihres Bruders. „Musstest du ihm wirklich beibringen, wie man einen Löffel benutzt?"

Zakhar schaute in Alekseis Richtung, als er nickte. „Ja. Er wusste nicht einmal, was eine Kartoffel ist", murmelte er kopfschüttelnd. „Kennt seinen Geburtstag nicht. Weiß nicht, wie alt er ist. Sein ganzes Leben hat er in einem Käfig verbracht."

„Es ist ein Wunder, dass er so süß ist", murmelte Nikita leise. „Zum Teufel, bei allem, was er wahrscheinlich durchgemacht hat, sollte er wild sein. Stattdessen ist er wie ein Schwamm und saugt Aufmerksamkeit auf." Sie sah in Borschts Richtung und lächelte. „Er hat nicht verstanden, was es mit Russisch und Englisch als Sprachen auf sich hat. Ich wette, er versteht es immer noch nicht." Sie schnaubte leise, als sie ihre Brauen zusammenzog. „Er ist so bemüht zu gefallen."

Borscht wusste nicht, ob er es gut fand, dass seine Geschwister vor Sekani über seinen Geliebten sprachen oder nicht … auch wenn der schlief. Dennoch, wenn ihre Worte Aleksei ein wenig milde stimmen konnten, würde er sie nicht davon abhalten. Zumindest nicht, solange sich ihre Kommentare auf diese Themen beschränkten.

„Er wird Kleidung brauchen", sagte Borscht leise und

hoffte, seinen Geliebten nicht zu stören. Er sah Vadim. „Wirst du ihm dabei helfen und etwas bestellen?“

Vadim nickte. „Sicher. Etwas Besonderes?“

„Das Übliche“, antwortete Borscht. „Jeans, T-Shirts, Socken, feste Schuhe. Zeig ihm ein paar verschiedene Optionen, wie Poloshirts, Shorts und so weiter.“ Er runzelte die Stirn, als er sich daran erinnerte, warum Sekani eines von Borschts T-Shirts trug. „Keine Jogginghose“, warnte er.

Während sich seine dichten, dunklen Brauen zu seinem Haaransatz hoben, tippte Vadim mit den Fingern auf die Armlehne seines Liegesessels. „Keine Jogginghose. Warum? Gehören die nicht zur Grundausstattung für einen Wandler?“

Da er erkannte, dass er ein wenig von dem weitererzählen musste, was Sekani ihm gesagt hatte, erklärte Borscht: „Als ich ihm vorhin eine Jogginghose anbot, fragte er, ob ich Versuche an ihm durchführen lasse.“ Er sah das Stirnrunzeln und die finsteren Mienen seiner Geschwister und, wohl wissend, dass er selbst das Gesicht verzogen hatte, fuhr er schroff fort: „Er zitterte, und ich konnte seine Angst riechen.“

„Bei den Göttern“, flüsterte Natalia. „Welche Art von Versuchen haben sie gemacht?“

„Ich weiß nicht“, antwortete Borscht. „Ich weiß, dass die Wachen den Wandlern nur Kleidung gaben, wenn sie für diese Versuche mitgenommen wurden … und sie bekamen immer Jogginghosen und ein T-Shirt.“

„Wenn wir seine Freunde retten, sollten wir vielleicht herausfinden, welche Art von Versuchen sie an ihnen durchgeführt haben“, überlegte Nikolai. Sein Lächeln wurde grausam. „Es könnte Spaß machen, diese Versuche an den Wissenschaftlern durchzuführen. Mal sehen, wie sie ihnen gefallen.“

Einige seiner Geschwister murmelten ihre Zustimmung.

Borscht konnte zugeben, dass die Idee seines Bruders einen gewissen Reiz hatte. Am liebsten würde er ein paar von ihnen langsam mit seinen Krallen aufschneiden und dabei zusehen, wie das Leben aus ihren Augen verschwand, während sie langsam ausbluten. Leider wusste Borscht, dass er die Stimme der Vernunft sein musste.

„So sehr ich eine kleine *Auge um Augen*-Aktion hätte, ich denke, dass es ausreichen wird, sie zu töten und ihre Einrichtungen zu schließen“, sagte Borscht. „Wir können uns nicht erlauben, so abscheulich zu handeln wie sie.“

„Ich habe mich seit ein paar Tagen nicht mehr genährt“, sagte Aleksei. „Heißt das, ich darf nicht ein oder zwei Bisse genießen, während ich dort bin?“

Borscht grinste breit. „Oh, im Gegenteil, Bruder. Bedien dich.“ Ein heftiges Gähnen überkam ihn. Er blinzelte ein paar Mal und bemerkte, wie müde er selbst war. „Zeit für uns, ins Bett zu gehen“, murmelte er. „Wir sehen uns morgen früh.“

Borscht rappelte sich auf und bemühte sich, Sekani nicht zu sehr durchzurütteln. Er hielt seinen Geliebten an seine Brust gedrückt, als er sich zur Tür wandte. Ehe er den Raum verließ, nickte er seinen Geschwistern zu.

Sobald er aus dem Aufenthaltsraum gegangen war, hörte Borscht Aleksei schimpfen: „Findet ihr es *wirklich* alle in Ordnung, dass Borscht jetzt eine Schwuchtel ist?“

„Pass auf, was du sagst, Alek“, antwortete Nikolai. „Du

weißt, dass er dich wieder gegen die Wand knallen wird, wenn er hört, dass du ein Wort gegen Sekani sagst."

„Ich weiß, es ist ein bisschen seltsam", brummte Vadim und fügte seine Meinung hinzu. „Aber warum kannst du dich nicht einfach für ihn freuen? Wenn mein Geliebter ein Mann wäre, würde es seltsam sein, sicher, aber ich würde einfach nur glücklich sein, ihn schließlich gefunden zu haben."

„Meister Boris hätte das niemals zugelassen", drängte Aleksei.

Nikita schnaubte sehr unladylike. „Meister Boris war ein Arschloch. Gut, dass wir den los sind."

Borscht spürte, wie Sekani sich in seinen Armen bewegte. Nachdem er einen Blick auf seinen kleinen Geliebten geworfen hatte, ging er in sein Zimmer. Er veränderte seinen Griff etwas, so dass er die Bettdecke zurückschlagen und seinen Geliebten auf das Bett legen konnte. Nachdem Borscht die Bettdecke wieder über Sekani gezogen hatte, ging er ins Badezimmer.

Er nahm die schnellste Dusche seines Lebens, dann wickelte er sich ein Handtuch um die Hüften, während er das Wasser auf einem Handtuch auf dem Boden abtropfen ließ. Er putzte sich die Zähne, zog dann das Handtuch von seiner Taille und rieb seinen Körper schnell ab. Nie hatte er sein beinahe kurzgeschorenes Haar mehr geschätzt, da ein kurzes Rubbeln über den Kopf alles war, was zum Trocknen erforderlich war.

Borscht hängte die Handtücher auf und ging dann ins Schlafzimmer. Er lächelte seinen schlafenden Geliebten ein paar Sekunden lang an, bevor er neben ihm ins Bett stieg. Als er seine Arme um Sekani schlang und sich in Löffelchenstellung hinter ihn legte, erfüllte ihn ein Gefühl der Zufriedenheit.

Er wusste, dass es nur noch besser sein könnte, wenn er die Bindung mit seinem kleinen Flughund schon abgeschlossen hätte. Er lächelte und kuschelte sich an Sekanis Nacken, während er sich schwor, all die Stellen zu entdecken, an denen sein kleiner Wandler gern berührt wurde, wenn er ihn für sich beanspruchte.

Borscht erwachte augenblicklich, sein steinharter Ständer machte schlafen nicht länger unmöglich. Er atmete scharf ein und bemühte sich, wieder zu Atem zu kommen, als seine Eier in seinem Sack rollten. Ein Kribbeln schoss ihm den Rücken hoch und er bemerkte, dass er gleich kommen würde.

Borscht riss die Augen auf und schnappte nach Luft. Er blinzelte einmal und versuchte, sein benebeltes Gehirn online zu bringen. Schließlich konzentrierte er sich auf den braunhaarigen Kopf, der sich über seinem Schwanz hob und senkte.

„F-fuck! Sekani!" Borscht spürte, wie sich seine Eier zusammenzogen. Sein Körper reagierte auf die Hitze, das Saugen und den Anblick seines Geliebten, der an seinem Schwanz saugte. „Komme!", brüllte er.

Borschts Bauchmuskeln spannten sich von der Kraft seines Orgasmus. Als der erste Schwall Sekanis Mund füllte, zuckte sein Geliebter überrascht. Sekani schluckte es, sein Adamsapfel hüpfte dabei, dann ließ er von Borschts Schwanz ab, bevor der erneut eine Salve verspritzte und seinen Bauch bedeckte. Stöhnend beobachtete er, wie sein Schwanz seinen Samen in dicken Strahlen herausspritzte, während Sekanis kleine Hand seinen Schwanz weiter wichste.

Borscht holte tief Luft, ergriff Sekanis Hand und beendete seine Bewegungen. Er löste die Finger seines Geliebten von seinem überempfindlichen Schwanz. Borscht mochte den unsicheren Ausdruck auf Sekanis Gesicht nicht und zog ihn sanft zu sich.

„Komm her."

Sekani beugte sich vor und stützte sein Gewicht auf die andere Hand. „D-du hast das mir gemacht, ähm, mit deiner Hand, als mein Penis so aufrecht stand", flüsterte er. „Dann hast du so gut gerochen, dass ich dich probieren wollte. Ist das in Ordnung?"

„Mehr als in Ordnung, Sekani", versicherte Borscht. „Ich habe es geliebt, deine Hände und deinen Mund an mir zu spüren." Er hob seine andere Hand an Sekanis Oberkörper und forderte ihn auf, sich über seine Brust zu legen. „Du kannst mich jederzeit berühren." Er streifte die Lippen des kleineren Mannes und sagte dann: „So wie ich es genießen werde, dich so oft wie möglich zu berühren."

Borscht strich mit der Hand über Sekanis mit einem T-Shirt bedeckten Rücken und rieb mit den Fingerspitzen über die Wirbelsäule. Er fuhr mit dem Daumen über die Rippen, dann über die Hüfte zu seinem Hintern. Dort hielt er inne und umfasste die leichte Wölbung.

Das Bild, wie Borscht seinen Geliebten an Arsch und Oberschenkeln hochhielt, kam ihm in den Sinn. Er drückte Sekani gegen die glatten Fliesen der Dusche und drang ach so langsam in seinen nassen, eingeseiften Geliebten. Borscht knurrte leise bei dem geistigen Bild und spürte, wie sich sein Schwanz wieder verdickte.

Bald.

Schließlich erreichte Borscht den Saum des T-Shirts. Seine Hand war halb über Sekanis Oberschenkel und er ließ seine Hand unter den Stoff gleiten. Alles, was ihm begegnete, war seidig glatte Haut.

Borscht summte anerkennend und tastete an Sekanis Bein nach oben, bis er seinen Arsch umfasste. „Wann hast du die Boxershorts ausgezogen?“, fragte er leise und drückte das Fleisch, das er mit der Handfläche bedeckte. „Ich liebe, wie sich dein Hintern anfühlt, Sekani.“

Sekani krümmte seinen Rücken und drückte sich in seine Berührung. Leise keuchend sagte er: „Heute Morgen.“ Er knabberte einen Moment an seiner Unterlippe, als sein Gesicht rot wurde, und er schaukelte nach vorne und drückte seine Erektion gegen Borschts Bauch. „Sie hat sich unangenehm angefühlt“, gab Sekani zu. „Tat meinem Penis weh.“

Borscht verstärkte seinen Griff und ermutigte die Bewegungen seines Geliebten. Er spürte, wie die Erektion des kleineren Mannes an seinen Bauchmuskeln entlang rutschte, verstärkte seinen Griff und bohrte seine Fingerspitzen ein wenig mehr in den Spalt seines Wandlers. Borscht fand das Loch seines Geliebten und glitt sanft, mit federleichten Berührungen über das Loch, wobei er den Schweiß des Wandlers benutzte, um seinen Finger zu befeuchten.

„B-Borscht?“, quietschte Sekani und zitterte in seinem Griff. Seine Augen weiteten sich überrascht. „W-was machst du?“

Grinsend antwortete Borscht: „Ich werde dafür sorgen, dass du dich gut fühlst.“

Er griff mit der anderen Hand nach der Tube Gleitmittel und nahm sie von seinem Nachttisch. Es war Wunschdenken gewesen, sie dort zu platzieren, aber mit seinem Geliebten in den Armen hatte er es für alle Fälle in der Nähe haben wollen. Mit dem heißen Mund seines kleinen Wandlers um seinem Schwanz aufzuwachen, war ein wahr gewordener Traum gewesen.

„Was ist das?“, fragte Sekani. Er hatte seine Bewegungen gestoppt und lag jetzt still auf Borscht, beobachtete jede seiner Bewegungen. „Wird es wehtun?“

Borscht weigerte sich, seinen Geliebten anzulügen. „Zuerst wird es ein wenig weh tun“, gab er zu. „Aber ich werde alles tun, was ich kann, um den Schmerz kurz zu machen, damit du den angenehmen Teil erlebst.“ Er benutzte seinen Daumen, um den Verschluss zu öffnen, und hielt die Öffnung der Tube an den Ansatz von Sekani Ritze. „Und das ist Gleitmittel. Es ist eine Art Flüssigkeit, die dazu beiträgt, dass das unangenehme Brennen schneller vergeht und das angenehme Gefühl noch besser wird.“

„E-es fühlt sich gut an?“

Borscht nickte und hielt Sekanis Blick, als er seine Hand berührte und ein wenig auf seine Fingerspitzen spritzte. Die Flüssigkeit tropfte von seinen Fingern und in Sekanis Spalte. Als er sah, wie sich Sekanis Augen weiteten und ein Schauer durch ihn lief, rieb Borscht es sanft in seine Haut.

„Oh!“

Borscht grinste und wusste, dass Sekani die wärmende Wirkung des Gleitmittels spüren konnte. Nachdem er vor einigen Jahren dieses Mittel entdeckt hatte, kaufte er nie wieder etwas anderes. Er liebte es, wie es sich auf seiner Haut anfühlte.

Nachdem Borscht die Kappe mit dem Daumen geschlossen hatte, ließ er die Tube an seiner Hüfte auf das Bett fallen. Er legte seine freie Hand auf Sekanis Hüfte und schob sie unter sein T-Shirt. „Sollen wir dir das ausziehen?"

Sekani knabberte an seiner Lippe und nickte dann.

Borscht drängte ihn, die Beine über seinen Hüften zu spreizen und brachte ihn mit einer Hand in eine kniende Position. Die andere Hand hielt er an Sekanis Hintern, bewegte die Finger und massierte die Spalte. Er benutzte einen Finger, um das Gleitmittel tiefer in seine Ritze und um sein Loch zu verteilen.

Als Sekani seine Arme hob, damit Borscht das T-Shirt von seinem Körper ziehen konnte, tauchte er den Zeigefinger in sein Loch. Er drang nur bis zum ersten Knöchel vor und wusste, dass seine Finger im Vergleich zum schlanken Körper seines süßen Geliebten groß und kräftig waren. Sofort drückten Sekanis Muskeln auf seinen Finger.

Borscht benutzte seine nun freie Hand, um Sekanis Torso zu umfassen. „Leg deine Hände auf meine Brust", drängte er. Sobald Sekani gehorcht hatte, glitt Borscht mit der Hand über den Körper seines Geliebten, griff unter ihn und nahm seine Eier in die Hand.

Sekani quietschte und zuckte. Seine grünen Augen wurden groß und seine Pupillen weiteten sich. Ein Spritzer

Vorsperma quoll aus Sekanis Eichel.

Borscht zappelte mit dem Finger, der in Sekanis Loch steckte, und rollte sanft die Eier seines Geliebten. Er spürte, wie sich die Kugeln in ihrem Sack zusammenzogen, und schob seinen Finger so tief wie möglich hinein. Dabei krümmte er seinen Finger nur ein wenig und suchte nach dem Lustknopf, der, wie er wusste, dort drin war. Er sah mit Befriedigung zu, wie der Kiefer seines süßen kleinen Geliebten vor lauter Freude nach unten sackte. Sein Schwanz zuckte und wippte, und klare Flüssigkeit sickerte aus seinem Schlitz.

Borscht wollte unbedingt seinen Liebhaber schmecken. Er wollte seine Flüssigkeit schlucken, während er ihn öffnete. Er ließ Sekanis Eier los und packte seine Hüfte.

„Komm her", drängte er grob und zog seinen Geliebten an seinem Körper nach oben.

KAPITEL 9

Sekani wurde nach vorne gezogen, weiter an Borschts Körper nach oben. Er griff zuerst nach Borschts Schultern, dann nach dem Holz am Kopfende des Bettes und konzentrierte sich darauf, wie nah sein Schwanz dem Mund seines Geliebten war. Sein harter, schlanker Ständer zuckte und drückte seine eigene Begeisterung über die Nähe zu Borschts heißem, nassem Mund aus.

Sekani begegnete Borschts dunklen Augen und keuchte auf, als er beobachtete, wie sie von fast Schwarz zu Rot wechselten. Gleichzeitig spürte er, wie sich der Finger in seinem Kanal bewegte. Wieder schoss das scharfe Zischen des Vergnügens, das fast an Schmerz grenzte, durch sein Rektum.

Sekani wand sich wimmern in Borschts Griff. Er schaukelte die Hüften zurück und versuchte, das noch einmal zu fühlen. „Was … was ist …"

Borscht schien sein atemloses Stammeln zu verstehen. Denn als er den Mund öffnete, den Kopf hob und Sekanis Penis schluckte, steckte er erneut den Finger tief in seinen Eingang und traf diese Stelle in ihm. Funken schossen durch seinen Kanal und köstliches Saugen umgab seinen Schwanz, setzte seine Leistengegend in Brand. Sekani fehlten die Worte, als sein Körper vor Vergnügen erzitterte.

Er hatte noch nie so etwas gefühlt wie das, was Borscht mit ihm machte. Der Vampir hatte versprochen, dass Sekani um mehr betteln würde, und er tat genau das. „M-mehr", wimmerte er, sein Blut fühlte sich an, als stünde es in Flammen, aber er brauchte immer noch … etwas. „Bitte."

Als Antwort summte Borscht und nahm erneut Sekanis Eier in die Hand. Er hätte nie gedacht, dass, wenn jemand seine Weichteile umfasste, sich das so anfühlen könnte … so … seine Wirbelsäule kribbelte.

Sekani spürte, wie sein Kanal plötzlich gedehnt wurde und jammerte über das erneute Brennen. „Oh", wimmerte er. „B-Borscht?"

Borscht zog den Mund von Sekanis Schwanz und leckte dabei über die Eichel. „Du schmeckst großartig, mein Geliebter", brummte er. „Entspann deinen Arsch, Liebling. Lass mich dich dehnen."

„Wie?"

Sekani spürte die warme prickelnde Hitze des Gleitmittels, die dem unangenehmen Brennen der Dehnung entgegenwirkte, als er Borschts Finger in seinem Arsch vergraben hatte. Obwohl er einen Teil davon wirklich mochte, wusste er nicht, wie viel er noch aushalten konnte.

„Drück dagegen, Sekani", drängte Borscht. „Ich weiß, es klingt seltsam, aber das wird es einfacher machen." Er schob seinen Daumen zwischen Sekanis Eier, drückte die Kugeln auseinander und lenkte ihn gleichzeitig von dem Brennen ab. „Die Muskeln entspannen sich, und du wirst beginnen, die Dehnung zu genießen."

Als Sekani feststellte, dass er diesem Mann vertraute, der

sich bisher immer gut um ihn gekümmert hatte, tat er, was ihm gesagt wurde. Er drückte. Fast sofort ließ die Spannung in seinem Inneren nach.

„Oh." Sekanis Brauen schossen bei dem fast sofortigen Wechsel hoch. Die von dem Gleitmittel verursachte angenehme Wärme nahm zu. Seine Augen weiteten sich, und Sekani stöhnte. „Borscht!"

Knurrend starrte Borscht ihn mit einem wilden Lächeln an. „Oh, ich mag es, wenn du meinen Namen schreist."

Sekani öffnete den Mund, um zu antworten, aber Borscht schluckte seine Erektion und vergrub die Nase in seinen Schamhaaren. Genauso schnell zog er sich wieder halb zurück und saugte kräftig. Anstelle von Worten stieß Sekani ein langes, leises Stöhnen aus.

Borscht knurrte.

Das Geräusch vibrierte auf der empfindlichen Haut seines schmerzenden Penis. Als Borscht seine Eier losließ, wimmerte Sekani. Das Geräusch wurde zu einem keuchenden Jammern, als der große Mann eine seiner Brustwarzen ergriff und leicht kniff. Gänsehaut brach auf seinen Armen aus, während Funken über seine Brust schossen.

„B-B-Borscht!"

Borscht gab seinen Penis frei und forderte: „Komm, Sekani. Ich möchte deinen Samen schlucken."

Sekani keuchte bei seinen Worten. Als Borscht einmal mehr seinen Penis in den Mund nahm und zugleich seinen anderen Nippel zwickte, schüttelte sich sein ganzer Körper. Seine Eier zogen sich bündig an seinen Körper, und eine Woge glückseligen Lustschmerzes schoss durch seinen Schwanz.

Sekani schrie auf, als er noch einmal das Vergnügen des Orgasmus erlebte.

Sekanis Kopf war vor Lust so vernebelt, dass er kaum bemerkte, wie sein Geliebter einen weiteren Finger in seinen Kanal schob. Er drückte abwesend dagegen, war mehr daran interessiert, Borscht zu beobachten. Der Mann lutschte mit Begeisterung seinen Penis und leckte ihn sauber.

Etwas daran, dem großen Mann zuzusehen, wie er seinen Samen genoss, brachte Sekani dazu, sich nach unten zu beugen und ihn beißen zu wollen. Seine Eckzähne schmerzten tatsächlich von dem Drang, sie in das Fleisch an seiner Schulter zu versenken und ein Zeichen dort zu hinterlassen. Er verstand es nicht, aber er wollte, dass jeder wusste, dass Borscht sein war.

Borschts rotäugiger Blick traf Sekanis, als er sein Glied losließ. Aus irgendeinem Grunde, vielleicht wegen der Art und Weise, wie er immer wieder diese fantastische Stelle in seinem Arsch berührte, erkannte Sekani, dass er nicht einmal weich wurde. Seine Erektion blieb hart, und seine ganze Leiste kribbelte immer weiter. Sein Körper brauchte mehr … mehr von … etwas.

„Bald, Sekani“, brummte Borscht rau. „Bald werde ich dich beanspruchen und wenn du möchtest, würde ich es begrüßen, wenn du mit mir dasselbe tust.“

Sekani stöhnte, als er wieder spürte, wie sein Körper vor Verlangen nach etwas brannte. „Ich weiß nicht, was das bedeutet“, flüsterte er. „Beanspruchen?“

Borscht nickte. „*Da,* mein süßer Kleiner. Ich werde dich als den Meinen beanspruchen. Ich werde alles tun, um dich für alle Zeiten zufrieden zu stellen."

Sekani wimmerte und schauderte bei dieser Vorstellung.

„Mein."

„*Da,* Sekani. Ich gehöre dir und du gehörst mir."

Nichts würde Sekani besser gefallen, als zu wissen, dass dieser Mann für den Rest seiner Tage für ihn sorgen wollte. „Bitte." Instinkte, von denen er nicht gewusst hatte, dass er sie besaß, flehten darum, dass dieser Mann genau das tat, was er sagte. „Ja. Tu es."

Borscht grollte tief in seiner Kehle. „*Da*", knurrte er. „Mein Geliebter. Mein Herz. Meine Seele."

Sekani verstand das alles nicht, aber er verstand das besitzergreifende Bedürfnis. Er würde den Rest später herausfinden.

„Jetzt werde ich dich langsam auf meinen Schwanz senken. Ich werde dich mit meinem Samen füllen und dein Blut trinken und uns für die Ewigkeit aneinanderbinden."

Während Borscht sprach, nahm er seine Finger aus Sekanis Hintern und legte beide Hände auf Sekanis Taille.

Sekani stöhnte über das seltsame Gefühl der Leere, das er jetzt empfand, und starrte Borscht an. Sein Herz klopfte schnell in seiner Brust, das Gefühl der Lethargie verschwand. Als er Borschts Blick begegnete, ließ das Gefühl des Verlassenseins nach. Sein Geliebter wusste, was er tat. Er würde sich um alles kümmern.

„Drück wieder dagegen, Sekani", drängte Borscht. „Lass mich rein."

Während Borscht sprach, spürte Sekani etwas Breites und Abgeflachtes an seiner Öffnung. Er kämpfte gegen seine instinktive Reaktion an. Stattdessen tat er, was sein sexy Retter verlangte und drückte. Seine Muskeln gaben sofort nach, und etwas Breites rutschte in ihn. Er dachte sich, dass es der dicke, harte Penis seines Geliebten war.

Sekani erinnerte sich an den Anblick von Borschts geschwollenem Ständer und wimmerte. Er erinnerte sich, wie lang und dick er war.

„Ruhig, Sekani“, murmelte Borscht und ließ seine Hände an dessen Seiten auf und ab gleiten. „Öffne deine Augen. Schau mich an.“

Sekani öffnete seine Augen. Er war sich nicht einmal sicher, wann er sie geschlossen hatte. Als er Borschts Augen sah, bemerkte er, dass das Rot verschwunden war und der Mann ihn besorgt anschaute.

„Da bist du ja. Atme tief ein und dann langsam aus.“

Sekani folgte Borschts Befehlen und holte langsam Luft. Er seufzte und entspannte sich. Er wusste, wie man das macht. Er hatte sich bei Tests gegen Unbehagen wehren müssen. Er konnte das tun, um sich mit seinem Geliebten zu paaren … zumal es am Ende so viel Angenehmes gab.

Als er Borscht stöhnen hörte, lächelte Sekani, da er spürte, wie sein Geliebter tiefer in ihn hineinrutschte. Er schaute auf den großen Mann unter sich. Um die Besorgnis seines Mannes zu lindern, fuhr er mit den Händen über dessen Brust.

Sekani atmete langsam aus und ließ sich auf die Erektion seines Mannes sinken, um seinen Körper zu zwingen, sich noch weiter zu entspannen. Er nahm den Ständer in seinen Körper auf und lächelte Borscht an. Obwohl er sich unangenehm weit gedehnt fühlte, tat es nicht weh … nicht wirklich. Sekani mochte es wirklich zu wissen, dass er so mit seinem Vampir verbunden war.

„Ich gehöre dir, mein Held", flüsterte Sekani. „Ich will, dass du mir gehörst."

„Ich gehöre dir schon, Sekani", antwortete Borscht. Er schlang seine Arme locker um Sekanis Körper, umfasste seinen Arsch mit einer Hand und rutschte hoch, um seinen Nacken mit der anderen zu umfassen. „Dein Glück ist mein Glück. Ich werde mein Bestes geben, um uns beide glücklich zu machen."

„Okay", antwortete Sekani. „Dann tu es."

Das schien die Ermutigung zu sein, die Borscht brauchte. Er spannte seine Arme, seine Bauchmuskeln, und rollte sie herum. Sekunden später lag Sekani auf dem Rücken und Borscht war über ihm.

Während Borscht seine Ellbogen benutzte, um sein Gewicht abzustützen, fing er an, seine Hüften schaukelnd zu bewegen. Sekani stöhnte, als er spürte, wie sein Geliebter in ihn hinein und wieder herausrutschte. Seine inneren Muskeln spannten sich angenehm, als er die innere Massage spürte.

„So ist gut", murmelte Borscht. „Nimm mich auf." Er knurrte und beschleunigte seine Bewegungen. „Ich werde dafür sorgen, dass du dich gut fühlst."

Getreu seinem Wort tat Borscht es. Er änderte seinen Winkel und nagelte beim nächsten Stoß Sekanis Prostata.

Sekani stöhnte laut und schauderte vor Vergnügen. Er schlang die Arme fest um die Schultern seines Geliebten und grub die Finger in dessen Rücken. Sekani gab sich dem exquisiten Glück ihrer Verbindung hin, schlang seine Beine um

Borschts Hüften und wiegte sich jedem Stoß entgegen.

„*Da.* Beweg dich mit mir", knurrte Borscht. „Zeig mir, wie sehr du die Lust magst, die ich dir bereite."

„Ja", keuchte Sekani.

Sekani stöhnte laut und spürte, wie seine Zähne schmerzten. Er rieb sein Gesicht an Borschts Schulter. Er witterte Mann und Moschus, war erregt und voller Verlangen und spürte, wie sein harter Schwanz an Borschts schweißnassen Bauchmuskeln rieb. Das krause Haar dort rieb so angenehm an seinem Schaft.

„Will dich … will dich beißen", jammerte Sekani. Es war ein instinktives Bedürfnis, dass er sich nicht erklären konnte. „Will dich beißen."

„Tu es", drängte Borscht. Er wölbte den Rücken und brachte seinen Hals näher an Sekanis Mund, während er immer wieder in ihn stieß. „Koste mein Blut. Du sollst wissen, dass ich dein bin."

Unfähig, sein seltsames Verlangen zu zügeln, vor allem angesichts Borschts Akzeptanz, öffnete Sekani den Mund. Er schloss die Kiefer um Borschts Schulter und biss zu, versenkte seine Eckzähne tief in dem Fleisch und schmeckte das Blut, das zwischen seinen Zähnen und in seinen Mund sickerte.

Sekani schluckte die reichhaltige, bittere Flüssigkeit. Während er sich fragte, ob er angeekelt sein sollte, saugte er mehr in seinen Mund. Aus irgendeinem Grund liebte Sekani den Geschmack.

Borscht brüllte und schrie seinen Namen.

Der dicke Schaft, der ihn aufspießte, verdickte sich und zuckte. Sekunden später fühlte Sekani, wie heiße Flüssigkeit seinen Kanal füllte. Er schauderte bei dem seltsamen Gefühl, auf diese Weise gefüllt zu werden, und stöhnte um das Fleisch in seinem Mund.

Im nächsten Augenblick fühlte Sekani Borschts Zähne an seinem eigenen Hals. Er riss seine Zähne heraus, bog sich und gab seinem Geliebten mehr Raum. Borschts Zähne sanken tief hinein und Schmerz durchbohrte ihn … aber nur für eine Sekunde. Dann überrollte die intensive, feurige Glückseligkeit, an die er sich vom Vortag erinnerte, sein Wesen.

Sekani schrie Borschts Namen, als der zweite Orgasmus an diesem Morgen ihn durchfuhr. Sein Schwanz pumpte seinen Samen in den engen Raum zwischen ihnen und bespritzte ihre beiden Körper. Sekani ließ sich auf die Matratze fallen und versuchte zu Atem zu kommen, während seine Sinne sangen.

Mein Geliebter.

Sekani riss die Augenlider auf und zog die Brauen zusammen. Er sah zu Borscht auf. Hatte er die Stimme des Mannes wirklich gehört? Es klang, als ob sie direkt in seinem Kopf war.

„Borscht?“, fragte Sekani unsicher.

Du hast mich verstanden. Borscht sah mit einem Lächeln auf seinem Gesicht auf ihn herab. *Ein Vampir muss nicht laut sprechen, um mit seinem Geliebten zu reden. Wir können unsere Gedanken teilen.*

Sekani starrte ihn an. *Du kannst meine Gedanken lesen?*

Borscht senkte den Kopf und streichelte Sekanis Wange. *Nur, wenn du willst, dass ich sie höre. Ich werde dir beibringen, es zu kontrollieren.* Borscht hob den Kopf und flüsterte: „Ich werde deine Gedanken niemals lesen, wenn du es nicht willst.“

Den Kopf geneigt, runzelte Sekani die Stirn. „Warum sollte ich meine Gedanken nicht mit dir teilen wollen?"

Lachend fragte Borscht: „Sagst du alles, was dir in den Sinn kommt?" Nachdem Sekani den Kopf geschüttelt hatte, küsste sein Geliebter seine Lippen. „Warum sollte ich dann erwarten, dass du mir jeden kleinen Gedanken mitteilst? Manchmal brauchen wir ein paar Minuten, um zu entscheiden, was wir mitteilen wollen."

„Okay", murmelte Sekani. „Das kann ich verstehen." Er lächelte zaghaft. „Du weißt so viel. Ich bin mir sicher, dass ich von all deinen Gedanken überwältigt sein würde."

Borscht runzelte die Stirn. „Kleiner … das habe ich eigentlich nicht gemeint."

Sekani lächelte und zuckte die Achseln. Er wusste, dass er noch viel zu lernen hatte.

Bevor Borscht etwas anderes sagen konnte, ertönte ein Summer von einem elektronischen Ding auf dem Nachttisch. Sekanis Liebhaber starrte es wütend an, als er die Hand ausstreckte und einen Knopf drückte.

„Was?", schnappte er.

„Tut mir leid, wenn ich dich geweckt habe." Nikolais Stimme ertönte durch das Gerät, obwohl es für Sekani nicht wirklich klang, als ob es ihm leid tat. „Unsere Gäste sind angekommen."

Borscht knurrte. „Sehr gut. Führ sie ins Atrium. Sekani und ich werden in Kürze unten sein."

„Wird erledigt."

Nachdem er sich von dem Gerät abgewandt hatte, schob Borscht eine Hand unter Sekanis Rücken, um seine

Schulter zu umfassen. Er legte die andere an Sekanis Gesicht, lehnte sich hinunter und drückte einen festen Kuss auf seine Lippen, bevor er den Kopf hob.

Borscht fuhr mit dem Daumen über Sekanis Unterlippe und erklärte: „Es wird ein arbeitsreicher Tag, Sekani. Wir werden deine Freunde retten und einen Weg finden, diese Monster davon abzuhalten, anderen deiner Art Schaden zuzufügen."

Sekani nickte, denn das klang nach einer guten Idee. Er wollte, dass seine Freunde gerettet wurden. Er wollte sicher sein und in der Lage, sein neues Leben mit ihnen zu teilen.

„Komm", drängte Borscht. „Zeit, uns zu säubern."

„Also kann ich wählen, welche Kleidung ich will?", fragte Sekani und schaute auf den Bildschirm. Er sah so viele Möglichkeiten, wie konnte er da wählen? „Wofür sind die alle?"

Vadim drückte einen Knopf auf einem kleinen Gerät, das er als Maus bezeichnete – was für Sekani überhaupt nicht wie eine Maus aussah – und ließ die Bilder über den Bildschirm wandern. „Nun, ich zeige dir eine Grundausstattung, Dinge, die man haben muss, und ich werde dir erklären, warum", sagte er. „Aber wenn du etwas siehst, das dir gefällt, zeig es mir. Okay?"

Sekani nickte.

„Großartig. Wir werden oben anfangen. Wintermützen", sagte Vadim. Sekani wusste, dass er ihn fragend angesehen haben musste, denn Vadim erklärte: „Im Winter wird es hier kalt, also brauchst du etwas auf dem Kopf, das deine Ohren schützt und dir hilft, warm zu bleiben."

Sekani nickte erneut.

Während sie die Auswahl an Kleidung durchgingen, blickte Sekani gelegentlich zur Tür. Er hatte viele neue Leute getroffen, die meisten von ihnen waren Wandler, die sich in einen Wolf verwandeln konnten, aber es gab einige, die sagten, sie könnten sich in einen Tiger und eine Echse und sogar einen Elefanten und einen schwarzen Panther verwandeln – den manche Leute auch als Jaguar bezeichneten – und Sekani verstand das überhaupt nicht.

Sekani hatte Borscht zugeflüstert, dass er nicht wusste, was das für Tiere waren. Borscht hatte sein Handy genommen und begonnen, Bilder aufzurufen. Sekani konnte die Dinge, die er sah, nicht glauben, aber er wusste, dass sein Vampir ihn nicht anlügen würde. Kein Wunder, dass die Männer so groß waren. Sie wurden zu riesigen Tieren!

Sekani war nicht so dumm, nicht zu merken, dass das Bestellen von Kleidung ihn ablenken sollte, während Borscht und die anderen die Rettungsmission planten. Er wusste, dass er nicht mitgehen konnte, aber das hinderte ihn nicht daran, sich Sorgen um seinen Vampir zu machen. Sekani würde es sich niemals verzeihen, wenn Borscht etwas zustoßen sollte, nicht, dass er helfen könnte. Er würde ihnen nur in die Quere kommen.

Plötzlich schnappte Sekani nach Luft. Er zeigte auf den bunten Gegenstand auf dem Bildschirm. „Warte. Was ist das?", fragte er. „Es sieht hübsch und bequem aus."

„Äh, na ja …", begann Vadim und klickte auf den Gegenstand, so dass er den gesamten Bildschirm ausfüllte.

Zur gleichen Zeit schritt ein rothaariger Mann, der, wie Sekani sich erinnerte, als Raul vorgestellt wurde, in den Raum. „Wir sind kurz davor, loszulegen", sagte er. Dann beugte er sich nah an den Bildschirm und starrte eine Sekunde lang auf das Bild. „Oh, das ist hübsch." Er warf einen Blick von Sekani zu Vadim und wieder zurück. Mit einem Lächeln fragte er: „Wirst du es holen?"

„Darf ich?", fragte Sekani und Hoffnung regte sich, als er von der Kleidung zu Vadim schaute.

„Äh, na ja …", begann Vadim erneut.

„Komm schon, bestell es einfach für ihn", drängte Raul. Sein Tonfall war ein wenig belustigt, was Sekani nicht verstand. „Ich wette, Borscht wird es lieben."

Vadim sah Raul finster an. „Du bist ein Unruhestifter", knurrte er. „Gut." Er warf einen Blick von Sekani zu Raul und wieder zu Sekani. „Welche Größe, denkst du?"

Raul blickte Sekani an und versuchte offensichtlich, eine Antwort auf diese Frage zu finden. „Vier", antwortete er. „Beeil dich, denn wir müssen loslegen. Die erste Gruppe von Jungs startet in zehn Minuten."

KAPITEL 10

Borscht hasste es, seinen Geliebten zu verlassen, zumal sie sich gerade erst verbunden hatte. Obwohl er wusste, dass er immer noch in der Lage sein würde, mit ihm zu sprechen, wusste er auch, dass es ihn nur von seiner Mission ablenken würde. Das konnte er sich nicht leisten, nicht, wenn die sehr reale Möglichkeit bestand, dass schießfreudige menschliche Wachen beteiligt waren.

Außerdem, wenn Carson Angeni – der Vollstrecker des Stone Ridge-Wolfsrudels –richtig lag, würden einige der Soldaten wohl … modifiziert sein. Er hätte es nicht geglaubt, ganz gleich, dass seine Sinne ihm sagten, dass Carson nicht log, aber sie hatten tatsächlich einen von ihnen mitgebracht. Miach Coleman, ein modifizierter Mensch, war mit seinem Wolfswandler-Gefährten Nick Greely zu ihnen gekommen.

Nun befand Borscht sich tatsächlich im Hintergrund und folgte der Führung der Wandler. Auch wenn das seinen Drang, seine Dominanz zu beweisen, anfeuerte, hielt er sich zurück … für Sekani. Er hatte geschworen, alles zu tun, um seinen Wandler glücklich zu machen, und dies fiel auf jeden Fall in diese Kategorie.

An der Freude in Nikolais hellbraunen Augen konnte er erkennen, dass sein Bruder einen Kick davon bekam. Aleksei saß dagegen mit zusammengebissenem Kiefer in steinernem Schweigen da. Irgendwann hatte er erklärt, dass er dem Plan der Wandler nur zugestimmt hatte, weil er der Meinung war, dass kein Paranormaler gegen seinen Willen festgehalten werden sollte.

Das war immerhin etwas.

Zumindest fuhr Borscht seinen Geländewagen, was gut war, weil er nicht wusste, ob er eine weitere Bedrohung für seinen Führungs- und Kontrollanspruch bewältigen könnte. Auch so schon bedeutete die Anwesenheit von mehr als einem Dutzend Wandlern – großen Wandlern, noch dazu – in seinem Haus, dass seine Krallen kribbelten mit dem Verlangen, herauszukommen. Er hatte das seltsame Verlangen, den Vollstrecker auszuschalten und seine Dominanz deutlich zu machen.

Stattdessen konzentrierte sich Borscht auf die Straße. Die Gruppe hatte sich aufgeteilt. Nikolai und Nikita sowie ein halbes Dutzend Wandler waren eine Stunde vor dem Aufbruch von Borschts Team losgefahren, um zu der Anlage zu gelangen, von der aus Sekani ihrer Vermutung nach verlegt wurde. Borscht war mit Carson und Jared sowie dem Waranwandler Lyle und zwei weiteren Wolfswandlern, Teague und Cecil, unterwegs. Nach allem, was er gehört hatte, waren sie Brüder und Tracker im Rudel. Ihre Aufgabe war es, Sekanis Freunde und jegliche anderen Wandler in der näher gelegenen Einrichtung zu retten.

Sie hatten außer Sekani und Vadim noch eine Reihe von Leuten zu Hause gelassen, darunter den Menschen Raul und seinen Wolfswandlergefährten Sean. Raul arbeitete mit Jared zusammen und hatte ein Auge auf die Sicherheitskameras der Einrichtungen, in die sie sich gehackt hatten, und informierte beide Teams über die Bewegungen der Wachen. Doktor Ailean Carmichael und sein menschlicher Gefährte Drake würden warten, um die Wandler zu versorgen, sobald sie zu Borschts Anwesen gebracht worden waren.

Borscht wollte einfach alles hinter sich bringen, damit er sein Leben mit seinem Geliebten beginnen konnte.

„Hier oben sollte es eine unbefestigte Straße geben", erklärte Jared und beugte sich von seinem Platz auf dem mittleren Sitz vor. „Zur Rechten."

„*Da,* ein Feldweg, den die Einheimischen Erikson's Folly nennen", grollte Borscht. „Er führt nur zu einer steilen Böschung. Sackgasse."

„Richtig", stimmte Jared überraschenderweise zu. „Aber er endet eineinhalb Meilen von der Südseite der Anlage entfernt."

„Und du denkst, das ist der beste Weg, um reinzukommen?", fragte Aleksei und äußerte damit Borschts eigene Frage.

„Für einige von uns", antwortete Jared. Er grinste arrogant. „Zwei von euch können mit dem SUV zum Haupteingang fahren, um die Wachen abzulenken. Irgendwelche Freiwilligen?"

„*Da*", antwortete Borscht sofort. Er vertraute wirklich niemandem außer seinem Bruder damit, sein Fahrzeug zu fahren.

„Das werde ich übernehmen", meldete sich Lyle freiwillig vom Rücksitz.

Borscht warf gerade noch einen Blick in den Rückspiegel, als er sah, wie der Mann die Arme vor der Brust verschränkte und grinste.

„Ich kann mich in Sekundenschnelle verwandeln, und meine Haut ist dick genug, um die meisten Kugeln abzustoßen." Er grinste breit. „Außerdem, kannst du dir die Verwirrung vorstellen, wenn die Wachen mich herumlaufen sehen?"

„Wie groß wirst du?", fragte Borscht neugierig.

„Er ist verdammt groß", antwortete Carson vom Beifahrersitz. Er warf einen Blick über die Schulter auf die anderen. „Was? Etwas über drei Meter, dann noch etwa eins achtzig Schwanzlänge? Also fast fünf Meter insgesamt?"

„Klingt ungefähr richtig", bestätigte Teague. „Lass sie nur nicht deinen Bauch treffen."

Lyle schnaubte. „Auf keinen Fall."

Borscht war amüsiert über ihr Geplänkel und musste lächeln. Er bog in Erikson's Folly ein, machte sich langsam auf den Weg zum Ende und blieb stehen. Als Aleksei aus dem Fahrzeug stieg und zu ihm hinüberblickte, nickte Borscht einmal. Während Alekseis Kiefer fest blieb, nickte er zurück.

Carson umrundete das Fahrzeug, also ließ Borscht sein Fenster herunter. „Gebt uns zwanzig Minuten", sagte er. „Bis dahin sind wir in Position."

„Verstanden", stimmte Borscht zu. Als die anderen weggingen, sah er Lyle im Rückspiegel an. „Bleibst du da hinten?"

„Ja", antwortete Lyle. „Die Scheiben sind getönt. Sie können mich hier nicht sehen, es sei denn, sie schauen wirklich sehr genau hin, also könnten wir das zu unserem Vorteil nutzen."

Borscht nickte. „Wie du möchtest."

Sobald die anderen im Wald verschwunden waren, legte Borscht den Rückwärtsgang ein und wendete vorsichtig. Er fuhr die Straße zurück, warf dann einen Blick auf das GPS in seinem Armaturenbrett und fuhr weiter zur Einrichtung.

„Was wirst du ihnen sagen?", fragte Lyle und klang neugierig.

„Jared hat einen Ausweis erstellt, der uns durchs Tor bringen soll", antwortete Borscht. „Wenn dies nicht der Fall ist, werden wir zumindest so viel Ablenkung verursachen, dass die anderen durch den Zaun gelangen können."

„Solange wir dabei nicht erschossen werden", grummelte Lyle. „Todd wird mir die Haut abziehen, wenn ich verletzt werde. Es war schon schwer genug, ihn dazu zu bringen, dass ich diesen Trip ohne ihn machen kann."

„Todd? Ist das dein Bruder?", fragte Borscht neugierig.

„Mein Gefährte", antwortete Lyle. „Er ist ein Wolfswandler."

Borscht nickte und platzte dann heraus: „Wie hat deine Familie es aufgefasst, dass du dich mit einem Mann verpaarst?"

Lyle schnaubte. „Ich war mal ein Mensch, Borscht", antwortete er. „Meine Familie hat mich verstoßen, als ich mich outete. Ich habe seit fast zwölf Jahren nicht mehr mit ihnen gesprochen, und das ist vollkommen in Ordnung für mich. Meine Familie ist mein Gefährte und meine Freunde."

Borscht starrte den dunkelhaarigen Mann an. „Moment. Ich dachte, dass es nicht möglich ist, einen Menschen in einen

Wandler zu verwandeln. Es ist sicher nicht möglich, einen in einen Vampir zu verwandeln", fuhr er fort. „Wie ist das also möglich?"

„Es *sollte* nicht möglich sein, einen Menschen in einen Wandler zu verwandeln", sagte Lyle. „Ich bin ein Sonderfall. Ich wurde von Wissenschaftlern als Versuchsobjekt benutzt. Wahrscheinlich Wissenschaftler wie diese Leute, und es hat mich fast umgebracht. Drake hat mich gerettet. Er ist ein Kryptozoologe, der als Nebenfach irgendwas mit Blut gemacht hat. Er fand einen Weg, mein Leben zu retten, indem er meine DNA mit dem verrückten Scheiß verband, den sie mir injiziert hatten." Er schnaubte und fügte hinzu: „Warum denkst du, bin ich eine verdammte Echse und kein Wolf?"

Borscht warf erneut einen Blick in den Rückspiegel auf den Mann ganz hinten auf dem Rücksitz. Er klang nicht bitter, aber seine Worte waren hart. Borscht konnte nur raten, was Lyle alles durchgemacht hatte.

„Es hört sich so an, als ob du ein berechtigtes Interesse an dieser Sache hast", kommentierte Borscht.

„Hölle, ja", knurrte Lyle.

Borscht nickte und warf einen Blick auf die Uhr am Armaturenbrett. Er merkte sich die Zeit und nahm den Fuß vom Gaspedal.

„Alles okay?"

„*Da*", antwortete Borscht. „Ich plane unsere Ankunft in den zwanzig Minuten, die Carson verlangt hat."

Lyle grunzte anerkennend.

Einige Minuten später entdeckte Borscht den Zaun und das Torhaus vor sich. Er bremste sein Fahrzeug und als er bemerkte, dass der uniformierte Mann das Wachhäuschen verließ, kam er zum Stehen. Er bemerkte, wie der Mann eine Hand am Kolben seiner Waffe hielt, als er sich seinem Fahrzeug näherte.

„Sollte es nicht zwei Wachen geben?“, murmelte Lyle.

Borscht ließ seinen Blick über die Gegend schweifen und summte. Er hatte genau dasselbe gedacht. Während er sich fragte, was los war, kommentierte er nicht, aus Angst, die sich nähernde Wache könnte es hören. Stattdessen hängte er seinen Arm aus dem Fenster, seine gefälschte Passkarte baumelte zwischen seinen Fingern.

Sobald der Wachmann das Rechteck aus Plastik erblickte, entspannte sich seine Haltung. Er nahm seine Hand von der Waffe, als er nach dem Ausweis griff. „Guten Tag … Doktor Kuznetsov“, beendete der Wachmann, nachdem er den Namen auf dem Ausweis gesehen hatte. „Ich habe für heute niemanden angekündigt. Lassen Sie mich Doktor LeReux anrufen.“

Borscht nickte und antwortete: „Beeilen Sie sich. Ich habe einen Zeitplan.“

Die Augenbrauen der Wache hoben sich, aber er nickte und wandte sich ab.

„Das ist deine Gelegenheit“, murmelte Borscht. „Du hast gesagt, dass du dich schnell verwandeln kannst. Tu es und schalte ihn aus.“

Lyle hatte offenbar den gleichen Gedanken gehabt. Er hatte bereits sein T-Shirt ausgezogen und schob gerade seine Jogginghose nach unten. Grüne und braune Flecken übersäten seine Haut.

Borschts Augen weiteten sich überrascht bei dem Anblick. Er griff seitwärts und drehte sich in der Taille, damit er nach hinten greifen und die hintere Schiebetür öffnen konnte. Als er es geschafft hatte, sie ein paar Zentimeter zu öffnen, streckte sich ein krallenbesetztes Vorderbein aus, packte die Tür und zog sie ein bisschen weiter auf.

„Verdammt“, zischte Borscht.

Während Borscht zusah, entfaltete sich Lyle in Tiergestalt buchstäblich vom Rücksitz und manövrierte aus dem Auto. Er zuckte zusammen, als er die Stoßdämpfer seines Fahrzeugs quietschen hörte und das Kratzen der Krallen auf Metall. Borscht hatte keine Ahnung, wie sich die wirklich riesige Echse auf den Rücksitz gequetscht hatte.

Borscht schaute in seine Spiegel und beobachtete, wie Lyle irgendwie unter das Fahrzeug krabbelte, anstatt es zu umrunden. Er konnte nicht anders, als beeindruckt zu sein, wie sich der Wandler bewegte. Während Lyle unter seinem Geländewagen saß, verlor Borscht ihn aus den Augen, sah ihn dann aber wieder, als er schnell auf das Torhaus zukroch.

Lyle blieb draußen stehen und schnippte mit der Zunge. Nach einem Moment verschwand er durch die offene Tür. Ein Schrei zerriss die Luft, gefolgt von einem dumpfen Schlag und einem Blutschwall, der auf das Glas sprühte.

Die Bewegung des Tors riss Borscht aus seiner schockierten Starre. Er schaltete seinen Kopf ein, ließ sein Fahrzeug langsam vorwärts rollen und ignorierte das Licht am Armaturenbrett, das ihm mitteilte, dass eine Tür offen war. Er entdeckte Lyle, als er seinen Geländewagen durch das Tor steuerte und sah dann die weitläufige Ausdehnung des einstöckigen Gebäudes. Er erinnerte sich an die Blaupausen und wusste, dass die Anlage mit dem rückwärtigen Teil an den Berg grenzte, der sich direkt dahinter erhob. Wenn man es aus dieser Richtung betrachtete, war es durchaus möglich, dass die Anlage direkt in die Felswand eingebaut war. Es war nicht abzusehen, wie groß sie tatsächlich war.

Borscht öffnete die Mittelkonsole und nahm sein Headset heraus. Er passte es an sein Ohr an und drückte dann die Intercom-Taste. „Wir sind durch das Tor", sendete er. „Da war eine Wache unten am Tor. Wir haben bisher keine Bewegung gesehen."

„Leute, das ist wirklich komisch", warnte Raul. „Nach all den Aktivitäten, die wir letzte Nacht auf dem Flug hierher gesehen haben, sollte dieser Ort mit Wachen übersät sein. Ich sehe auch nichts drinnen. Wenn ihr also draußen nichts seht, haben wir ein Problem."

Jemand knurrte über die Leitungen. „Welchc Art von Problem?"

Borscht glaubte Carsons Stimme zu erkennen.

„Das heißt", unterbrach ihn Jared, „entweder haben wir den Zugang zu einigen Kameras verpasst, oder die Wachen wurden woanders hingeschickt."

„Nun, da ich weiß, wie gründlich wir sind, bezweifle ich sehr, dass es die erste Option ist", erklärte Raul besorgt. „Wir sind zu gut."

Jared summte. „Nun, wir sind durch den Zaun gelangt und die meisten von uns sind bei dem Notausgang, den wir ausgewählt haben. Wenn wir etwas verpasst haben, werden wir es früh genug erfahren." Nach ein paar Sekunden der Stille befahl er: „Schau dir in der Zwischenzeit jede Kamera an, die die möglichen Ausgänge der letzten zwölf Stunden abdeckt. Sieh nach, ob du herausfinden kannst, wie viele Fahrzeuge weggefahren sind und wann.“

„Wird gemacht“, antwortete Raul.

Während sie sprachen, hatte Borscht auf einem nahe gelegenen Parkplatz angehalten. Er öffnete seine Tür und war erfreut – und ein wenig verstört –, dass Lyles riesiger Waran direkt vor der Tür wartete. Er gab schnell an den Wandler weiter, was er erfahren hatte.

Als Antwort schnippte Lyle schnell mit der Zunge und änderte mehrmals die Richtung seines Kopfes, als würde er den Wind auf Gerüche überprüfen.

„Du wirst dich verwandeln müssen, wenn wir mit dem Plan weitermachen und den Vordereingang benutzen wollen“, sagte Borscht zu dem riesigen Reptilwandler.

Während er sprach, schwang er sich aus dem Fahrzeug und sah sich erneut auf dem Parkplatz um. Die Haare in seinem Nacken standen zu Berge, und er unterdrückte den Drang, sich bei Sekani zu melden. Er war sich nicht ganz sicher, ob er aus dieser Entfernung seinen Geliebten überhaupt erreichen konnte, aber er wollte seinem kleinen Wandler keine Sorgen machen.

Während Lyle begann, sich in seine menschliche Form zurückzuverwandeln, umrundete Borscht sein Fahrzeug, lehnte sich in die noch offene hintere Tür und ergriff die Kleidung des Wandlers. Gerade als er den zweiten Flip-Flop des Mannes gefunden hatte –verdammt, wenn war das letzte Mal, als er tatsächlich einen Mann so etwas tragen gesehen hatte – hörte er Vadim knurren: „Verdammt noch mal! Borscht, komm zurück!"

Borscht ließ alles fallen und schnappte in russischer Sprache: „Was ist los, Vadim?"

„Überall im Osten gehen Sensoren los. Die Hälfte der Kameras ist ausgefallen und die andere Hälfte zeigt, dass acht Soldaten auf uns zukommen", erklärte Vadim. „Es ist nicht abzusehen, wie viele unterwegs sind."

Borscht stieß eine Reihe von Flüchen aus und eilte im Laufschritt um sein Fahrzeug. Er blieb stehen, als er eine halb menschliche, halb echsenartige Gestalt entdeckte … die sprach.

„Was ist los?"

„Lyle?" Borscht musste nach Luft schnappen.

Die grünhäutige, humanoide Gestalt verdrehte die Augen, während sie den Schwanz hin und her peitschen ließ. „Was zum Teufel ist los?"

„Die abwesenden Wachen brechen gerade in mein Haus ein", antwortete Borscht. Er würde später herausfinden, wie zum Teufel Lyle sprechen konnte, während er sich verwandelte … viel später …, wenn überhaupt. „Ich muss weg. Mein Geliebter ist in Gefahr."

„Ich werde mit dir gehen", zischte Lyle, dann kehrte er seine Verwandlung um und sein Körper dehnte sich wieder aus.

„Macht euch auf den Weg", knurrte Carson durch die Leitung. „Wir kümmern uns um die Sache hier."

„Ich kann immer noch einen Van oder so kurzschließen, um zu entkommen", fügte Jared hinzu.

Borscht machte sich nicht einmal die Mühe zu antworten und sprang zurück in seinen Geländewagen. Er hörte die Hintertür zuschlagen, gleich nachdem er sein Fahrzeug zum Leben erweckt hatte. Er knallte den Rückwärtsgang rein, schoss aus der Parklücke, schaltete dann um und raste vorwärts zurück zum Tor.

Gerade als er die offene Straße erreichte, hörte Borscht einen Schrei in seinen Gedanken. „Sekani!", brüllte er. Als er keine Antwort erhielt, trat er aufs Gaspedal und raste nach Hause.

KAPITEL 11

Vadim eilte ins Zimmer. „Sekani!“ Seine tiefe Stimme dröhnte durch den großen Unterhaltungsraum.

Sekani hob den Kopf und konzentrierte sich nicht mehr auf die Papiere, die Nikita vor ihm ausgebreitet hatte. Sie brachte ihm das Lesen bei, aber auf Vadims Schrei hin drehte sie sich auch auf ihrem Platz, um zu ihrem Bruder zu schauen. Sekani stand der Mund auf, als er die blassen Züge des großen Mannes sah.

„Was ist los, Vadim?“, fragte Nikita.

„Wir sind das Ortungsgerät nie losgeworden“, erklärte Vadim. „Als wir Sekani retteten, benutzten die Wachen ein mobiles Ortungsgerät, um ihm zu folgen. Wir müssen den Chip entfernen. Es sind Wachen auf dem Weg hierher.“

Sekani spürte, wie das Blut aus seinem Gesicht floss, als sein Körper zu zittern begann. Wachen kamen ihn suchen? Sein erster Instinkt drängte ihn, sich in seine Flughundform zu verwandeln und zu fliehen.

„Ruhig, Sekani“, beruhigte Nikita ihn. Sie legte eine Hand auf seinen Rücken und rieb leicht. „Wir werden nicht zulassen, dass sie dich mitnehmen. Wir werden dich beschützen.“

Sekani nickte und versuchte, sich zu beherrschen. Er

wollte Borscht. *Borscht!* Er rief den Namen seines Geliebten in Gedanken und wünschte, der große Mann wäre da, um ihn in den Armen zu halten. Borscht würde alles in Ordnung bringen.

Sekani!

Sekani erstarrte und legte den Kopf schief. Hatte er wirklich die Stimme seines Geliebten in seinen Gedanken gehört? Borscht hatte gesagt, sie könnten sich austauschen, und sie hatten es schon einmal getan, aber sie hatten nicht wirklich Zeit gehabt, darüber zu reden, wegen der ankommenden Fremden und all dem.

Der Mann, der ihm als Doktor Carmichael vorgestellt worden war, kam auf ihn zu, nachdem er mit seinem menschlichen Gefährten auf dem Sofa gesessen hatte.

„Sehen wir uns das an“, sagte der Arzt. „Komm mit mir in eines der Schlafzimmer, die ich vorbereitet habe. Wenn du einen Sender implantiert hast, kann ich ihn finden und entfernen.“

„Gut“, grollte Vadim. „Denn wenn Sekani unter meiner Obhut etwas passiert, bringt Borscht mich um.“

„Geh zurück und informiere ihn, was los ist“, drängte Nikita. „Lass ihn wissen, dass er hier gebraucht wird.“

„Das habe ich bereits“, antwortete Vadim. „Er ist schon auf dem Rückweg.“

Ein gewisses Maß an Erleichterung erfüllte Sekani. Borscht kam. Er würde alles in Ordnung bringen.

„Dann lass uns den Sender aus ihm rausholen, damit wir diesen Arschlöchern das Leben schwerer machen“, knurrte Nikita. „Doc?“

Doktor Carmichael nickte knapp.

Sekani spürte, wie die schlanke Frau seinen Oberarm ergriff. „Komm schon", drängte sie mit sanfterer Stimme als zuvor. „Wir hätten dich vorher untersuchen sollen, aber bei all der Aufregung darüber, dass du Borschts Geliebter bist, scheint es, als ob keiner daran gedacht hat."

„W-was ist los?", fragte Sekani, gab ihrem Drängen nach und folgte dem Katzenwandler. „Was ist ein Sender?"

„Es ist ein kleines elektronisches Metallgerät, das Positionen sendet", erklärte Vadim, als er neben ihnen ging. Er musste Sekanis verwirrten Blick gesehen haben – Sekani hatte sich in den letzten paar Tagen oft verwirrt gefühlt – denn Vadim erklärte weiter. „Ein Wächter kann ein mobiles Gerät, wie einen Tablet-PC, verwenden, um zu sehen, wo sich der Sender auf der Karte befindet. Dann kann er dorthin gehen. Wenn der Sender in dir steckt, bedeutet das, dass er auch weiß, wo du bist."

„Oh." Sekani wimmerte und sah den Arzt an. „Du kannst ihn herausnehmen?"

Doktor Carmichael nickte. „Ja. Raul hat ein Gerät zur Ortung in einem Raum zurückgelassen." Er lächelte beruhigend, und seine braunen Augen waren warm. „Raul und Jared haben alle Arten von Spielzeug, um unsere Art zu schützen."

„Spielzeug?"

„Es ist ein Ausdruck", erklärte Doktor Carmichael, als sie ein Schlafzimmer im Erdgeschoss betraten. „Du wirst es irgendwann kennenlernen." Er tätschelte die grüne Bettdecke auf dem Bett. „Rauf mit dir und leg dich flach hin."

Sekani? Gib mir eine Antwort!

Sekani runzelte die Stirn und murmelte: „Borscht?“

„Er ist noch nicht hier, Kumpel“, sagte Vadim zu ihm. „Ich bin aber sicher, er überschreitet jedes Tempolimit, um hierher zu kommen.“

Sekani nickte und runzelte die Stirn. „Nein, ich weiß“, antwortete er, als er den Arzt beobachtete, wie der etwas, das wie ein breiter Plastikstab aussah, ein paar Zentimeter über seinem Körper durch die Luft bewegte. „Ich kann ihn in meinem Kopf hören.“

„Oh, richtig.“ Nikita lächelte. „Vampire können mit ihren Geliebten reden, wenn sie verbunden sind.“ Sie zwinkerte und lachte. „Herzlichen Glückwunsch.“

„Ähm, danke?“ Sekani nahm an, dass er das wahrscheinlich sagen sollte. „Er klingt aufgebracht.“

Vadim berührte seine Schulter. „Stell dir in deinem Kopf sein Gesicht vor und sag ihm, dass es dir gut geht. Sag ihm, wir werden dich verstecken, dass wir den Sender entfernen und dich in Sicherheit bringen.“ Er hob die Hand und berührte seine eigene Schläfe. „Stell es dir hier drin vor.“

„Und sag ihm, er soll sich auf die Straße konzentrieren, damit er keinen Unfall hat“, fügte Nikita grinsend hinzu. „Abgelenkt fahren ist gefährlich.“

Sekani legte den Kopf schief und versuchte zu entscheiden, ob sie scherzte oder nicht. Er kannte diese Leute nicht gut genug, um es zu erkennen. Stattdessen tat er, was ihm gesagt wurde. Sekani machte sich ein Bild von seinem Geliebten und dachte, *Mir geht es gut. Mir geht es gut. Deine Familie beschützt mich. Kannst du mich hören?*

Ich kann dich hören, Sekani, antwortete Borscht sofort. *Bist du sicher, dass es dir gut geht? Du bist nicht verletzt?*

Sogar in Sekanis Gedanken kam Borschts starker Akzent durch. Er lächelte darüber. Er mochte die Art, wie Borscht klang, tief und rau und so sexy.

Mir geht es gut.

„Ich habe ihn gefunden“, sagte Doktor Carmichael und brach in Sekanis Gedanken ein. Der Raubkatzenwandler verzog das Gesicht und begegnete Sekanis Blick. „Es wird weh tun, ihn herauszunehmen, Sekani. Sie müssen eine lange Nadel verwendet haben, um ihn einzuführen. Er steckt im Fleisch an deiner Hüfte direkt neben deinem Knochen.“ Carmichael knurrte. „Bastarde. Sie müssen ihn so tief eingeführt haben, weil sie nicht verstanden haben, wie eine Verwandlung funktioniert.“

Vadim streckte die Hand aus und ergriff mit einem Lächeln Sekanis Hand. „Was meinst du, Doc?“, fragte er. Er sah nicht von Sekani weg und sagte beruhigend: „Er wird das so schnell wie möglich erledigen.“ Dann starrte er den Arzt an. „Wirst du doch, oder?“

Doktor Carmichael bereitete ein silbernes Utensil vor, an dessen Ende eine scharf aussehende Klinge befestigt war. „Du weißt, dass ich das tun werde.“ Er begegnete Sekanis Blick und forderte ihn auf: „Bleib so ruhig wie möglich, egal wie weh es tut. Kannst du das tun?“

Sekani schenkte dem Arzt ein kleines Lächeln. „Ich bin es gewohnt, Schmerzen zu haben. Ich werde stillhalten.“

„Es tut mir leid, das zu hören, kleiner Flughund“, murmelte Doktor Carmichael. „Auf die Seite drehen“, befahl er. Sobald Sekani gehorcht hatte, packte der Arzt seine Shorts und zog sie ein paar Zentimeter nach unten, um seine Hüfte freizulegen. „Ich werde schnell machen."

Der Arzt ließ sein Instrument an Sekanis Seite sinken und redete weiter. „Was deine andere Frage betrifft", flüsterte er, als er sein Messer in Sekanis Seite schob. „Alles, was in die Haut eines Wandlers eingebettet ist, egal wie flach es ist, wird in die tierische Gestalt übertragen, wenn er sich verwandelt."

Schmerz schoss durch Sekanis Hüfte und strahlte in sein Bein und seinen Oberkörper aus. Er konnte sein Keuchen nicht unterdrücken, aber er hielt, seinem Wort getreu, vollkommen still. Er drückte Vadims Hand und fühlte sich plötzlich dankbar, dass der Vampir sie hielt. Er hätte es zwar vorgezogen, Borscht da zu haben, aber zum Teufel, zumindest hatte er jemanden an seiner Seite.

Sekani? Geliebter? Geht es dir noch gut?

Mir geht es gut. Sekani tat sein Bestes, um das Wimmern aus seiner mentalen Antwort herauszuhalten.

Borscht schaffte es irgendwie, in seinem Kopf zu knurren. *Sag mir, was nicht stimmt. Sind die Wachen eingedrungen? Wo versteckst du dich?*

Den Sender herauszunehmen tut weh.

„Fast fertig, Sekani", sagte Doktor Carmichael. „Du machst das großartig."

Sekani konnte nicht anders, als zu wimmern. Er konnte nicht hinsehen, aber er spürte, wie das Blut seine Hüfte hinunter tropfte. Sekani verspürte das seltsame Gefühl, wie sein Fleisch auseinandergezogen wurde, und konzentrierte sich auf Vadims sanfte Worte. Der Vampir drängte ihn, lange, langsam und tief zu atmen.

„Da ist er“, knurrte der Arzt. „Ich hab das Ding. Okay. Mit zwei Stichen bist du versorgt, Sekani“, sagte er zu ihm. „Lass mich dich sauberwischen.“

Sekani nickte und atmete aus, als er spürte, wie der Arzt sein Fleisch losließ.

„Du bist so tapfer, kleiner Flughund“, murmelte Nikita, beugte sich vor und rieb ihm die Schulter. „So tapfer.“

Da Sekani nicht wirklich wusste, wie er darauf reagieren sollte, hielt er den Mund. Glücklicherweise ließ das Gefühl einer Nadel und eines Fadens, die durch das Fleisch an seiner Hüfte glitten, das Verlangen zu antworten schnell schwinden. Er biss sich auf die Unterlippe, weigerte sich wieder zu schreien.

„Das war's“, sagte Doktor Carmichael. „Du bist fertig. Du musst dich jedoch umziehen“, riet er. „Deine Sachen sind jetzt ziemlich blutig.“

Als Sekani nickte und nach dem Saum seines übergroßen T-Shirts griff – ein weiteres von Borscht –, bemerkte er, dass Vadim eine Hand an das Ohr hob, in dem er sein Headset hatte. Als Sekani seinen Kopf aus dem feuchten Shirt zog und es zusammenknüllte, sah er Vadims besorgten Blick.

„Zieh dich nicht wieder an, Sekani“, befahl Vadim. „Geh in Borschts Zimmer, schlüpf in den Schrank und verwandle dich in deine Flughundgestalt. Dann versteck dich unter den Klamotten.“ Vadim drehte sich zu den anderen um und befahl: „Wer eine Waffe hat, soll sie jetzt holen.“ Er sah zu Doktor Carmichael, als er sprach, und sofort begann der Wandler sich auszuziehen. „Oder sich in sie verwandeln.“

„Wo ist mein Gefährte?“, knurrte Carmichael, bevor er sich mit einer Geschwindigkeit und Geschmeidigkeit verwandelte, um die Sekani ihn sofort beneidete. Sekunden später stürmte ein großer schwarzer Panther aus dem Raum.

Nikita legte einen Arm um Sekanis Taille. „Komm schon, Sekani“, murmelte sie und drängte ihn vom Bett. „Lass uns nach oben gehen.“

Als Sekani Nikita erlaubte, ihm aus dem Raum zu helfen, hörte er in einem anderen Teil des Hauses Glas splittern.

* * * *

Borscht trat auf die Bremse und kam am Ende der Auffahrt inmitten von umherspritzendem Kies zum Stehen.

„Was machst du?“

Borscht warf einen Blick in den Rückspiegel und blinzelte. Wieder schien Lyle ein Wesen zu sein, das irgendwie halb Mensch und halb Echse war … und – auch wenn seine Worte ein wenig undeutlich und zischend waren – er konnte sprechen. „Wie zum Teufel machst du das?“, grummelte er, als er aus seinem SUV stieg.

„Ich bin ein wissenschaftliches Experiment“, zischte Lyle, als er ihm aus dem Fahrzeug folgte, wobei sich seine grüne Haut kräuselte. „Warum haben wir hier angehalten?“

„Um uns reinzuschleichen und so viele Wachen wie möglich auf dem Weg zu töten“, erklärte Borscht.

Normalerweise war er nicht derjenige, der zuerst tötete und später Fragen stellte. Auf diese Weise konnte er keine Antworten bekommen. Diesmal wollte oder brauchte er jedoch keine Antworten, da Sekani in Sicherheit war. Er wollte, dass sein kleiner Flughund sicher war.

„Fertig“, zischte Lyle. Dann blickte er Borscht mit schmalen Augen und senkrecht geschlitzten Pupillen an. „Und nur wenige in meinem Rudel wissen von dieser Fähigkeit, also behalte sie für dich, ja?“

Borscht schnaubte. „Hilf du mir, meine Familie zu retten, meinen Geliebten, und ich werde jedes verdammte Geheimnis für dich hüten, das du willst.“

Lyle grinste breit und zeigte Dutzende scharfer Zähne. „Wird erledigt.“

Borscht nickte, drehte sich um und rannte die Auffahrt hinunter. Er war noch keine zwanzig Meter weit gekommen, als Lyle – wieder in seiner riesigen Echsengestalt – ihn einholte und sich vor ihn stellte. Borscht fiel fast über seinen Rücken, als der Wandler anhielt. Er rannte dennoch gegen das Biest und stützte seine Hände auf die trockene, holprige Haut an seiner Seite.

Lyle schien nicht übermäßig verärgert zu sein. Stattdessen schnippte er mit der Zunge. Zischend schwang er seinen Kopf zweimal nach links und einmal nach rechts, dann hob er sein rechtes Vorderbein an und schaffte es irgendwie, zwei Vorderkrallen hochzuhalten und zeigte nach links. Dann zeigte er mit nur einem *Finger* nach rechts.

„Bei den Göttern, die Kontrolle“, zischte Borscht.

Kopfschüttelnd sah Lyle wieder nach links und rechts.

Borscht nickte. „Ich hab's verstanden. Einer rechts. Zwei links. Welchen Weg möchtest du gehen?", fragte er. Als Lyles Echsenkopf nach links geneigt wurde und ihn ansah, wusste Borscht genau, was er fragte.

Wie viele willst du töten?

Lyle zischte, drehte sich dann um und kroch schnell nach links.

Borscht schätzte das. Nicht, weil er ein Problem damit hatte, ein paar Lemming-Wachen zu erledigen, sondern weil er umso weniger Zeit brauchte, um zu seinem Geliebten zu gelangen, je weniger Leute er aus dem Weg räumen musste. Borscht sprintete nach rechts.

Die Wache war leicht zu finden – der Mann schien das Haus zu beobachten, während er in sein Kommunikationsgerät sprach –, Borscht ließ seine Krallen hervortreten, sprintete hinter ihn und schlitzte ihm den Hals auf.

Borscht fuhr fort, sein Haus zu einem Viertel zu umrunden, und fand drei weitere Männer im Umkreis. Diese tötete er, ohne zu zögern, bevor er anfing, die Richtung zu wechseln und zu seiner Haustür zu eilen. Während er zu jedem Gott betete, der geneigt war, zuzuhören, dass die Wachen ihren Überwachungsraum nicht eingenommen hatten, sprintete Borscht in Richtung der Tür.

Zu seiner Erleichterung schien niemand zu versuchen, ihn zu stoppen, und niemand schoss auf ihn. Als er in den Raum stürmte, hörte er das Schreien von Männern, die starben, und der schwere Geruch von Blut hing in der Luft. Er schlich vorwärts und schaute nach links und rechts.

Kleiner, wo bist du?

Ich verstecke mich in deinem Schrank. Vadim hat es mir gesagt.

Gut, Sekani. Ich werde dir sagen, wenn die Luft rein ist.

Bist du hier?

Das bin ich.

Eine Welle der Erleichterung überrollte Borscht, und er erkannte, dass es nicht seine eigene war. Er lächelte und fand es schön, dass sein Geliebter sich so erleichtert fühlte, weil er in der Nähe war. *Ich werde dich bald sehen, mein Liebster,* versprach Borscht.

Okay.

Borscht arbeitete sich durch das Haus voran und folgte dem Lärm. Trotzdem nahm er sich ein paar Sekunden, um jeden Raum links und rechts zu überprüfen. Er wollte nicht von hinten angegriffen werden. Während er sich im Allgemeinen von einer Kugel in den Rücken erholen konnte, würde ihn eine, die sein Herz oder seinen Kopf durchbohrte, immer noch ausschalten.

Jetzt, da Borscht Sekani gefunden hatte, wollte er dieses Risiko verdammt noch mal nicht eingehen.

Zu Borschts Überraschung hörte der Lärm auf und seine Geschwister standen über mehreren reglosen Körpern, als er endlich an der Quelle des Lärms ankam – die sich als der Aufenthaltsraum entpuppte. Ein schwarzer Panther duckte sich über einen anderen, während sich ein Mensch hinter einen Stuhl hinter dem Tier kauerte … das, wie ihm schnell klar wurde, ein Wandler war. Das intelligente Leuchten in seinen braunen Augen war ein deutliches Zeichen.

Zakhar grinste Borscht breit an. „Hey, Bruder! Herzlich willkommen."

Borscht kniff die Augen zusammen, und sein Blick schweifte wieder durch den Raum. „Gibt es noch andere?“

„Nicht hier“, erwiderte Nikita und lehnte sich gegen einen Türrahmen an der gegenüberliegenden Wand. Einer, der in die Küche und in den Essbereich führte. Sie hob die Hand an ihr Ohr. „Nein, laut den internen Kameras ist alles in Ordnung.“ Sie runzelte die Stirn, lauschte einen Augenblick, bevor sie schnaubte und hinzufügte: „Es gibt da draußen eine riesige, drachenähnliche Echse, die alle verbleibenden Wachen getötet hat.“

„Ich habe ein paar erledigt“, schnappte Borscht gereizt. Er wandte sich ab und ging durch das Haus. Er wollte zu seinem Geliebten gelangen. „Und das ist Lyle. Ihr könnt ihn gerne ins Haus einladen, wenn ihr fertig damit seid, euch wie Arschlöcher zu benehmen.“

Bevor seine lachenden Geschwister antworten konnten, rannte Borscht durch das Haus. Er nahm drei Stufen gleichzeitig und eilte den Flur hinunter. Er stürmte in sein Zimmer, sah sich um und ging dann zum Schrank.

„Sekani?“, rief er leise. „Bist du hier?“

Borscht blickte über die aufgehängten Hemden und Hosen und fragte sich, ob Sekani geflohen war.

Sekunden später hörte Borscht ein hohes Tschilpen, das er so gut kannte. *Borscht!* Der Schrei seines Geliebten ertönte in seinem Kopf, als eine winzige, dunkelbraune Gestalt aus dem Schrank zu ihm flatterte. Borscht hob die Arme und streichelte den kleinen Flughund, als der auf seiner Schulter landete. Er schmiegte sich an seinen Einzigen und war froh, den süßen Wandler wieder in seinen Armen zu haben, sicher und gesund.

KAPITEL 12

Borscht fuhr sich mit den Fingern durch die Haare und starrte sein Telefon an. Er griff nach dem Hörer und hielt ihn an sein Ohr. „*Da?*“, schnappte er.

„Wir haben eine Lieferung für Sekani“, sagte Zakhar. „Ich denke, es ist seine Kleidung.“

„Bring sie auf unser Zimmer“, befahl Borscht. „Ich schicke ihn in einer Minute hin.“

„Wird gemacht“, erwiderte Zakhar.

Borscht legte auf und sah seinen Geliebten an. Er sah, wie Sekani ihn mit fragendem Gesichtsausdruck beobachtete. Borscht stellte fest, dass sein Geliebter zumindest den größten Teil der Unterhaltung gehört hatte, lächelte und zwinkerte. „Deine Klamotten sind hier, kleiner Geliebter. Willst du sie mir vorführen?“

Sekani grinste breit und nickte, offensichtlich begeistert.

Borscht genoss es, Sekanis Gesicht aufleuchten zu sehen, da er sich Sorgen um seinen kleinen Wandler gemacht hatte. Sein Geliebter hatte viel Zeit mit seinen Freunden verbracht in den Tagen, in denen sie dort bei ihnen zu Hause gewesen waren. Wie sich herausstellte, waren alle Freunde von Sekani irgendeine Art von Vogelwandlern, und fünf der sechs waren in Gefangenschaft aufgezogen worden. Nur Gilbert hatte einst in einem Schwarm gelebt.

Es war wirklich eine Freude zu sehen, wie die kleinen Wandler ihre Umgebung erkundeten und neue Dinge lernten. Unglücklicherweise wurde schnell klar, dass Borscht nicht die Kapazitäten hatte, so viele Personen alles über das Leben zu lehren. Sie alle hatten eine fast ständige Überwachung nötig, um nicht irgendwelchen Unsinn anzustellen … oder in Gefahr zu geraten. Borschts Zuhause war nicht gerade kinderfreundlich. Obwohl er wusste, dass es sich bei den Wandlern nicht um Kinder handelte, waren einige ihrer Handlungen kindlich, als sie alles erkundeten und anfassten.

Carson und seine Leute nahmen die sechs Wandler mit, als sie am Tag zuvor das Land verlassen hatten. Die Wolfswandler hatten auch zwei gerettete Wölfe und eine Andenkatze mitgenommen. Da der Wandler bewusstlos und dem Tode nahe gewesen war, mussten sie einige Nachforschungen anstellen, um die Rasse der kleinen Katze herauszufinden.

Ob gut oder schlecht, Nikolais Gruppe hatte entdeckt, dass die Einrichtung, von der Sekani und seine Freunde abtransportiert worden waren, verlassen war. Dem Bericht seines Bruders nach hatten sie die Anlage dennoch in die Luft gejagt. Offensichtlich hatte Jared dasselbe mit der Einrichtung getan, die Borscht verlassen hatte … nachdem sie ein Dutzend Wachen getötet, ihre Serverinhalte heruntergeladen und entdeckt hatten, dass Doktor LeReux geflohen war.

Nachdem seine Freunde abgereist waren, hatte Sekanis Stimmung sich verdüstert.

Borscht wusste, dass sein Geliebter sie vermisste,

weshalb er an diesem Morgen ernsthafte Telefonate geführt hatte, zuerst mit Tullion und dann mit Declan McIntire. Er würde alles tun, um seinen Geliebten glücklich zu machen. Er hoffte nur, dass seine Familie die Veränderungen überstehen konnte, ohne zu implodieren.

„Geh und schau dir deine Sachen an, Sekani", drängte Borscht. „Ich muss noch mit Nikolai sprechen, dann bin ich gleich da, um sie anzusehen."

Sekani sprang auf und rannte an seine Seite. Er schlang die Arme um Borschts Nacken und küsste seine Lippen. Borschts Schwanz interessierte sich sofort, aber er versuchte nicht, die Kontrolle zu übernehmen. Stattdessen ließ Sekani ihn los, als er sich zurücklehnte. Borscht stand ebenfalls auf und folgte seinem Geliebten aus dem Raum. Während Sekani nach rechts zu ihren Gemächern ging, bog Borscht nach links ab.

Eine halbe Stunde später ging Borscht die Treppe hinauf. Er hatte eine geteilte Familie zurückgelassen, wusste aber, dass er nichts dagegen tun konnte. Seine Brüder und Schwestern würden ihre eigene Wahl treffen müssen. Er hatte sich bereits entschieden.

Nachdem Aleksei aus dem Raum gestürmt war, hatte Vadim gelacht und Borscht gesagt, er sei verrückt geworden. Borscht hatte das Gesicht verzogen und seinen Bruder angefunkelt, aber der große Vampir hatte nur lässig mit der Hand gewedelt und ihm gesagt, er würde ihm überall hin folgen, wie er es schon Jahre zuvor getan hatte, auch wenn das bedeutete, in die Vereinigten Staaten zu ziehen. Nikita und

Natalia hatten sich angesehen, aber er wusste nicht, was ihre Schwestern tun würden. Nikolai und Zakhar hatten sich auch angesehen, dann hatte Nikolai einen Dolch gezogen und damit begonnen, seine Zähne zu reinigen, während Zakhar aus dem Fenster starrte.

Borscht war aufgestanden und hatte seinen Geschwistern erzählt, dass er in den nächsten Wochen abzureisen plante, und den Raum verlassen. Jetzt wollte er es seinem Geliebten erzählen. Er hatte bereits die Erlaubnis vom örtlichen Wolfsalpha erhalten. Alpha Declan McIntire hatte kein Problem damit, da Borscht ein Anwesen auf halber Strecke zwischen Stone Ridge und Denver gefunden hatte. Es war weit außerhalb des Territoriums der Wandler und nahe genug an der Stadt, damit seine Geschwister nach Blut jagen konnten … sollten sie sich entscheiden, sich ihm anzuschließen.

Borscht stieß die Schlafzimmertür auf und sah sich im Raum um. Er entdeckte die Schachtel auf dem Boden und die Kleidung über jedes verfügbare Möbelstück geworfen. Als er Sekanis Summen aus dem begehbaren Schrank hörte, lächelte er.

„Sekani?“

„Komme gleich!“, rief Sekani.

Als er Sekunden später erschien, sackte Borschts Kiefer nach unten, und er starrte verblüfft auf seinen kleinen Liebhaber. Anstelle von Jeans und T-Shirt oder vielleicht sogar des flauschigen roten Bademantels, von dem Sekani ihm so viel erzählt hatte, trug der kleine, schlanke Mann … ein Sommerkleid. Es war hellgelb, ärmellos und hatte einen ausgestellten Rock.

Lachend streckte Sekani die Arme aus und drehte sich herum. Er bohrte seine nackten Zehen in den Teppich, als er herumwirbelte, wobei die Bewegung seine schlanken Beine betonte. Seine leicht gebräunten Oberschenkel spannten sich, zeigten seine geformten Muskeln. Das Kleid hätte an Sekani nicht so gut aussehen sollen, aber Borscht konnte sich nicht vorstellen, dass es an irgendeiner Frau besser aussehen würde.

„S-Sekani", Borscht schaffte es, den Namen seines Geliebten aus seiner trockenen Kehle zu bekommen. „Das ist ein Kleid."

„Ich weiß!", antwortete Sekani begeistert. „Ist es nicht wunderschön?" Er grinste breit und seine dunklen Augen waren voller Entzücken. „Und ich bin bekleidet, aber es ist dennoch bequem. Siehst du?"

Sekani griff nach seinem Rocksaum. Er zog ihn hoch und enthüllte seinen nackten Körper darunter.

Borschts Blick war auf Sekanis schlaffen Schwanz gerichtet, der sich gegen seine kleinen, leicht behaarten Eier schmiegte. Während er leise knurrte, schoss sein eigenes Blut zu seinem Schwanz und füllte ihn schnell. Er machte zwei Schritte und fiel auf die Knie. Trotzdem musste er sich wegen Sekanis geringer Größe krümmen, um die Lippen auf die seidigen Eier seines Geliebten zu drücken.

Als er ein Keuchen über sich hörte, sah Borscht vorbei an dem Stoff, der an Sekanis Taille nach oben gerafft war, und sah den überraschten Ausdruck des Mannes. Er grinste breit und zeigte seine Zähne, bevor er sich wieder nach vorne beugte. Dieses Mal schluckte er den hübschen Schwanz seines

Geliebten bis zur Wurzel. Der weiche Schaft verlängerte und verdickte sich in seinem Mund und füllte sich schnell bis zur vollen Größe. Borscht saugte kräftig und ließ ihn dann los.

Borscht umfasste Sekanis knackige Hinterbacken und versenkte seine Fingerspitzen in seiner Ritze. Er knabberte am Schritt seines kleinen Wandlers und murmelte: „Dass du ein Kleid trägst, bietet einige Vorteile."

Sekani schauderte in seinem Griff. „I-ich wusste nicht, ob es dir gefällt. Auf dem Bild hatte ein Mädchen das Kleid an."

Rau lachend befahl Borscht: „Pack meine Schultern, Sekani." Nachdem der kleine Mann gehorcht hatte, spannte er seine Arme und erhob sich, nahm seinen Geliebten mit. „Diese Art von Kleid wird üblicherweise von Frauen getragen", gab Borscht zu. „Aber wenn du es tragen willst, dann tu das. Ich werde dich trotzdem lieben."

„Es macht dir wirklich nichts aus?", fragte Sekani und schlang seine Beine um Borschts Taille. „Mir gefällt es besser, als etwas um meine Eier gewickelt zu haben. Das fühlt sich komisch an."

Grinsend fand Borscht, dass er die Idee, freien Zugang zu den Genitalien seines Geliebten zu haben, wirklich mochte. Er konnte sich so viele wunderbare Möglichkeiten vorstellen, um Sekanis Vorlieben auszunutzen. „Männer in anderen Kulturen tragen Röcke oder Kleider, sie geben ihnen nur einfach einen anderen Namen." Er ging auf ihr Bett zu und fügte hinzu: „Ich zeige dir Bilder, damit du sie sehen kannst." Er drückte einen schnellen Kuss auf die Lippen seines Mannes. „Solange ich der Einzige bin, der Zugang bekommt." Er reizte das Loch seines Geliebten mit der Spitze seines linken Mittelfingers. „Ich liebe es, dich glücklich und zufrieden zu sehen … mit Kleid oder ohne."

Borscht legte Sekani auf das Bett und stieg zu ihm hinein. Er griff unter das Kissen und tastete nach der Flasche Gleitmittel. Es war zur Gewohnheit geworden, sie dort liegen zu lassen, und das erwies sich häufig als äußerst praktisch.

Borscht öffnete den Verschluss und gab etwas auf die Finger seiner rechten Hand. Nachdem er sie geschlossen hatte, warf er die Tube beiseite, während er seine Fingerspitzen auf Sekanis Loch legte. Sein Geliebter griff nach seinen Oberschenkeln und zog sie hoch, um Borscht mehr Platz zu bieten … und einen spektakulären Anblick.

„Ich muss dir noch mehr Kleider besorgen", brummte Borscht, als er seinen Zeigefinger tief in Sekanis engen Kanal schob. „Wir werden alle möglichen Arten und Farben besorgen."

Langsam befingerte er seinen Geliebten. Mit der linken Hand öffnete er den Reißverschluss seiner Jeans und schob sie halb über seine Hüften, um seine Erektion zu befreien. Seit er Sekani gefunden hatte, bevorzugte auch er andere Kleidung. Er mühte sich nur noch selten mit Unterwäsche ab. Er empfand sie als Hindernis, seinen Schwanz dorthin zu bekommen, wo er so oft hin wollte … tief in seinen süßen Sekani.

„O-okay", murmelte Sekani.

Borscht bewunderte die Art und Weise, wie Sekanis Wangen rot wurden, als er seinen Körper nach oben bewegte, um Borschts Finger zu treffen. Mit seinem wilden dunklen Haar auf der Bettdecke und seinen vor Leidenschaft glühenden grünen Augen bot er ein Bild, von dem Borscht entzückt war. Er fand seinen Geliebten einfach umwerfend und sein Schwanz spannte sich, ein Tropfen Sperma quoll aus seinem Schlitz.

Borscht dehnte seinen keuchenden Geliebten weiter und beugte sich über ihn. Er stützte sich auf einen Ellbogen und knabberte an Sekanis Unterlippe, dann fuhr er mit seiner Zunge über das geschwollene Fleisch. „Wie würde es dir gefallen, näher bei deinen Freunden zu wohnen?", fragte Borscht, als er einen zweiten Finger in Sekanis Kanal steckte.

Sekani summte und ließ seine Beine los, um Borschts Schulter ergreifen zu können. „Ich dachte, sie wären weit weg. Nikita hat es mir auf einer Karte gezeigt."

Borscht nickte. „Das sind sie, aber ich weiß, dass du sie vermisst", antwortete er, krümmte seine Finger und drückte gegen Sekanis Drüse. „Ich will dich glücklich machen."

Sekani bäumte sich auf und schrie seine Lust heraus. „Ich bin glücklich, wenn du das tust." Er spreizte seine Beine und stellte seine Füße auf das Bett, wiegte seine Hüften und suchte offensichtlich nach mehr.

Borscht gab es ihm und grinste, als sich Sekanis Pupillen weiteten. Ein leichter Schweißschimmer glänzte auf seiner Stirn, als er seine Unterlippe mit den Zähnen packte. Borscht legte seinen Daumen auf Sekanis Unterlippe und zog sie heraus. Er wollte nicht, dass irgendetwas die Schreie seines Geliebten dämpfte.

„Da ich *dies*", Borscht drückte wieder gegen Sekanis Prostata, „nicht die ganze Zeit tun kann, möchte ich dich auf andere Weise glücklich machen." Er küsste, leckte und knabberte an Sekanis Kinn entlang, den Hals hinunter und über seine Schulter. „Wie zum Beispiel damit, ein neues Zuhause in der Nähe deiner Freunde zu finden.“

Sekani wimmerte und legte den Kopf schief, um ihm mehr Platz zu geben. „Das macht mich auch glücklich.“ Seine Worte endeten mit einem Quietschen, als Borscht mit den Zähnen über seine Haut kratzte.

Borscht lachte rau. „Mich ebenfalls. Ich liebe es, dir Freude zu bereiten.“ Er zog seine Finger aus Sekanis Kanal und brachte seine Erektion in Position. „Ich liebe dich, Sekani“, flüsterte er, drückte nach vorne und glitt an seinem schützenden Muskel vorbei in ihn hinein. „Du bereitest mir Freude.“

Nach Luft schnappend hob Sekani seine Beine und schlang sie um Borschts Taille. Er bohrte seine Fersen in seinen Hintern und ermutigte ihn mit seinen Aktionen. „Du hast mich gerettet“, murmelte Sekani. Er lächelte Borscht voller süßer Anbetung an, die in seinen Augen schimmerte. Sekani streichelte Borschts Schultern und fuhr über seinen breiten Rücken. „Ich liebe dich auch, mein Held.“

Borscht gehorchte dem stillen Befehl und stieß in ihn. Er hielt den Blick seines Geliebten, als er sich weiter bewegte, bis er ganz in ihm war. Er hielt die Lippen seines Geliebten gefangen und erkannte, dass Vadim vielleicht recht gehabt hatte. Vielleicht war er ein bisschen verrückt nach seinem flatternden Geliebten. Trotzdem wusste Borscht, als er Sekanis kehliges Stöhnen, leises Wimmern und lustvolle Schreie hörte, dass es wirklich nur wichtig war, dass sein kleiner Wandler glücklich war.

Beschützer im Mini-Format

KAPITEL 1

Das Quietschen der Tür, die sich weiter öffnete, weckte Ajax aus seinem unruhigen Schlaf. Er spannte sich an und lugte unter der unteren Kante der Kommode hervor. Als Ajax beobachtete, wie erst ein Paar Füße, dann ein zweites Paar den Raum betrat, drückte er sich mit den Vorderpfoten ab und quetschte sich noch weiter in die dunkle Ecke.

„Hierher, Kitty, Kitty, Kitty“, rief eine leise Stimme.

Ajax erkannte die Stimme des Mannes nicht, aber er hörte definitiv einen fröhlichen Unterton darin. Unsicherheit erfüllte ihn. Machte sich der Mann über ihn lustig, weil er sich in eine Anden-Bergkatze verwandeln konnte?

„Beleidigst du ihn damit nicht?“, fragte ein zweiter Mann.

Ajax erkannte die Stimme dieses Mannes. Der Sprecher war Declan McIntire, ein Wolfswandler und der Anführer der Leute, die geholfen hatten, Ajax und einige andere aus ihrer Gefangenschaft zu befreien. Auch wenn sie ihn nicht verletzt hatten, hatten sie ihn in dieses kleine Zimmer gesteckt. Es war zwar an sich kein Käfig, aber sie hatten ihn auch noch nicht gehen lassen.

Nachts, wenn es in dem riesigen Haus ruhig war, schlich Ajax sich aus seinem gewählten Versteck und sprang auf die Fensterbank. Seine scharfe Nachtsicht ermöglichte es ihm, das nächtliche Leben vor dem Fenster zu beobachten. Nach so vielen Jahren in einem Metallzimmer sehnte er sich danach, durch die Bäume zu rennen. Vielleicht würde er eine Fledermaus fangen und fressen, einfach nur weil er es konnte.

Eine schöne Sache hier war das fantastische Essen … und das gab es auch in großen Mengen.

Als Ajax das Schnauben des Fremden hörte, konzentrierte er sich wieder auf die Leute in seinem Zimmer. „Bitte“, sagte der Fremde. „Ich bin auch eine verdammte Katze. *Kitty* genannt zu werden ist nett im Vergleich zu einigen der Dinge, die ich schon genannt worden bin.“

Die Füße, die in einem Paar Turnschuhe steckten, zogen sich zurück und wurden durch Knie, Hände und schließlich ein Gesicht ersetzt. Ein schlanker, schwarzhaariger Mann schaute ihn unter der Kommode an. Nachdem er seinen braunäugigen Blick über Ajax schweifen gelassen hatte, schenkte ihm der Mann ein kleines Lächeln.

„Hallo, Kleiner. Ich heiße Doktor Ailean Carmichael. Alpha Declan dachte, du würdest vielleicht lieber von einem anderen Wandler untersucht werden als von einem Menschen." Er drehte die Handfläche nach oben, streckte sie aber nicht wirklich zu Ajax hin. „Was sagst du, kleine Katze?", fragte er und wackelte mit den Fingern. „Willst du rauskommen und mich einen Blick auf dich werfen lassen? Wir wollen nur sicherstellen, dass du nicht krank bist oder so." Seine Brauen zogen sich zusammen, als er hinzufügte: „Ich weiß, wie sehr diese verdammten Wissenschaftler einem Wandler zusetzen können."

Ajax starrte für einen Moment zurück zu dem Wandler. Als er an diesem Ort ankam, war er mit zwei anderen Wolfswandlern zusammen gewesen, den Brüdern Teague und Cecil. Auch wenn er sich unter normalen Umständen nicht wohl fühlen würde mit Raubtieren, die größer waren als er selbst, hatten ihn diese Wolfswandler gerettet. Sie waren nett und rücksichtsvoll gewesen und hatten ihn nicht dazu gedrängt, sich zu verwandeln. Ajax wollte den Vorteil seiner Krallen nicht verlieren, besonders nicht, wenn er von so vielen Fremden umgeben war. Alles, was er wollte, war, gesund zu werden und herauszufinden, wie er aus dem Haus und in die Hügel gelangen konnte.

Als Ajax erkannte, dass er eine Weile das Spiel dieser Wandler mitspielen musste, schlich er sich langsam unter der Kommode hervor. Er blieb am Rand stehen und streckte nur den Kopf aus. Er musterte die beiden ein paar Sekunden lang und beobachtete, wie der Arzt sich aufrichtete und auf seine Unterschenkel zurücksetzte. Alpha Declan kam herüber und setzte sich auf eine gepolsterte Bank, die am Fußende des Bettes entlang verlief.

Ajax sah, dass beide warteten und ihre leeren Hände auf den Schoß gelegt hatten. Obwohl er die schwarze Tasche bemerkte, die neben der Tür auf dem Schreibtisch lag, erkannte er, was es war … eine Arzttasche. In dem Wissen, dass er nicht um etwas Gedrücke und Gepiekse herumkommen würde, dachte er sich, dass er es einfach hinter sich bringen sollte.

Je eher ich diese Wandler zufriedenstelle, desto eher kann ich wieder frei herumlaufen.

Ajax hatte noch nie in einem Rudel oder einem Haus gelebt – zumindest nicht, dass er sich erinnern konnte – und verstand den Wunsch dieser Wandler nicht, hinter Mauern eingesperrt zu sein. Er wollte draußen im Wald sein. Er wollte die Erde, das Moos, die Blätter, die anderen Tiere riechen … verdammt, sogar die Felsen hatten einen ausgeprägten Geruch.

Trotzdem wusste Ajax, dass soziale Interaktion Vorteile mit sich brachte. Als er jung war, hatte er in den Bergen gelebt. Er hatte den Leuten beim Wandern und Campen und beim gemeinsamen Picknicken zugesehen. Sie hatten sich berührt und gelacht und so fröhliche Düfte abgegeben.

Deshalb hatte sich Ajax in ihrer Nähe versteckt. Er hatte diese Düfte genossen. Sie faszinierten ihn.

„Wirst du dich diesmal für uns verwandeln, Junge?"

Ajax konzentrierte sich wieder auf Alpha Declan. Nachdem er zu dem fremden Katzenwandler geschaut hatte, kroch er schnell zu Declan. Er hüpfte auf die Kommode, und nachdem er innegehalten und den besorgten Blick des großen Wolfswandlers einschätzt hatte, schlich er zu ihm. Ajax schnüffelte vorsichtig an Declans Oberschenkel und dann an seiner Seite, um seine Nase vom Geruch des anderen Mannes zu befreien. Der Geruch des Doktors begann den Raum zu füllen, wodurch Ajax' Nackenhaare drohten, sich aufzurichten, und er fühlte sich plötzlich ein wenig unwohl. Was auch immer Ailean war, er war eine viel größere Raubkatze als Ajax.

Ajax wusste, dass er eine kleine Katze war. Er hatte Katzen gesehen, die nicht viel kleiner waren als er selbst, an Leinen, die von menschlichen Wanderern gehalten wurden. Er hatte auch in freier Wildbahn viel größere Tiere gesehen und gerochen. Glücklicherweise hatte er sich dank seiner tierischen und menschlichen Instinkte von allen fernhalten können. Schade, dass er mit den Jägern nicht dasselbe Glück gehabt hatte.

„Okay", murmelte Declan. Er schob eine Hand rüber und strich Ajax sanft über den Rücken. „Du riechst, dass Ailean eine große Katze ist, nicht wahr?"

Da Ajax keine Lust hatte, sich zu verwandeln und verbal zu antworten, rollte er sich stattdessen neben Declans Hüfte zusammen. Er schob seine Schulter gegen den Oberschenkel des Alphawolfs und legte sein Kinn auf den dicken Muskel des Wandlers. Für einen Hundeartigen roch Declan gar nicht mal so schlecht.

Ajax versteifte sich, als er sah, wie Ailean sich näherte. Während er immer noch vorsichtig war, fühlte er sich beruhigt, als Declan eine Hand leicht auf seine Seite legte. Einen Alpha zu haben, der ihm bestätigte, dass er in Sicherheit war, gab ihm ein überraschendes Maß an Erleichterung. Er hätte nie gedacht, dass dies möglich sein könnte.

„Versuch einfach still zu halten, Ajax", drängte Declan

leise. „Dieses Mal wird nicht gezappelt. Ailean wird es so schnell und schmerzlos wie möglich machen.“

Als Ajax den Befehl in der Stimme des großen Alphas hörte, fühlte er sich ein wenig schuldig. Er verstand die Entscheidung des Alphas, einen anderen Arzt hinzuzuziehen. Nachdem er zu Declan nach Hause gebracht und von den Wolfsbrüdern in dieses Schlafzimmer gesteckt worden war, hatten die beiden ihm gesagt, er solle sich entspannen, es sich bequem machen und sie würden in ein paar Minuten zurück sein …, dass sie mit ihrem Alpha sprechen mussten.

Ajax war verwirrt und ängstlich unter das Bett gekrochen, um zu warten. Er wusste nicht, wer dieser Alpha war, aber er verstand das Konzept. Seine Mutter hatte ihm vor langer Zeit Geschichten über die Grausamkeit ihres Alphas erzählt … darüber, wie ihr Alpha jeden geschlagen hatte, der gegen seine Befehle verstieß. Als sie von ihrem menschlichen Freund schwanger geworden war, musste sie fliehen, um ihr ungeborenes Kind zu retten … um Ajax zu retten.

Dann, als Declan das Zimmer betrat, war er von einem menschlichen Arzt begleitet worden. Ajax wäre fast durchgedreht, hatte gefaucht und die Zähne gezeigt. Er hatte nach allen geschlagen, die sich näherten. Schließlich waren die Brüder, die ihn dorthin gebracht hatten, zurückgekehrt, und die drei Wolfswandler hatten ihn unter dem Bett hervorgezogen und auf den Boden gedrückt. Dann hatte ihm der Arzt etwas gespritzt.

Als Ajax aufgewacht war, waren die Brüder da. Sie hatten erklärt, dass der Mensch der Gefährte ihres Alphas war – Ajax vermutete, dass dies eine Art Liebhaber oder

Partner bedeutete – Lark hieß und ihn niemals verletzen würde. Leider konnte dasselbe nicht über Ajax gesagt werden. Irgendwann während des Kampfes hatte Ajax einige ziemlich tiefe Kratzer an Larks Arm hinterlassen.

Declan hatte Ajax fast aus seiner Heimat und seinem Territorium verbannt. Teague zufolge war es Lark gewesen, der eingegriffen hatte. Er hatte seinen Alphawolf beruhigt und ihm versichert, dass es ihm in einer Woche wieder gut gehen würde, und Ajax nur das getan hatte, was ein ängstliches, in die Enge getriebenes Tier tun würde … sich verteidigen.

Ajax wusste nicht, warum Lark ihn verteidigte. Er hatte auch keine Ahnung, warum ein Alpha sich einem Menschen unterordnen würde. Das Paar könnte nicht unterschiedlicher sein, da Declan groß und dunkelhäutig war und Lark klein und blond.

Danach war Declan ein paar Mal hereingekommen und hatte mit ihm gesprochen. Nun, es war eher so, dass er *zu* ihm gesprochen hatte, da Ajax sich weigerte, sich zu verwandeln. Auch Teague und Cecil schauten oft vorbei.

„Passt du auf, kleine Katze?", fragte Ailean leise. „Oder hast du dich geistig von uns zurückgezogen?"

Ajax riss seinen Kopf von Declans Oberschenkel und stellte erschrocken fest, dass Ailean direkt vor dem Platz stand, an dem er und Declan saßen. Instinktiv legte er die Ohren an, fauchte und zeigte seine Eckzähne.

„Ja, das habe ich mir gedacht", antwortete Ailean grinsend. Er trat einen Schritt zurück und zeigte auf das Bett hinter Ajax. „Aufs Bett. Ich werde dich nicht bitten, dich hinzulegen, aber setz dich wenigstens gerade hin."

Nachdem Ajax zu Declan aufgeschaut hatte, der mit dem Kinn zu dem Bett hinter ihnen deutete, seufzte er und stand auf. Er hüpfte über das Brett am Fußende und auf die Matratze. Er setzte sich an die Bettkante, richtete sich auf und beobachtete aufmerksam, wie sich Ailean näherte.

„Ich nehme an, du wirst dich nicht verwandeln, oder?", fragte Ailean, als er zum Schreibtisch ging und die Tasche aufhob. Als er sich mit der Tasche in der Hand umdrehte und auf ihn zuging, schüttelte Ajax den Kopf.

„Dachte ich mir schon", grummelte der große Katzenwandler. „Wie auch immer, ich beginne damit, deine Herzfrequenz zu überprüfen", sagte er und stellte die Tasche ein paar Fuß von Ajax entfernt auf das Bett. Er zog ein Stethoskop heraus und steckte die Enden in seine Ohren. Er packte das andere Stück, das in einer runden Scheibe endete, und hielt es hoch. „Das wird nicht weh tun." Er zwinkerte. „Ich werde dich warnen, wenn wir zu dem Teil kommen, der ein bisschen weh tut."

Ajax verdrehte die Augen so gut er in Katzenform konnte.

Declan lachte. „Ich denke, er hält dich für einen Arsch, Ailean", sagte er. „Ich würde fragen, wo du diesen schrecklichen Sinn für Humor herhast, aber du bist schon immer so gewesen."

Ailean schnaubte. „Meinem Gefährten gefällt er", witzelte er. Dann drückte er die Scheibe an Ajax' Brust. „Atme ein, schön tief", befahl er. „Halt die Luft an und zähl bis drei, dann atme langsam aus."

Nachdem Ajax gehorcht hatte, nickte Ailean einmal und

befahl: „Noch einmal."

Ajax tat erneut, was ihm gesagt wurde.

„Gut", kommentierte Ailean und zog die Scheibe weg, während er sich aufrichtete. Er steckte das Stethoskop wieder in seine Tasche und sagte: „Deine Lunge klingt viel freier. Das ist gut." Ailean lächelte auf ihn herab. „Lark war besorgt, als er sie abhörte."

In diesem Moment bemerkte Ajax, dass er in den letzten Tagen nicht mehr gehustet hatte. Das überraschte ihn. Er konnte sich nicht erinnern, wann er das letzte Mal ein paar Stunden, geschweige denn ein paar Tage, durchgehalten hatte, ohne einen Hustenanfall zu haben. Er hatte geglaubt, sein Herz würde schlappmachen, nachdem er all den Chemikalien und Tests ausgesetzt worden war.

„Jetzt lass uns etwas Blut abnehmen", fuhr Ailean fort und zog eine Nadel und eine Spritze aus seiner Tasche. Er schenkte ihm ein mitfühlendes Lächeln. „Es tut mir leid, mein Freund. Dies ist der Teil, der etwas weh tun wird, aber ich werde es schnell machen."

Ajax spannte sich an und zog instinktiv die Schultern hoch.

„Das wird es nur noch schmerzhafter machen", warnte Ailean. „Atme noch einmal tief durch, um dich zu entspannen", riet er.

Bevor Ailean die Nadel einführen konnte, ertönte ein leises Klopfen an der Tür. Der Arzt hielt inne und sah dorthin. Ajax tat dasselbe.

„Herein", sagte Declan.

„Hi, Alpha", grüßte Cecil und trat in den Raum. Ihm

folgte Teague, der nickte und lächelte.

Teague wandte seine Aufmerksamkeit dem Bett zu und grinste breit. „Hey, Andy", grüßte er. „Freut mich, zu sehen, dass du dich nicht mehr unter den Möbeln verkriechst."

„Andy?", fragte Declan. „Er heißt Andy?"

Teague schüttelte den Kopf und lachte. „Nein, aber er ist eine Anden-Bergkatze", sagte er achselzuckend. „Ich denke, bis er beschließt, sich zu verwandeln und uns seinen Namen zu sagen, ist das so gut wie alles andere."

Ajax schnüffelte und legte die Ohren flach an seinen Schädel.

„Er ist nicht einverstanden", kommentierte Ailean und konzentrierte sich wieder auf Ajax. „Lass uns das hinter uns bringen, hübsche Mieze", drängte er. „Denk daran, langsam und schön tief zu atmen."

Seufzend nickte Ajax. Er konzentrierte sich nur darauf, schöne, gleichmäßige Atemzüge zu machen. Zu seiner Überraschung war Ailean schnell. Er schob die Nadel rein und nahm ihm schneller Blut ab, als Ajax es jemals zuvor erlebt hatte. Es war in Sekunden vorbei und erledigt.

„Siehst du, wie einfach das sein kann, wenn du dich nicht wehrst", neckte Ailean, der offensichtlich seine Überraschung witterte. Er zwinkerte und fügte dann hinzu: „Ich bringe das zu Lark und lasse es analysieren. Hoffentlich wirst du für gesund erklärt. Das würde dir bestimmt gefallen, oder?" Ailean sah sich im Raum um. „Verdammt, ich wette, du könntest hier drinnen die Wände hochgehen. Ich zeige dir bald ein paar gute Bäume zum Klettern."

Mit diesen Abschiedsworten nahm Ailean seine Tasche

und verließ den Raum.

Auf Bäume klettern. Götter, Ajax vermisste es, auf Bäume zu klettern.

„Danke euch beiden, dass ihr gekommen seid“, sagte Declan. „Ich weiß, wenn ich den Katzenwandler frage, wird er es zu schätzen wissen, dass ihr bereits zugestimmt habt.“ Er lächelte und konzentrierte sich auf Ajax.

Ajax warf einen Blick zwischen den drei Männern hin und her und fragte sich, was los war. Er ging in die Hocke und schlang seinen Schwanz um sich, beobachtete sie und wartete ab, was für eine neue Veränderung sein Leben durchmachen würde.

KAPITEL 2

Cayden Rochette ließ sein Fahrzeug vor der Garage außerhalb des Hauses, das er sich mit seinen Brüdern Cecil und Teague teilte, zum Stillstand kommen. Er stieg aus seinem Range Rover und nahm sich einen Moment Zeit, um die Arme über den Kopf zu strecken. Dabei atmete er tief ein und schwelgte in dem Geruch von Kiefern und Erde und Zuhause.

Cayden witterte seinen Bruder, drehte sich um und entdeckte eine Gestalt auf der Veranda. Er blinzelte einmal, konzentrierte sein ausgezeichnetes Nachtsichtvermögen und erkannte, dass es der ältere seiner beiden Brüder war, Teague. Der lehnte sich gegen das Geländer und beobachtete ihn. Als Teague bemerkte, dass er Caydens Aufmerksamkeit hatte, hob er zur Begrüßung eine Hand.

Grinsend schritt Cayden schnell durch den Vorgarten, sprang die drei Stufen hinauf und ließ dabei zwei aus. Er öffnete die Arme und Teague traf ihn. Sie klopften einander auf den Rücken und lachten.

„Willkommen zu Hause, Cay“, rief Teague und entfernte sich von ihm. Er legte seine Hände auf Caydens Schultern, als er seinen Blick über seine viel kleinere Gestalt schweifen ließ. „Es ist zu lange her, seit du zu Hause warst“, kommentierte er. „Aber du siehst gut aus. Wie ist dein Einsatz gelaufen?“

„Gut genug“, antwortete Cayden und verzog das Gesicht. „Es wäre besser gewesen, wenn sich mir nicht alle an den Hals geworfen hätten.“ Er schnaubte. „Sogar viele der Männer.“ Er lehnte seinen Hintern an das Geländer und entschied sich dafür, einige Minuten länger die frische Abendluft zu genießen, dann fügte er hinzu: „Es scheint, dass jetzt, da sich die Neuigkeiten von den vielen schwulen Paarungen in unserem Rudel verbreitet haben, auch die anderen mehr Akzeptanz dafür zeigen.“

„Wird auch verdammt nochmal Zeit“, murmelte Teague. „Ich habe mich gefragt, wann die Leute anfangen wach zu werden.“ Er drehte sich um und griff nach etwas, das auf dem Geländer hinter ihm gestanden hatte. Als er sich umdrehte, streckte Teague ihm eine Flasche hin. „Trink was Kaltes, Bruder. Erzähl mir alles darüber.“

Cayden nahm das Bier und öffnete den Verschluss. „Danke, aber du willst nicht wirklich etwas über Rudelpolitik hören. Oder doch?“ Er grinste. „Es würde mich mehr interessieren, mit wie vielen Männern du heimlich geschlafen hast.“ Als Cayden Teagues überraschten Blick sah, gluckste er. „Ach, komm schon. Ich habe es selbst ein paar Mal gemacht. Sag mir nicht, dass du es nicht getan hast.“

Selbst im trüben Abendlicht nahmen Teagues gebräunte Gesichtszüge einen rötlichen Glanz an. „Nichts weiter als ein paar Wichsrunden“, grummelte er. „Und das ist alles, was ich dazu sage. Ich bespreche mein Sexualleben nicht mit meinem Bruder.“

„Wie prüde“, witzelte Cayden lachend.

Teague starrte ihn finster an und versuchte offensichtlich, seine Belustigung zu verdrängen. Es funktionierte auch auf gewisse Weise, da es Caydens Wolf aufstachelte. Er musste ein Knurren unterdrücken und den Wunsch, Teague an seinen Platz zu verweisen.

Obwohl Cayden der jüngste und kleinste der drei Brüder war, war sein Wolf der dominanteste. Die seltsame Kombination machte ihn zu einem hervorragenden Diplomaten und Unterhändler, da er sich einer Herausforderung durch die meisten anderen Wandler nicht entziehen konnte. Gelegentlich hatte er dadurch jedoch Schwierigkeiten mit seinen älteren Brüdern.

„Wie auch immer", murmelte Teague und räusperte sich. „Es hört sich so an, als ob deine Mission, mit unseren Freunden im Süden über die Grenzen zu verhandeln, gut gelaufen ist."

Cayden nahm einen Schluck Bier und nutzte die wenigen Sekunden, um seinen Wolf zu beruhigen. Er fühlte sich immer ein wenig dominant, wenn er nach langer Zeit nach Hause zurückkehrte. Dieses Mal fühlte es sich jedoch schlimmer als normal an, als müsste er jeden Zentimeter seines Zuhauses von innen nach außen inspizieren.

„Oh ja", bestätigte Cayden und konzentrierte sich. Er sollte sich entspannen und mit seinem Bruder austauschen. „Alpha Regan ist nicht gerade ein dominanter Kojote", kommentierte er und runzelte die Stirn, als er sich an die Begegnung mit dem Wandler erinnerte. „Sein Tier ist weniger dominant als meins." Er drückte seinen Nasenrücken und spürte, wie die lange Fahrt nach Hause ihn einholte. „Ich werde daran denken müssen, mit Declan darüber zu sprechen.“

Teagues Brauen zogen sich zusammen, als er den Deckel von der Flasche seines eigenen Bieres löste. „Glaubst du, da gibt es ein Problem?“

Cayden schnalzte mit der Zunge und versuchte, eine brauchbare Antwort zu finden. „Ich bin mir nicht sicher“, gab er zu und begegnete den dunklen Augen seines Bruders, die seinen eigenen so ähnlich waren. Alle drei Brüder hatten die gleichen dunkelbraunen Augen. „Ich denke wirklich, dass der Beta und die Vollstrecker in diesem Rudel es mehr führen als Alpha Regan“, sagte Cayden. „Aber da sein Vater ihn zum Alpha ernannt hat, bevor er gestorben ist …“ Seine Stimme verstummte, als er darüber nachdachte. „Die Vereinbarung ist zwischen Alpha Declan und Alpha Regan. Der Beta und die Vollstrecker haben immer wieder versucht, in Regans Namen zu intervenieren. Ich bin sicher, dass ihnen nicht gefiel, wie viel Territorium ihr Rudel abgegeben hat, aber da ihre Leute aus ihren nördlichen Städten weggezogen sind, nutzen sie dieses Land einfach nicht mehr.“

Cayden seufzte und schenkte Teague ein schwaches Lächeln. Als er den besorgten Ausdruck auf dem Gesicht seines Bruders sah, suchte er nach einem Themenwechsel. Er wollte seinen Bruder nicht mit den Problemen seines Jobs im Rudel belasten.

„Oh, hey“, kommentierte Cayden und erinnerte sich an etwas, das er gehört hatte, als er an diesem Morgen mit Alpha Declan sprach. Er hatte seinen Alpha an diesem Morgen angerufen, um ihm mitzuteilen, dass er auf dem Heimweg war, und jemanden gehört, der rief, dass seine Brüder da waren, um mit einem geretteten Wandler zu helfen. „Ich habe etwas von geretteten Wandlern gehört und dass du und Cecil involviert seid.“ Er lächelte breit. „Hattet ihr auch etwas Aufregung, während ich weg war?“

Fast zwei Wochen von seinem Rudel entfernt zu sein war viel zu verdammt lang gewesen. Manchmal war es beschissen, ein Diplomat zu sein. Er war froh, dass der nächste Einsatz, den Declan für ihn geplant hatte, in der Nähe war … nur ein paar Stunden Autofahrt zu einem Vampirzirkel, der in die Gegend von Denver zog.

„Ja“, antwortete Teague grinsend. „Endlich konnte ich mal den Pass benutzen, den ich vor fast fünf Jahren gefälscht habe.“

Cayden lachte auf. „Ach ja? Wo waren diese Wandler, die ihr gerettet habt? In Kanada?“, fragte er, bevor er einen Schluck von seinem Bier trank.

Teague schüttelte den Kopf. „Nein.“ Er grinste breit. „Cecil und ich sind den ganzen Weg nach Russland gereist. Wir haben geholfen, fast ein Dutzend Wandler aus einer Einrichtung zu retten.“ Er grinste, und seine dunklen Augen funkelten verschmitzt, als er fortfuhr: „Die Anlage sah aus, als wäre sie brandneu. Schade, dass jemand sie in die Luft gesprengt hat.“

Cayden lachte, als Teagues Brauen wackelten, und grinste ihn an. „Du bist mit Jared Templeton unterwegs gewesen, was?“, vermutete er.

„Ja“, bestätigte Teague. „Ich schwöre es. Dieser Mensch hat einen verdrehten Sinn für Gerechtigkeit.“ Er lächelte weiter, selbst als er den Kopf schüttelte. „Ich bin nicht sicher, wie Carson ihn in der Spur hält.“

Als Diplomat des Rudels hatte Cayden Kenntnis von Informationen, die viele der anderen Rudelmitglieder nicht besaßen. Er blieb im Schatten des Rudels und half dem Alpha, den Frieden mit anderen zu wahren, während er zugleich die schmutzigen kleinen Geheimnisse aller erfuhr.

Cayden wusste, dass Jared Templeton früher als Auftragskiller gearbeitet hatte. Der Mann konnte auf mehr Arten töten, als Cayden wissen wollte. Darüber hinaus ließen seine Fähigkeiten als Hacker Cayden wünschen, er würde ohne Elektrizität leben.

„Ich bin sicher, es hat mit all dem Rumficken, was sie machen, zu tun“, beschloss Cayden zu sagen.

Teague schnaubte, schnappte nach Luft und spuckte einen Mundvoll Bier über die Bretter der Veranda. Heftig hustend beugte er sich vor und versuchte offensichtlich, wieder zu Atem zu kommen. Er drehte den Kopf und starrte Cayden keuchend an.

Hinter seiner Bierflasche grinste Cayden in sich hinein. „Tut mir leid, Teague“, antwortete er und tätschelte seinem Bruder leicht den Rücken. „Ich konnte nicht widerstehen.“

Teague schnaubte, und seine Stimme klang immer noch etwas rau, als er grummelte: „Oh, ja. Es tut dir *so* leid.“ Er richtete sich auf, trank einen Schluck Bier und rieb sich die Nase, als er grunzte. „Verdammt, dieser Scheiß brennt.“

Cayden tat es ein wenig leid. Gewissermaßen. Es war ja nicht so, als hätte er seinem Bruder absichtlich Unwohlsein bereitet. „Wie auch immer“, sagte er und hoffte, Teague würde es auf sich beruhen lassen, „was ist mit dem Personal dieser Einrichtung passiert? Was ist mit den geretteten Wandlern? Wie habt ihr sie gefunden? Was ist passiert?"

„Hallo! Bro!", begrüßte ihn Cecil, der auf die Veranda trat. „Ich dachte, ich hätte Stimmen gehört. Willkommen zurück!"

Nach einer Runde Umarmungen, einschließlich des erforderlichen Rückenklopfens und *wie geht's*, trennten sich Cecil und Cayden.

„Wie lange seid ihr schon hier draußen und redet Scheiße ohne mich?", fragte Cecil. Auch wenn er weiterhin lächelte, klang er ein wenig gereizt.

„Tut mir leid, Mann", antwortete Teague und schenkte ihrem Bruder ein Grinsen. Er hustete einmal und sagte dann: „Du hast nicht viel verpasst. Nur wie Cay versucht hat, dafür zu sorgen, dass ich an meinem Bier ersticke."

Cecil lachte. „Schade, dass ich das verpasst habe", witzelte er und zwinkerte.

Cayden erwiderte das Lächeln seines Bruders und sagte: „Teague wollte mir gerade von eurer fantastischen Reise nach Russland erzählen." Er beugte sich vor und stützte einen Ellbogen auf das Geländer der Veranda. Mit der anderen Hand führte er sein Bier an die Lippen und nahm einen Schluck.

„Oh ja", stimmte Cecil nickend zu. „Sie hatten ziemlich viel Trubel dort drüben. Keine Ahnung, wie lange schon." Er lehnte sich gegen die Seite des Hauses, verschränkte die Beine am Knöchel und die Arme vor der Brust und runzelte die Stirn. „Wenigstens haben wir sie alle da rausgeholt."

„Es gab also viele von ihnen?", hakte Cayden nach.

„Wie habt ihr von ihnen erfahren?“

Teague nickte. „Kennst du Tullion Kuznetsov?“

„Der Vampir, der sich mit Toby Dallow verpaart hat“, bestätigte Cayden, als er sich an Namen erinnerte, die er in E-Mails auf seinem Computer gesehen hatte. „Er ist Russe. Haben wir einen Tipp von seiner Familie bekommen?“

Toby war ein Mensch und ein Ehrenmitglied des Rudels. Er war der wissenschaftliche Mitarbeiter und Assistent von Edwin Aldridge, wie ein Sohn und Familienmitglied für den Mann. Edwin hatte sich mit dem Wolfswandler Byron Ziegler verpaart, und als Edwin nach Stone Ridge gezogen war, hatte er seinen Assistenten mitgebracht. Toby war ein süßer, freundlicher Mensch mit einem Engelsgesicht. Ein Teil des Rudels betrachtete ihn als kleinen Bruder, was ihm ein hohes Maß an Schutz bot.

„Genau“, sagte Cecil zu ihm. „Ein Flughund-Wandler konnte entkommen, während er transportiert wurde. Er ist weggerannt … oder besser geflogen …“, fügte er lachend hinzu. „Direkt in Borschts Arme. Es stellte sich heraus, dass sie Gefährten sind, und als der Vampir herausfand, dass es noch mehr Wandler in Gefangenschaft gab, nahm er Kontakt mit Jared auf.“ Cecil grinste breit. „Ich schätze, er hat sich daran erinnert, dass wir Erfahrung mit diesen Dingen haben“, sagte er und reckte stolz die Brust vor.

Cayden verdrehte die Augen über das Gehabe seines Bruders. Als ob der Wolfswandler irgendetwas mit den vorherigen Rettungen zu tun gehabt hätte, die stattgefunden hatten. Dennoch war es eine große Ehre, dass Teague und Cecil von ihrem Alpha eingesetzt wurden.

„Mal sehen", überlegte Teague. „Es gab sechs Vogelwandler, alles verschiedene Arten." Er rieb sich das Kinn und runzelte die Stirn. „Es gibt auch zwei Wolfswandler –"

„Und dann natürlich noch Andy", mischte sich Cecil grinsend ein.

„Andy?", fragte Cayden, der den Eindruck hatte, als würde da eine Geschichte hinter stecken. „Wer ist das?"

„Andy ist eine Anden-Bergkatze", erklärte Teague. „Aber sein Name ist nicht wirklich Andy."

„Wir kennen seinen Namen nicht", verriet Cecil. „Er hat sich nicht verwandelt, noch nicht. Aber er ist die verdammt süßeste Katze, die du je gesehen hast", fügte er grinsend hinzu. „Schwarze Büschel an seinen Ohren, dichtes, flauschiges Fell und dieser buschige Schwanz." Er lachte. „Ich wünschte fast, ich wäre ein Katzenliebhaber."

Cayden schnaubte, obwohl er ein ganz seltsames Gefühl von … Eifersucht verspürte? Das ergab keinen Sinn. Er schob es auf seine Erschöpfung und trank den letzten Schluck Bier.

„Also gut, Leute", murmelte Cayden und unterdrückte ein Gähnen. „Ich hatte eine lange Fahrt, und ich bin erledigt. Wie wäre es, wenn wir morgen einen Lauf machen würden?", bot er an, da er nicht wollte, dass seine Brüder den Eindruck bekamen, dass er versuchte, von ihnen wegzukommen. Er brauchte nur einige Zeit allein in seinem eigenen Reich. Während seines Aufenthalts am Rande von Regans Territorium war er ständig von Leuten bombardiert worden, die sich *unterhalten* wollten, obwohl sie tatsächlich flirten wollten. „Vielleicht ein paar Stunden vor Einbruch der Dunkelheit?"

„Klingt nach einem Plan“, stimmte Teague zu, während Cecil nickte.

Cayden stieß sich vom Geländer ab und trat einen Schritt auf die Haustür zu.

„Oh, warte, wir haben vergessen, dir von Andy zu erzählen“, sagte Cecil und ergriff seinen Arm.

Cayden hob fragend eine Braue und starrte zu seinem größeren Bruder auf. „Ich dachte, du sagtest, er sei ein Katzenwandler, den du süß findest.“

Teague gluckste und zog Caydens Aufmerksamkeit auf sich. „Ich denke, Cecil meinte damit, dass wir vergessen haben, dir zu sagen, dass er gerade im Gästezimmer ist“, erklärte er. „Er ist in Katzengestalt und will sich nicht verwandeln, also achte darauf, dass du diese Tür nicht schließt. Okay?“

Cayden konnte ein leises Knurren in seiner Brust nicht zurückhalten. „Es gibt hier einen fremden Wandler, der sich nicht verwandelt?“, fauchte er und sah seine Brüder finster an. Süße Katze oder nicht, was zur Hölle dachten sie sich dabei?

Teague kniff die Augen zusammen und verschränkte die Arme vor der Brust. Er richtete sich zu seiner vollen Größe von einem Meter neunzig auf. Offensichtlich unzufrieden mit Caydens Demonstration von Dominanz, sah er ihn mit gerunzelter Stirn an.

Während Cayden in menschlicher Gestalt einen Meter achtundsiebzig groß war und wusste, dass die meisten dachten, sein älterer Bruder könnte den Boden mit ihm wischen, wusste er es besser. Teagues Wolf würde sich auf den Rücken drehen und seinen Bruder zwingen, schneller zurückzuweichen als ein einbeiniger Mann bei einem Wettbewerb im Arschtreten.

Cayden hasste es einfach, das seinem großen, stolzen Bruder anzutun.

„Hey, warte", unterbrach ihn Cecil. „Du verstehst nicht. Wir haben ihn aus seiner Zelle gerettet", erklärte er hastig. „Er fühlt sich hier bei uns sicherer als bei Alpha Declan. Dort gehen zu viele Leute rein und raus, die er nicht kennt." Cecil tauschte einen Blick mit Teague aus und fügte dann hinzu: „Außerdem hat der Alpha darum gebeten. Er dachte, es wäre am besten."

Cayden nickte und wusste, dass er seinem Bruder bildlich an die Kehle gegangen war, weil er so müde war. „Ich entschuldige mich", brachte er heraus. „Erklärt ihr mir, warum der Alpha einen fremden Wandler hier unterbringen wollte?" Er verzog das Gesicht. „Vor allem einen, der sich nicht verwandeln will?"

Teague seufzte und fuhr sich mit der Hand über das Gesicht. „Wir haben ihn aus dem Scheißloch von einem Käfig gezogen, in dem er gefangen war", grollte er. „Ich bin nicht sicher warum, aber er fühlt sich wohl bei uns." Teague fuchtelte mit den Händen und stützte sie auf seine Hüften. Seine dunklen Brauen zogen sich zusammen. „Während er im Haus des Alphas war, hat er sich unter dem Bett oder der Kommode versteckt."

„Unter dem Bett?" Cayden spürte, wie seine Brauen nach oben kletterten. „Unter?", wiederholte er.

Cecil nickte. „Er ist ohnehin keine sehr große Katzenart", sagte er achselzuckend. „Und ich wette, dass er aufgrund von Unterernährung auch klein geblieben ist. Er ist ein mageres Ding."

„Nicht mehr so mager wie früher“, kommentierte Teague.

„Stimmt. Er hat zugenommen“, stimmte Cecil zu. „Und er hat diesen Husten nicht mehr.“

„Und er mag sein Kissen wirklich“, fügte Teague hinzu. „Ich habe gesehen, wie er darauf geschlafen hat.“

„Und die Kommode am Fenster“, sagte Cecil. „Er sitzt immer drauf.“ Er verzog das Gesicht und fügte hinzu: „Ich hoffe, wir können ihn bald für einen Lauf rauslassen. Das arme Ding ist fürchterlich angespannt.“

„Wenn du wer weiß, wie lange in einem Käfig gesessen hättest, wärst du das wohl auch, oder nicht?“, entgegnete Teague schroff.

Cayden hob beide Hände und rieb sich mit einer die Stirn, während er die andere beschwichtigend hochhielt. Er fühlte sich irgendwie wie ein Arsch, weil er seine Brüder infrage gestellt hatte, besonders nachdem er von den Leiden der armen Kreatur gehört hatte. Eigentlich hätte er es besser wissen sollen, als seine Brüder zu befragen.

„Ich brauche Schlaf“, murmelte Cayden. Er senkte die Hände und seufzte. „Trotzdem weiß ich, dass mein Wolf mich nicht ruhen lassen wird, bis ich die Katze getroffen habe“, gab er vor seinen Brüdern zu. „Soll ich mal *Hallo* sagen gehen?“

Teague und Cecil tauschten einen weiteren Blick aus, dann runzelte Cecil die Stirn und sagte: „Solange du ihn nicht aufregst.“

Cayden hob eine Braue, und Überraschung erfüllte ihn. Von ihm und Teague abgesehen konnte er an einem Finger abzählen, wie viele Leute Cecil je beschützt hatte. Es war ihre

Mutter gewesen, ein Mensch, und sie war vor fast zwanzig Jahren gestorben.

Cayden beschloss, Cecils Warnung zu beachten – verdammt, er wollte seinen Bruder nicht verärgern – und nickte. „Natürlich", stimmte er zu. „Keine Aggression. Ich möchte nur *Hallo* sagen und mich vorstellen." Er grinste breit. „Ich möchte ihm nicht mitten in der Nacht im Flur begegnen und ihn erschrecken oder so."

Nachdem Cecil genickt hatte, ging Cayden ins Haus. Sobald er hineingegangen war, traf ihn der Grund für das Unbehagen seines Wolfes mitten ins Gesicht … sozusagen. Der Geruch des kleinen Katzenwandlers musste ganz schwach an seinen Brüdern gehaftet haben. Jetzt, da er den Wandler richtig riechen konnte, erkannte er, dass der Mann wahrscheinlich sein Gefährte war.

Cecil atmete tief ein und spürte, wie sein Körper reagierte und Verlangen durch ihn schoss.

Es scheint, als würde ich doch noch ein Katzenliebhaber werden.

KAPITEL 3

Ajax saß auf dem Schreibtisch, und seine Ohren zuckten alle paar Minuten. Er hatte gehört, wie das Fahrzeug vorfuhr, aber da sich sein Zimmer auf der Rückseite des Hauses befand, konnte er nicht sehen, wer angekommen war. Als er die lachende Begrüßung von der Veranda hörte, erkannte er ziemlich schnell, dass der dritte Bruder zu Hause angekommen sein musste.

Sowohl Cecil als auch Teague hatten Ajax erzählt, dass sie noch einen weiteren Bruder hatten, Cayden. Aus irgendeinem Grund war Ajax von dieser Nachricht nicht beunruhigt. Er hatte in dem Haus einen dritten Wolf gerochen, auch wenn der Geruch schwach gewesen war. Ajax hatte die Gerüche überraschend angenehm gefunden.

Trotz seines hochempfindlichen Gehörs konnte Ajax das meiste von dem, was gesagt wurde, nicht verstehen. Die Brüder blieben draußen, und nachdem sie ihre fröhliche Begrüßung beendet hatten, wurden ihre Stimmen viel leiser. Irgendwann hörte er den anderen Bruder – Cecil, nach dem Geruch zu urteilen – durch das Haus gehen und sich ihnen auf der Veranda anschließen.

Ajax konnte sich nicht entscheiden, was er tun sollte. Obwohl seine Neugier geweckt war, fühlte er sich nicht wohl dabei, sein Zimmer zu verlassen. Das tat er nur, wenn er die Toilette benutzen musste. Die Brüder kamen oft herein und sprachen mit ihm, um ihn zu ermutigen, sich wie zu Hause zu fühlen, aber Ajax fühlte sich noch nicht dazu bereit.

Immerhin war er erst seit ein paar Tagen dort.

Jetzt hörte Ajax die Haustür aufgehen und das Geräusch von Stiefeln, die leise auf dem Holzboden tappten. Er starrte auf seine leicht geöffnete Tür, als er die Schritte innehalten hörte. Einen Moment später trafen die Stiefel auf den Boden und zeigten an, dass sie ausgezogen worden waren. Als nächstes erreichten nur ganz leise Schritte Ajax' empfindliche Ohren.

Ajax kauerte sich auf den Schreibtisch und richtete die Ohren nach vorne. Er erwischte sich dabei, wie er dem Geräusch der schlurfenden Schritte folgte und drehte langsam seinen Kopf. Als sie vor seinem Zimmer ankamen, verstummten die Schritte und gingen dann weiter.

Ajax war sich nicht ganz sicher, warum er so enttäuscht war. Da er die Reaktion merkwürdig fand, schaute er aus dem Fenster und versuchte, seine verwirrten Gefühle zu ordnen.

Warum wollte er unbedingt einen anderen Wolfswandler treffen? War es, weil seine Brüder so gut von ihm sprachen? Vielleicht lag es daran, dass er sehen wollte, wie sich drei Geschwister zusammen verhielten. Schließlich hatte er nie Geschwister gehabt. Natürlich könnte es auch an seinem Geruch liegen.

Auch wenn Ajax fand, dass Cecil und Teague nett und vertrauenswürdig rochen – wenn jemand so riechen konnte, als könnte man ihm vertrauen –, war der gelegentliche Hauch, den er von Cayden wahrgenommen hatte, … anders gewesen. Er war … nicht so sehr aufgeregt, sondern interessiert. *Neugierig.* Das Gefühl war fast mächtig genug, um ihn zur Verwandlung zu bewegen, damit er ins Zimmer des Wolfes gehen und es erkunden konnte.

Stattdessen hatte Ajax sich an das letzte Mal erinnert, als er seiner Neugier freien Lauf gelassen hatte. Er zitterte bei der Erinnerung an *ihn.* Der Mann war aber ein Fuchswandler gewesen, und hatte bei weitem nicht so angenehm gerochen.

Dennoch war diese Erfahrung Ajax eine Lehre gewesen. Seine Neugier zu befriedigen konnte gefährlich sein, wenn nicht sogar tödlich. Auch wenn Ajax nicht glaubte, dass Cayden ihn an Wissenschaftler übergeben würde, kannte er den Mann nicht.

Laut Caydens Brüdern war sein Wolf verdammt dominant, obwohl der Mann selbst kleiner war als sie.

Ajax war noch nie Teil eines Rudels gewesen, ob es sich um Katzen oder Wölfe handelte. Er wusste nicht, wie seine Katze eingestuft werden würde. Wenn er raten müsste, würde er sich als ziemlich unterwürfig betrachten … besonders nach allem, was er durchgemacht hatte.

Wenn Ajax den Rest seines Lebens damit verbringen könnte, sich im Wald zu verstecken und sich von allen anderen fernzuhalten, wäre das in Ordnung für ihn.

Zumindest dachte Ajax das, bevor die Bewegung der Zimmertür seine Aufmerksamkeit auf sich zog. Er setzte sich schnell auf und starrte hin, als er einen schlanken Mann eintreten sah. Der dunkeläugige Wandler schaute sich in dem dunklen Raum um, und sein Blick landete auf Ajax.

Der Wandler lächelte und zeigte nur die Andeutung von Falten um seine dunklen Augen. „Hallo“, murmelte er leise. „Du musst die Anden-Bergkatze sein. Ich bin Cayden. Cayden Rochette. Teague und Cecil sind meine Brüder.“ Er warf Ajax einen Blick zu und sah sich dann noch einmal im Raum um, bevor er sich wieder auf ihn konzentrierte. „Wäre es okay, wenn ich für einen Moment hereinkomme?“

Ajax richtete sich auf und starrte einige Sekunden lang auf den schlanken Mann. Er hatte dunkles Haar, das kurz geschnitten war und gerade so die Spitzen seiner Ohren erreichte. Sein Körper war schlank, sah aber stark aus. Die tiefbraunen Augen des Wandlers waren, was wirklich Ajax' Aufmerksamkeit erregte. Obwohl sie die gleiche Farbe hatten wie die der beiden anderen Brüder, glitten sie mit einer Intensität über ihn, die Schauer über sein Fell laufen ließ.

„Ich möchte nur Hallo sagen“, sagte Cayden leise. „Ich will dir nichts tun.“

Offensichtlich war Ajax zu lange still geblieben. Er rappelte sich auf und sprang, nachdem er mit seinem pelzigen, buschigen Schwanz gezuckt hatte, vom Schreibtisch zum Nachttisch, dann auf das Bett. Er erreichte das Kissen, ließ sich darauf nieder und starrte den Wolfswandler an.

„Darf ich das als Erlaubnis betrachten?“ Während Cayden sprach, trat er näher an das Bett. „Darf ich mich zu dir auf das Bett gesellen?“

Ajax schaute auf das Bett neben sich und konzentrierte sich dann wieder auf den anderen Mann.

Caydens volle Lippen verzogen sich zu einem kleinen Lächeln. „Danke“, sagte er und ging die letzten Schritte zum

Bett. Er ließ sich darauf nieder und beugte sein Bein so, dass er Ajax zugewandt war. Seine Hände ruhten auf seinen Schenkeln und seine Finger zuckten ein wenig. „Du bist eine sehr schöne Katze, Kleiner“, kommentierte er. „Meine Brüder sagen, du hast dich seit deiner Rettung nicht verwandelt. Ist das deine Entscheidung?“

Ajax blinzelte langsam und nickte dann einmal mit dem Kopf.

Summend drückte Cayden seine Handflächen auf die Matratze und schob sich ein paar Zentimeter nach hinten. Dann stöhnte er, als er sich zurücklehnte und gleichzeitig die Beine hochzog und auf die Bettdecke schwang.

Cayden drehte den Kopf und konzentrierte sich auf Ajax. „Ich entschuldige mich dafür, dass ich mich so in deinem Raum breitmache“, murmelte er, obwohl es ihm nicht besonders leid tat. „Aber ich bin erschöpft von einer langen Fahrt“, erklärte er. Dann seufzte er, bevor er zugab: „Ich möchte dir jedoch nahe sein. Du musst verstehen, du bist mein Gefährte.“ Er verzog das Gesicht und richtete seinen Blick auf die Decke. „Du bist mein Gefährte, und ich weiß nicht einmal, wie ich dich nennen soll.“

Cayden hob die Hand vor den Mund und gähnte herzhaft. Er seufzte schnaubend, dann senkte er seine Lider auf Halbmast. „Teague sagte, sie haben dich Andy genannt, weil du eine Anden-Bergkatze bist.“

Ajax legte die Ohren zurück, öffnete den Mund, zeigte seine scharfen Eckzähne und drückte sein Missfallen aus.

Cayden lachte. Offensichtlich musste er Ajax’ Antwort richtig gedeutet haben. „Nicht dein Name, denke ich, oder?“

Ajax schnüffelte und drehte sich auf seinem Kissen um, damit er wieder Cayden gegenübersaß. Er fand sich versucht, zu dem Mann zu gehen und auf seine Brust zu klettern, stattdessen seinen Körper als Kissen zu benutzen. Dem zu widerstehen war schwierig, aber er tat es und kauerte sich stattdessen auf sein Kissen.

Ajax war sich nicht sicher, was es bedeutete, ein Gefährte zu sein. Er hatte gesehen, wie Männer einander so nannten. Er vermutete, dass es sich dabei um einen Liebhaber oder Partner handelte, aber da er für Cayden nichts davon war, wusste er nicht, warum der ihn so nannte.

„Der einzige Weg, wie ich deinen Namen erfahren werde, ist, wenn du dich verwandelst", fuhr Cayden fort. Ein schwaches Lächeln huschte über seine Züge. „Ich hoffe, dass du mir mit der Zeit genug vertrauen wirst, um dich zu verwandeln", murmelte er und seine Augenlider schlossen sich. „Aber ich erzähle dir stattdessen etwas über mich. Wie wäre es damit?"

In der nächsten Stunde tat Cayden genau das.

Ajax hörte zu, als der müde Mann redete und fand, dass der melodische Tenor des Wolfswandlers überraschend beruhigend war.

Er erfuhr, dass Cayden zweiundvierzig Jahre alt war und kurze vier Jahre beim Militär gedient hatte. Dort hatte er die Grundlagen der Kampfkunst erlernt. Cayden hatte die Geschmeidigkeit der Kampfkunst geliebt und einen Sensei in der Gegend gefunden, um ihm mehr beizubringen.

„Ein Sensei ist das, was wir den Meister nennen, der uns ausbildet", brummte Cayden schläfrig. „Ich hatte Glück und wurde in Colorado Springs stationiert, also war ich nicht zu weit von meinem Rudel entfernt.“ Er verzog das Gesicht und seine Augen fielen wieder zu, als er hinzufügte: „Leider ist mein Sensei ein paar Jahre, nachdem ich aus dem Militärdienst ausschied, bei einem Autounfall ums Leben gekommen.“

Als Ajax die Traurigkeit in Caydens Stimme hörte, empfand er den unwiderstehlichen Drang, den Mann zu beruhigen. Er schlich vorwärts und sein Schwanz zuckte bei jedem Schritt. Er erreichte Caydens Seite, schnüffelte leicht an seiner Schulter und nahm seinen Geruch wahr. Er roch definitiv etwas nach Hund, aber er hatte auch einen erdigen, kiefernartigen Duft, den Ajax unglaublich berauschend fand. Er rieb seine pelzige Wange an Caydens und an seinem Hals, wollte etwas von diesem Geruch an sich haben.

Cayden seufzte und neigte seinen Kopf, um Ajax mehr Platz zu bieten. „Das gefällt mir“, flüsterte er. „Dein Fell ist weich.“ Er hob eine Hand und fuhr mit den Fingerspitzen über Ajax’ Rücken. „Und dicht“, fügte er hinzu. „Es tut mir leid, Süßer“, murmelte er. „Ich glaube, ich werde gleich einschlafen. Es war eine lange Fahrt.“

Ajax hatte nichts dagegen. Er gab seinem Drang von zuvor nach und kroch auf Caydens Brust, vorsichtig darauf bedacht, dass seine Krallen nicht durch das dünne, dunkelblaue T-Shirt drangen, das der Mann trug. Ajax drehte sich Caydens Kopf zu, machte es sich auf seiner Brust bequem und legte den Kopf auf seine Schulter.

Als Ajax spürte, wie Caydens Hand auf seinem Körper ruhte, spannte er sich an.

„Ruhig, Baby“, flüsterte Cayden, seine Worte klangen

beinahe lallend und zeigten, wie müde er war. „Ich würde dich niemals verletzen, mein Gefährte." Nach einem weiteren herzhaften Gähnen flüsterte er: „Morgen sollten wir zusammen laufen. Mein Wolf möchte dich überall lecken."

Als Ajax spürte, wie die Brust unter ihm in einen langsamen, gleichmäßigen Rhythmus fiel, entspannte er sich. Er spürte, wie Caydens Finger zuckten, als würde der Mann von etwas träumen … vielleicht, davon, ihn zu streicheln? Ajax fand es auf jeden Fall seltsam entspannend.

Ajax fragte sich, ob er morgen wirklich mit dem Wolf laufen würde. Er war nicht daran interessiert gewesen, mit einem der Brüder zu laufen, da er sich Sorgen gemacht hatte, wie ihre Wölfe auf ihn reagieren würden. Immerhin war er eine kleine Katze. Er befürchtete, sie würden ihn als Beute betrachten.

Seltsamerweise hatte Cayden zwar bereits zugegeben, ihn überall lecken zu wollen, aber Ajax glaubte nicht, dass es daran lag, dass der Wolf des Wandlers ihn fressen wollte.

Mit diesen Gedanken schlief Ajax endlich ein.

Ajax saß auf dem Geländer der hinteren Veranda, und Aufregung stieg in ihm auf. Es bedurfte jeder Unze Selbstbeherrschung, um nicht auf den Boden zu springen, zum nächsten Baum zu rennen und hinaufzuklettern. Als er das Rascheln von Kleidung hörte, wandte er seinen Blick von den verlockenden Bäumen ab.

Während Ajax sah, wie Cayden sein T-Shirt auszog, dann die Jogginghose, durchströmte ihn der Drang, all die goldene Haut zu berühren. Er spürte, wie seine Haut kribbelte, als er gegen das Verlangen ankämpfte, sich zu verwandeln. Wenn er in menschlicher Form wäre, könnte er mit seinen Fingern über die schlanken Muskeln streichen und herausfinden, wie sie sich anfühlten.

Ajax warf einen Blick auf die Bäume und rang mit seinen Trieben.

Dann zog das verräterische Geräusch von knackenden Knochen, knirschenden Muskeln und sich spannenden Sehnen Ajax' Aufmerksamkeit auf sich. Er drehte den Kopf und schaute zurück zu Cayden, um zu sehen, wie sich der Körper des Wandlers veränderte. Seine Glieder verzogen sich und sein Körper formte sich neu, als Fell über seinen ganzen Körper spross und eine dicke, buschige Rute wuchs.

Innerhalb weniger Sekunden stand ein Wolf mit tiefbraunem Fell anstelle von Caydens durchtrainierter, goldbrauner, menschlicher Gestalt da.

Ajax vermutete, dass der Wolf vermutlich mittelgroß war, wenn man bedachte, wie groß seine Brüder waren. Trotzdem fand er dieses hundeähnliche Tier groß und einschüchternd, als der Wolf langsam auf ihn zu tappte. Er stand auf dem Geländer auf und bog den Rücken, sein Fell stand ihm zu Berge, als Cayden sich in Tierform auf seinen Hinterbeinen erhob und seine Pfoten auf das Geländer legte.

Cayden legte den Kopf schief und sah ihn an. Er bellte leise, streckte sich dann zu ihm und schnüffelte an ihm.

Erst als Ajax die freundliche Zuneigung in den braunen Augen des Wolfes erblickte, blieb er an Ort und Stelle. Die Augen des Tieres waren genau die gleichen warmen, braunen Augen, die Ajax betrachtet hatten, als er an diesem Morgen auf

Caydens Brust aufgewacht war. Ihre Intelligenz strahlte aus ihnen.

Glänzen meine Augen auch so voller Intelligenz?

Ajax nahm sich vor, sich in einem Spiegel anzusehen. Auch wenn er sich mehrmals am Tag putzte, wie die meisten Katzen, beschäftigte er sich nie wirklich damit, was andere Leute von seinem Aussehen hielten. Jetzt, wo er Caydens schlanke Gestalt gesehen hatte, fragte sich Ajax, was der Wolfswandler von seiner menschlichen Form halten würde.

Es war jedoch so lange her, dass Ajax sich verwandelt hatte. Jahre … zuletzt, bevor er gefangen genommen worden war. Die Wissenschaftler brauchten ihn nicht in menschlicher Form, also war er glücklich gewesen, in Katzengestalt zu bleiben.

Das feuchte Lecken einer großen Zunge riss Ajax aus seinen Gedanken. Er konzentrierte sich auf den Wolf, was gut war, weil die Kraft des nächsten Zungenschlags ihn fast vom Geländer stürzen ließ. Er grub seine Krallen hinein und schaffte es gerade, sich wieder aufzurichten.

Ajax legte die Ohren an und fauchte warnend.

Cayden kläffte und hüpfte rückwärts vom Geländer weg. Er trottete über die Bretter und sprang die Stufen zum Gras hinter dem Haus hinunter. Nachdem er ein paar Meter weiter gelaufen war, drehte er die Nase in den Wind, offensichtlich schnuppernd. Dann drehte er sich um und konzentrierte sich auf Ajax.

Cayden bellte aufgeregt und tänzelte an der Stelle.

Es brauchte kein Genie, um zu verstehen, zu was der Wohl ihn ermutigte.

Ajax sprang vom Geländer. Zum ersten Mal seit Jahren fühlte er Gras und Erde unter seinen Pfoten. Er maunzte aufgeregt und lief in den Wald.

Der Schatten der Bäume hüllte ihn sofort ein. Er schlüpfte unter Zweigen hindurch, flitzte um Bäume herum und sprang über Büsche. Als er die Geräusche von Caydens Wolf hinter sich hörte, warf er einen Blick über die Schulter. Er erblickte den fröhlichen, zungeheraushängenden Ausdruck des Wolfs und wusste genau, wie sich der Wandler fühlte. In seinen braunen Augen lag solche Freude.

Cayden sprintete los und holte Ajax ein. Er stieß mit dem Kopf gegen seine Seite und leckte ihm dabei die Flanke. Laut kläffend bog er nach links ab und blickte dann über die Schulter. Wahrscheinlich vergewisserte er sich, dass Ajax die Richtung geändert hatte, um ihm zu folgen.

Ajax rannte ein paar Minuten mit Cayden, dann fühlte er sich langsam müde. Als er langsamer joggte, stellte er fest, dass seine Zeit in Gefangenschaft seine Ausdauer ernsthaft aufgezehrt hatte. Es war viel zu lange her, seit er sich schneller bewegt hatte als im Gehen. Es war einfach kein Platz dafür gewesen.

Dennoch, als Ajax den Geruch eines kleinen Tieres wahrnahm, konnte er nicht widerstehen, an seine Reserven zu gehen und ihm nachzujagen. Er lief dem Tier nach. Ein Blick über die Schulter zeigte ihm, dass Cayden stehen geblieben war und ihn aus mehreren Metern Entfernung beobachtete. Ajax wandte sich wieder seiner Jagd zu und verfolgte das Tier.

Nach zehn Minuten erkannte Ajax, dass er einem Eichhörnchen auf der Spur sein musste, da diese einen Baum hinaufging. Er grub seine Krallen in die Rinde des Baumes und kletterte. Während er in der Freiheit schwelgte, diese einfache Handlung wieder zu tun, verfehlte er beinahe das Loch.

Ajax' Sinne meldeten sich, und er hielt inne und konzentrierte sich auf die Öffnung. Als er in den dunklen Raum schaute, erlaubte seine scharfe Sicht ihm, das Leuchten zweier Augen zu erkennen, die ihn direkt ansahen. Das Eichhörnchen verharrte gegen die Rückwand seines Versteckes gedrückt.

Er überlegte, ob er seine Pfote hineinstecken und das kleine Tier herausfischen sollte. Dann könnte er dem gut riechenden Wolf einen Snack anbieten. Er warf einen Blick auf den Wolf, der geduldig am Fuße des Baumes saß und ihn anstarrte, und versuchte, das seltsame Verlangen zu verstehen. Noch nie zuvor hatte er sein Essen mit jemandem teilen wollen.

Nachdem Ajax sich dagegen entschieden hatte, drehte er sich um und sprang vom Baum. Er rieb sich an Cayden, als er an ihm vorbeikam, duckte sich unter seinen Körper und kuschelte sich an seinen pelzigen Bauch. Als Ajax sich unter ihm wand, drehte sich Cayden und versuchte, ihn zu lecken.

Leise maunzend schlüpfte Ajax auf die andere Seite und trabte von ihm weg. Cayden nahm schnell wieder die Verfolgung auf.

Leider wurde Ajax wiederum schnell müde. Seine Seiten hoben sich, als er sich bemühte, genug Luft zu bekommen.

Cayden musste seine Erschöpfung bemerkt haben, denn er bellte einmal und führte ihn dann zu einer nahegelegenen Wiese, durch die ein kleiner Bach floss.

Ajax ging dankbar zu dem Bach und leckte das kühle Wasser auf. Als er seinen Durst gestillt und sich umgedreht hatte, sah er, dass Cayden sich in seine menschliche Form verwandelt hatte. Er lag ausgestreckt auf dem Rücken im Gras und fühlte sich mit seiner Nacktheit sichtlich wohl.

„Lass uns einfach eine Weile hier entspannen, Kleiner, hmm?"

Während Ajax es vorgezogen hätte, in einem Baum zu dösen, tappte er trotzdem durch das Gras in Richtung Cayden. Der Wandler lächelte ihn an, als er sich neben ihn setzte. Ajax scheute nicht vor Caydens Hand zurück, als der ihn ein paar Sekunden lang sanft streichelte und dann seine Hand auf seine Brust senkte.

Cayden gähnte laut. „Verdammt", murmelte er und schenkte Ajax ein schiefes Lächeln. „Ich glaube, ich habe meinen Schönheitsschlaf immer noch nicht aufgeholt." Er zwinkerte. „Ich mache ein kurzes Nickerchen. Hoffe, es macht dir nichts aus."

Ajax starrte auf Cayden hinunter und beobachtete, wie sich seine Augenlider schlossen. Innerhalb von fünf Minuten hatte sich seine Atmung verlangsamt, und seine Brust hob und senkte sich in einem stetigen Rhythmus. Als Ajax sah, wie die Sonne Caydens glatte Haut zum Leuchten brachte, verspürte er erneut den Drang, die schlanke Gestalt des Mannes zu berühren.

Dieses Mal kämpfte Ajax nicht gegen seinen Drang, sich zu verwandeln. Es dauerte eine Weile, und ein dumpfer Schmerz pochte durch seinen Körper, aber zum ersten Mal seit vielleicht einem Jahrzehnt nahm Ajax seine menschliche Form an.

Ajax leckte sich die Lippen, streckte die Hand aus und legte sie auf Caydens bronzebraune Brust. Er fuhr mit den Fingerspitzen über die glatte, goldene Haut. Ein Schauer durchlief seinen eigenen Körper, als er das Gefühl der Haut über den Muskeln unter seiner Handfläche bewunderte.

Ein seltsamer Schwall von Wärme erfüllte ihn, den er nicht verstand … zumindest nicht, bis er spürte, wie sein Penis zwischen seinen Beinen anschwoll. *Erregung. Verlangen. Lust.* Er hatte sie noch nie zuvor gefühlt, aber bei diesem Wolfswandler empfand er sie.

Ajax wünschte sich nur, er würde verstehen warum.

KAPITEL 4

Cayden erwachte aus seinem leichten Schlaf, weil er spürte, wie sein Körper sich aufheizte, und das nicht von der Wärme der Sonne. Er blinzelte zweimal, um seine Augen zu fokussieren, und bemühte sich zu verstehen, was er sah. Er blickte zu den neugierigen grünen Augen eines kleinen, blassen Mannes auf, der neben ihm saß und sich über ihn beugte.

Begeisterung erfüllte Cayden, als ihn die Erkenntnis traf. Er hatte diese Augen schon einmal gesehen. Sein hübsches Kätzchen hatte sich für ihn verwandelt.

„Hey", flüsterte Cayden, ein wenig besorgt, dass er den kleinen Mann erschrecken könnte. Er zitterte unter der Berührung seines Gefährten. „Ich bin froh, dass du dich endlich dazu entschlossen hast, dich zu verwandeln, Gefährte", flüsterte er. „Wie heißt du?"

„Mein Name ist Ajax", antwortete der Katzenwandler mit langsamen, stockenden Worten. Seine Stimme war leise und etwas rau, vielleicht weil er sie zu lange nicht benutzt hatte. „Was ist ein Gefährte?"

Cayden starrte ihn einen Moment an. Ajax wusste nicht, was ein Gefährte war? Wie konnte das sein? Obwohl ihn diese Antworten interessierten, wusste er, dass er andere Dinge zu beachten hatte, da der Katzenwandler ihn mit großen Augen ansah.

Ajax sah jung aus, und da er wer weiß wie lange in Gefangenschaft gewesen war, stellte sich ihm die Frage, welche Erfahrung der Katzenwandler hatte.

„Du hast den Begriff *Gefährte* noch nie gehört?“, fragte Cayden leise und beobachtete die Reaktion des Mannes genau.

Ajax legte den Kopf schief und zog die hellbraunen Brauen zusammen. Er legte seine Hand auf Caydens Brust und rieb über seinen Muskel. Es schien wie eine abwesende Bewegung, als ob er nicht einmal wüsste, dass er es tat.

Das sanfte Streicheln machte es Cayden unglaublich schwer, sich zu konzentrieren. Er hatte endlich seinen Gefährten gefunden, seinen Einzigen, und sie waren allein und nackt in der freien Natur. Er sehnte sich danach, Ajax auf seine Brust zu ziehen und seinen Mund zu beanspruchen, ihn zu kosten.

Cayden wusste, dass er das nicht konnte. Zuerst gab es viel zu besprechen. Stattdessen hob er langsam die Hand und war sich bewusst, wie scheu der kleine Mann zu sein schien. Er legte eine Hand auf Ajax’ rechten Oberarm und die andere Hand auf die seines Gefährten, die auf seiner Brust lag, rieb dann mit dem Daumen über die Rückseiten der weichhäutigen Finger.

„Wenn ein Wandler einen anderen als seinen Gefährten bezeichnet“, begann Cayden langsam, „heißt das, dass er diese Person als die andere Hälfte seiner Seele betrachtet. Diese Person ist etwas Besonderes für ihn.“ Als Cayden Ajax’ verwirrten Gesichtsausdruck sah, fuhr er fort und hoffte, die Wichtigkeit dieses Ausdrucks deutlich machen zu können, ohne den anderen Wandler zu verschrecken. „Er will sich um ihn kümmern. Er will sich vergewissern, dass sein Gefährte in Sicherheit und glücklich ist.“ Er rieb mit der linken Hand über Ajax’ Arm. „Ihn lieben und erfreuen.“

Ajax konzentrierte sich auf Caydens Brust. Er bewegte seine Finger ein wenig nach links und rieb über Caydens Brustwarze.

Cayden konnte sein Keuchen nicht zurückhalten. Er fühlte seine Brustwarze hart werden als Reaktion auf seine Berührung. Er stöhnte leise, drückte Ajax’ Hand und schob sie zur Seite, während er dem Drang widerstand, auf seinen Schwanz herabzuschauen, da er wusste, dass der aufrechtstehen und um Aufmerksamkeit betteln würde. Schon jetzt pochte er, nur weil er Ajax in der Nähe und eine Hand auf seiner Brust hatte.

„Also, Gefährten sind wichtig für Wandler?“, fragte Ajax. „Und du denkst, ich bin dein Gefährte?“, fuhr er leise fort und hob seinen Blick, um Caydens zu begegnen. „Warum?“

„Ein Wandler erkennt seinen Gefährten am Geruch“, erklärte Cayden. Er fuhr mit der Hand wieder über Ajax’ Arm. „Zum Beispiel riechst du für mich wie warme Erde und frisch Luft. Ich finde es extrem erregend“, gab er zu. „Ich möchte mich überall an dir reiben, damit ich auch so riechen kann. Ich möchte dich berühren, deine Haut fühlen, dich lecken und sehen, ob du so gut schmeckst, wie du riechst.“

Ajax lächelte, und sein Blick wirkte zaghaft. „Dein Wolf hat das schon getan“, murmelte er. „Es hat mir gefallen.“ Er blickte auf Caydens Körper und starrte interessiert auf seine

Gestalt. Sein Fokus schien auf Caydens Erektion hängen geblieben zu sein. „Dein Penis ist hart, so wie meiner“, flüsterte er.

Mit zusammengezogenen Brauen hob Ajax den Blick zu Cayden. „Ich habe schon früher Männer gesehen, die ihren harten Penis in Frauen steckten“, murmelte er. „Sie wanderten auf dem Berg, wo ich lebte. Sie breiteten eine Decke aus und aßen etwas. Manchmal zogen sie sich aus und hatten Sex. Ich habe den Wunsch nie verstanden.“ Er sah auf seinen eigenen harten Schwanz hinunter. „Aber mein Penis war noch nie so hart, wenn jemand anderer in der Nähe war.“ Wieder begegnete er Caydens Blick. „Gehört das auch dazu, einen Gefährten zu finden? Sex?“

Cayden verschluckte wegen Ajax’ Direktheit fast seine Zunge. Er leckte sich die Lippen, als er langsam nickte. „Zum Teil“, flüsterte er und schämte sich nicht einmal dafür, dass seine Stimme heiser klang. Es war Monate her, seit er Sex gehabt hatte, und als sein Gefährte so unverblümt darüber sprach, brannte sein Körper vor Verlangen. „Gefährten müssen Sex haben, um sich zu binden“, erklärte Cayden. „Normalerweise wird der dominantere den weniger dominanten beißen, aber ich würde mich jederzeit freuen, wenn du mich beißen würdest.“

Ajax runzelte die Stirn. Seine Schultern spannten sich an. „Du würdest mich beißen?“, flüsterte er. „Ich dachte, du sagtest, ein Gefährte möchte dem anderen Freude bereiten. Warum willst du mir Schmerzen bereiten, wenn ich dein Gefährte bin?“

Cayden schüttelte schnell den Kopf und erklärte: „Nein,

keine Schmerzen."

Cayden schob seine Hand auf Ajax' Arm nach oben und umfasste locker seinen Nacken. Während er ihn massierte, drückte er leicht seine andere Hand und versuchte, den Mann durch Berührung zu beruhigen. Verdammt, die Hände seines Gefährten waren klein. Wenn der zu schlanke Mann aufstehen würde, wäre er wahrscheinlich nicht einmal einen Meter siebzig groß.

„Ein Paarungsbiss von einem Gefährten ist äußerst angenehm", erklärte Cayden. „Nach allem, was ich gehört habe, wird man davon kommen."

„Kommen?"

Als Cayden die Verwirrung in der Stimme seines hübschen Gefährten hörte, machte er sich eine gedankliche Notiz, dass er Ajax die meisten umgangssprachlichen Ausdrücke erklären musste. Er nickte einmal. „Das heißt, du wirst zum Orgasmus kommen, Ajax", erklärte er. „Anstatt Orgasmus zu sagen, sagen viele Leute einfach nur kommen."

Ajax legte den Kopf schief und runzelte die Stirn. „Warum sagen sie etwas anderes dazu?" Er schüttelte den Kopf, bevor Cayden die Gelegenheit hatte, sich eine Antwort auszudenken, und fuhr dann fort: „Als ich jung war, habe ich es genossen, mich selbst zu befriedigen, bevor ich erwischt wurde. Ich habe es gemacht, wenn ich alleine war. Wie fühlt sich Sex mit einem anderen an?"

Caydens Kehle wurde trocken. War sein Gefährte noch Jungfrau?

„Wann wurdest du von den Wissenschaftlern erwischt?", fragte er leise. „Warst du schon ein

Erwachsener … oder noch ein Teenager?"

Ajax zog die Brauen zusammen. „Warum musst du das wissen?"

Als Unterhändler war Cayden immer stolz darauf, eine Antwort parat zu haben. Seine schnelle Auffassungsfähigkeit diente ihm auch jetzt, als er über eine angemessene Antwort nachdachte.

„Sex zwischen Männern kann ein paar verschiedene Dinge bedeuten", erklärte Cayden. „Einige betrachten jeden Akt, der zum Orgasmus mit einem anderen Mann führt, als Sex. Einige betrachten es nur als Sex, wenn ein Mann in den Anus eines anderen eindringt. Ich möchte, dass du dich wohl fühlst", sagte er. Er grinste breit und fügte hinzu: „Ich würde gerne deinen Ständer lutschen, bis du deinen Samen ergießt. Oder wenn du spüren möchtest, wie es ist, deine Prostata massiert zu bekommen, könnte ich dir das auch zeigen." Er zwang sich zu einem ernsten Gesichtsausdruck. „Ich werde dich aber nicht ficken, weil wir nicht die notwendigen Dinge dafür haben."

„Ficken?", flüsterte Ajax. Seine Brauen zogen sich zusammen und zeigten, dass dies ein weiteres unbekanntes Wort war. „Ich verstehe nicht."

„Ficken bedeutet, jemanden oder etwas mit deiner Erektion zu penetrieren", antwortete er unverblümt.

Ajax nickte langsam. Nachdem er einige Sekunden lang an seinen Lippen gekaut hatte, begegnete er wieder Caydens Blick. „Kann ich dich ficken?"

„Götter, ich würde es lieben, wenn du meinen Mund fickst", antwortete Cayden. „Oder meinen Arsch, sobald wir die nötigen Dinge dafür haben."

Cayden konnte sich nicht länger davon abhalten, den sexy Wandler zu berühren, und nickte einmal. Er übte ein wenig Druck auf Ajax' Nacken aus und lockte ihn näher zu sich. Er ließ die Hand des Mannes auf seiner Brust los und ergriff dessen Hüfte.

„Komm her", drängte Cayden. „Setz dich auf meine Brust und gib mir deinen Schwanz", drängte er. „Ich zeige dir, wie gut es sich anfühlen kann."

Cayden wusste zwar, dass er von Ajax nicht die Antworten erhalten hatte, die er wirklich brauchte, aber er wusste auch, dass es eine Vertrauenssache war. Ajax hatte ihm genug vertraut, um sich zu verwandeln. Das war ein Anfang. Er würde seinem Gefährten Lust bereiten, ihnen beiden ein wenig Erleichterung verschaffen und sich hoffentlich das Recht verdienen, ein wenig mehr von seinem Gefährten zu erfahren. Sie konnten sich unterhalten, wenn es leichter war sich zu konzentrieren.

„D-du wirst an meinem Penis lutschen?"

Cayden stoppte die Bewegung seiner Hand, als er sah, wie Ajax sich auf seiner Brust niederließ und die Beine neben ihm platzierte. Sein Fokus richtete sich auf die schlanke Erektion seines zukünftigen Geliebten. Er leckte sich über die Lippen, als er sah, wie der Saft aus Ajax' Schlitz tropfte. Auch wenn sein Gefährte verwirrt und unsicher klang, wusste sein Schwanz genau, was er brauchte.

„Das werde ich", bestätigte Cayden. „Hast du gesehen, wie einem der Männer der Schwanz gelutscht wurde?", fragte er und forderte seinen Geliebten auf, seine Hüften nach vorne zu bewegen.

Ajax' Brust hob sich, als er sich über Cayden beugte. Er legte seine Hände auf das Gras über Caydens Kopf, nickte und bestätigte atemlos: „Mm-hmm."

Cayden streckte die Zunge heraus und leckte schnell über die Eichel. Nachdem er das Vorsperma seines süßen Gefährten aufgeleckt hatte, was seine Sinne in Flammen steckte und ihn lockte, den Schwanz des Mannes ganz in den Mund zu nehmen, fragte er: „Wirst du mich dir zeigen lassen, wie sich das anfühlt?" Noch einmal leckte er über die Erektion seines schon-bald-Liebhabers.

„Ja", murmelte Ajax heiser. „Ja, bitte."

Leise knurrend öffnete Cayden seinen Mund und schloss die Lippen um die pralle Spitze, die vor ihm wippte. Er saugte leicht, während er einige Sekunden lang die faltige Haut unter der Eichel massierte. Cayden hörte das maunzende Wimmern von Ajax und spürte, wie sein Geliebter in seinen Armen schauderte. Sogar seine Hüften zitterten unter seinen Handflächen.

Cayden legte seine rechte Hand um Ajax' Körper und nahm seine Eier in die Hand. Er rollte die Kugeln sanft und massierte den Sack des kleinen Wandlers. Während er Ajax' Hüfte locker mit der linken Hand hielt, drängte er seinen zitternden, bebenden Gefährten, seine Hüften zu bewegen.

Heulend, als wäre er noch in Katzengestalt, wölbte Ajax den Rücken und begann zu stoßen. Er ließ seine Erektion immer wieder tief in Caydens Mund sinken. Der Ausdruck in seinem Gesicht zeigte schmerzhafte Ekstase.

Cayden verdoppelte seine Bemühungen und lutschte

kräftig. Er fuhr mit der Zunge über die geschwollene Eichel und unter die Vorhaut. Als er spürte, wie sich der Hautlappen vollständig zurückzog, tauchte er die Spitze seiner Zunge in den Schlitz.

Mehr von dem süß schmeckenden Vorsperma floss über seine Zunge. Er blickte auf Ajax' schlanken Körper und beobachtete, wie sich sein Geliebter noch mehr krümmte. Er spürte, wie sich die Eier in seiner Hand fest zusammenzogen, als die schlanke Erektion etwas stärker anschwoll.

Mit einem Schrei drückte Ajax seinen Schwanz so tief wie möglich in Caydens Mund. Cayden nahm ihn auf und saugte. Der Samen seines Geliebten pulsierte in seine Kehle und er schluckte schnell.

Cayden benutzte seinen Griff um Ajax' Hüfte, um ihn ein wenig zurückzuschieben. Der nächste Schuss Samen landete auf seiner Zunge. Er genoss die aromatische Flüssigkeit, bevor er sie in Erwartung des nächsten Spritzers schluckte. Diesen schluckte er auch.

Als Ajax' Schwanz aufhörte zu spritzen, leckte Cayden seinen Geliebten sauber. Er achtete auf sanfte Berührungen, als er dem Keuchen seines sexy Gefährten zuhörte. Nachdem er Ajax' weich werdenden Schaft losgelassen hatte, betrachtete er den Oberkörper und das Gesicht seines Geliebten. Cayden lächelte, und Selbstzufriedenheit erfüllte ihn, als er sah, wie die Röte auf der Haut des kleinen Mannes glühte.

„So sexy", stellte Cayden rau fest. Sein eigener Schwanz wählte diese Sekunde, um beharrlich zu pochen, und erinnerte Cayden an seine eigenen Bedürfnisse. „Ich lege dich jetzt hin und ergieße meinen Samen auf dich, Ajax", flüsterte er, denn der Drang, seinen Geliebten in irgendeiner Weise zu markieren, setzte ihm zu. „Ich brauche das, meinen Geruch an dir, so wie ich nach dir rieche."

Während Cayden sprach, rollte er sie herum. Er legte Ajax auf den Rücken und manövrierte sich zwischen seine Schenkel. Während er in die grünen Augen seines Gefährten starrte, stützte er sein Gewicht auf seine linke Hand, die er neben dessen Oberkörper platziert hatte. Cayden blieb auf den Knien, griff zwischen seine Beine und umfasste seinen Schwanz.

Cayden stöhnte, als er einen langsamen Wichsrhythmus anschlug. Der Druck fühlte sich erstaunlich an, nachdem er seine Erregung so lange ignoriert hatte. Seine Eier rollten und zogen sich zusammen und sagten ihm, dass es nicht lange dauern würde, bis er abspritzen würde.

Cayden bewunderte Ajax' menschliche Gestalt und richtete seinen Schwanz auf den konkaven Bauch seines Geliebten. Ajax war immer noch das Schönste, was Cayden je gesehen hatte, obwohl er zu dünn und zu blass war. Seine Gliedmaßen waren wohlgeformt, sein Hals lang, sein Körper kompakt, und seine grünen Augen dominierten sein gerötetes Gesicht.

Atemberaubend.

Cayden spürte das Kribbeln an seiner Wirbelsäule, das ihm sagte, dass sein Orgasmus näher rückte. Schweiß brach über seiner Haut aus, als er gegen den Drang ankämpfte, seinen Kopf zu senken und seine Eckzähne in das Fleisch seines Gefährten zu versenken. Als Ajax ein paarmal blinzelte, als würde er aus seinem orgasmusbedingten Nebel auftauchen, und mit einem Lächeln im Gesicht zu ihm aufschaute, zuckte Caydens Schwanz in seinem Griff und vergoss eine Perle Vorsperma.

Ajax leckte sich die Lippen, dann hob er eine Hand und strich mit dem Zeigefinger leicht über die Spitze von Caydens Erektion. Die sanfte Berührung ließ seine Eier kribbeln. Als Ajax diesen Finger an seinen Mund hob, um seine Lusttropfen zu kosten, entschlüpfte Cayden ein Stöhnen.

Ajax sah Cayden durch die Wimpern an und lächelte um seinen Finger.

Cayden war so beeindruckt von dem schönen Anblick, dass ihm völlig entging, wie sein Geliebter seine andere Hand bewegte. Er fühlte es aber.

Ajax schlang seine Finger um Caydens Ständer und drückte. Er rieb ihn nicht einmal, aber das brauchte er auch nicht. Von dieser leichten Stimulation, der Hand seines Gefährten auf ihm, spannten sich seine Eier an und überschwemmten seinen Körper mit lustvollem Schmerz, als sein Orgasmus über ihn hereinkrachte.

Cayden stöhnte, sein Körper zuckte und entlud seinen Samen in dicken Spritzern, die über den Körper seines Geliebten strömten.

KAPITEL 5

Erfüllt von Ehrfurcht sah Ajax zu, wie Cayden stöhnte und zuckte, während er sich über ihm erhob. Er hielt weiterhin die Länge des größeren Wandlers, bewegte seine Hand langsam nach oben und unten. Er spürte, wie der Schwanz pulsierte und in seinem Griff zuckte, ebenso wie der heiße Samen auf die kühle, feuchte Haut seines Bauches, seiner Leistengegend und seiner Oberschenkel traf.

Sobald Caydens Schwanz aufhörte zu spritzen ließ Ajax ihn los. Er tupfte mit den Fingern in die weiße Creme, die über seinen Körper verteilt war. Als er sich an den leicht bitteren, aber angenehmen Geschmack der fast durchscheinenden Flüssigkeit erinnerte, die er zuvor schon gekostet hatte, wischte er etwas von diesem Zeug auf.

Ajax führte es an den Mund, saugte es von seinen Fingern und schmeckte den Samen. Er war anders als sein eigener, nicht ganz so bitter, aber definitiv salziger. Er fragte sich, warum das so war. Natürlich könnte sich der Geschmack seines eigenen Samens verändert haben, nachdem er ihn vor seiner Gefangenschaft probiert hatte.

„Götter, das ist das Geilste, was ich je gesehen habe", knurrte Cayden und lenkte Ajax' Aufmerksamkeit auf den schwerlidrigen Gesichtsausdruck seines Geliebten. „Magst du den Geschmack meines Samens?“

Achselzuckend antwortete Ajax ehrlich: „Ich denke, er schmeckt besser als mein eigener. Magst du, wie ich schmecke?“

„Ich liebe, wie du schmeckst“, antwortete Cayden. Er beugte den Ellbogen und ließ sein Gewicht rechts von Ajax auf den Boden sinken. „Vielleicht sollten wir herausfinden, wie wir zusammen schmecken“, fuhr er fort und bewegte sich so, dass sein linkes Bein außerhalb von Ajax’ rechtem Bein lag, während Caydens rechtes Bein über ihm drapiert blieb.

Caydens Knie stieß gegen Ajax’ Eier und brachte einen Anflug von Erregung zurück zu seiner Leiste. Es heizte ihn auf und ließ seinen Penis wieder zucken. Ajax hatte noch nie zweimal an einem Tag eine Erektion bekommen und fragte sich, ob diese schnelle Rückkehr seiner Erregung auch an der Paarungssache lag.

„Wie sollen wir das machen?“, fragte Ajax und konzentrierte sich auf Cayden. Er musste das wirklich besser hinbekommen, aber irgendetwas an diesem Mann verwirrte seine Sinne. „Warum kann ich mich nicht auf dich konzentrieren?“ Er runzelte die Stirn, als er Caydens Grinsen sah. „Es kann gefährlich sein, mich nicht auf meine Umgebung zu konzentrieren. So wurde ich erwischt.“

Cayden ließ seinen linken Arm unter Ajax’ Schultern gleiten, dann krümmte er den Arm und hob ihn hoch. Cayden zog ihn näher an sich heran und begann, ihn herumzurollen. Er ergriff auch Ajax’ Hüfte mit seiner anderen Hand und verstärkte die Bewegung.

Ajax fand sich halb über Caydens Körper ausgebreitet

wieder. Sein Bein ruhte jetzt auf dem Oberschenkel des anderen Mannes, ihre Positionen waren im Wesentlichen umgekehrt. Er blickte auf Cayden hinunter und strich mit den Fingern durch das spärliche Brusthaar, wobei seine Aufmerksamkeit davon gefesselt wurde. Bei all dem dichten Fell, das er in Katzenform hatte, besaß er in Menschenform fast keine Körperbehaarung. Ajax fand Caydens Haare faszinierend.

„Wir sind auf dem Land meines Rudels, Ajax", sagte Cayden beruhigend. „Mein Alpha hätte Alarm geschlagen, wenn in unserem Gebiet Jäger oder fremde Wandler entdeckt worden wären." Er fuhr mit den Fingern durch die Haare an Ajax' Nacken und umfasste seinen Kopf. „Wir sind hier sicher."

Ajax sah nicht nur die Überzeugung in Caydens Gesichtsausdruck, sondern sein Geruch verriet auch seinen Glauben an seine Worte. Auch wenn er wünschte, er könnte dem hübschen Wolf glauben, hatte er auch geglaubt, er wäre in dem, was er als sein Territorium betrachtete, sicher. Er hatte sich geirrt. Jetzt würde er nie den Geruch der Jäger vergessen, die ihn gefangen genommen hatten. Egal, wie viele Jahre vergangen waren oder wie viele andere Menschen er witterte, er würde sich immer an den Geruch der Wandler und Menschen erinnern, die ihn dazu gezwungen hatten, jahrelang in einem Käfig zu leben.

Ajax würde lieber sterben als das noch einmal durchmachen … und er würde sicher nicht zulassen, dass dies Cayden oder den Brüdern des Wandlers passierte. Das bedeutete, dass er wachsam sein musste, wenn sie in tierischer

Form draußen herumrannten. Er war bei denen, die ihn gefangen hatten, nie in menschlicher Form gewesen, was bedeutete, dass er einen kleinen Vorteil hätte, wenn er sie jemals wieder sehen würde.

Diese Erkenntnis, zusammen mit der Freude, die er in Caydens Armen erlebte, machte es umso wünschenswerter, menschlich zu bleiben.

„Ich kenne deine Leute nicht", flüsterte Ajax. „Es gibt so viele von ihnen." Er überlegte schnell und versuchte einen Weg zu finden, es dem Wolfswandler verständlich zu machen. „Meine Mutter ist gestorben, als ich dreizehn war. Wir hatten allein als unsere Katzen gelebt, und danach konnte ich mich nur noch auf mich verlassen." Ajax lächelte leicht und war sich nicht sicher, was der besorgte Ausdruck auf Caydens Gesicht bedeutete. „Ich habe nicht an einem Ort wie diesem gelebt", flüsterte er und starrte auf all die hohen Bäume. „Durch meine Färbung war es einfach, mich zwischen den Felsen zu verstecken. Niemand hat mich gesehen, es sei denn, ich wollte, dass sie mich sehen … oder wenn sie sehr aufmerksam waren." Er lachte trocken. „Das passierte nicht sehr oft, und ich wusste es immer, weil sie schrien und auf mich zeigten."

Cayden lachte auch leise. „Menschen neigen dazu, das zu tun, wenn sie wilde Tiere sehen", murmelte er. Er fuhr mit der rechten Hand über Ajax' Schulter und lächelte. „Deine Katze ist hellbraun und grau gefärbt. Wo bist du aufgewachsen?"

„Ich weiß es nicht", erwiderte Ajax achselzuckend. „Ich weiß auch nicht, wo ich jetzt bin."

„Du hast, was die meisten als einen leichten Akzent

betrachten würden", sagte Cayden zu ihm. „Aber ich bin mir nicht sicher. Ist Englisch deine Muttersprache?"

Ajax schüttelte den Kopf. „Nein. Ich habe gelernt, so zu sprechen, während ich gefangen war. Die meisten anderen Männer und Frauen sprachen so", erklärte er. „Als deine Brüder und die anderen bei ihnen auch so sprachen, verstand ich sie." Er lächelte, erfreut, dass er, er beweisen konnte, dass er aus der Vergangenheit gelernt hatte. „Ich bin ziemlich gut, dafür, dass ich noch nie so gesprochen habe, oder?"

Cayden grinste ihn an. „Das bist du", stimmte er zu. „Ich liebe es, dir zuzuhören. Es hat einen melodischen Klang, den ich sehr sexy finde." Er legte eine Hand auf Ajax' Hüfte und rieb mit seinem Daumen über das vergossene Sperma auf seiner Haut. „Du sagtest, deine Mutter ist gestorben, als du dreizehn warst? Wie ist es passiert, wenn es dir nichts ausmacht, es mir zu erzählen?", ergänzte er. „Wie hast du überlebt?"

Ajax zog die Brauen zusammen. „Ich habe als meine Katze gelebt. Es war nicht sehr schwer", gab er zu. „Ich habe Kaninchen und andere kleine Wildtiere gefangen. Meine Katze hatte nichts dagegen, sie roh zu essen."

„Du konntest dich mit dreizehn in deine Katze verwandeln?"

Ajax verstand den Unglauben in Caydens Ton nicht und nickte. „Ja. Ich war neun, als ich mich zum ersten Mal in meine Katze verwandelte", erklärte er. „Meine Mutter sagte, dass es früh war, aber sie dachte, es wäre, weil wir in einer Höhle lebten und sie selbst so viel Zeit als Katze verbrachte, also lockte es meine früher heraus."

Ajax lächelte liebevoll, als er sich an seine Mutter erinnerte.

„Sie war eine schöne Katze“, sagte Ajax. „Ihr Fell war ein dunkleres Grau als meins, und sie konnte sehr weit springen.“ Er seufzte. „Sie hat ihre Beute selten verfehlt.“

„Sie klingt wie eine wunderbare Mutter“, kommentierte Cayden. „Warum habt ihr nicht in einem Rudel gelebt? Tut deine Spezies das nicht? Ich weiß, dass Tiger und Leoparden viel territorialer sind und gerne als Einzelgänger leben. Löwenwandler leben jedoch in Rudeln, so wie wir Wölfe.“

Ajax verzog die Lippen und knurrte, erinnerte sich an die Geschichte, die ihm seine Mutter erzählt hatte. Er war jung gewesen, und sie hatte ihm nicht alles erzählt, aber er hatte schnell erwachsen werden müssen. Jetzt, wo er an ihre Geschichte dachte, konnte er zwischen den Zeilen lesen.

„Ich glaube, es gab ein Rudel“, gab Ajax zu und runzelte die Stirn, als er die Brusthaare betrachtete, durch die sich seine Finger schoben. „Meine Mutter erzählte mir eine Geschichte darüber, dass sie sich in einen Menschen verliebt hat, aber unser stolzer Alpha glaubte nicht daran, sich mit minderwertigen Menschen zu verbinden.“

„Verdammt.“

Als Ajax Caydens geflüstertes Wort hörte, blickte er zu dem Gesicht des anderen Wandlers auf. Er sah seinen grimmigen Blick und seinen zusammengepressten Kiefer. In diesem Moment erinnerte sich Ajax an all die Wandler in Caydens Rudel, die Menschen als ihre Gefährten bezeichneten. Schließlich verstand er die Wichtigkeit dieses Wortes und er erkannte, wie beleidigend man seine eigenen Worte auffassen konnte.

„Ich glaube nicht, dass sie minderwertig sind“, versicherte Ajax schnell und zog an den Brusthaaren des Wolfes, um seine Aufmerksamkeit zu erregen. „Das hat meine Mutter gesagt. Ihr Alpha hat es gesagt.“

Cayden seufzte und schenkte ihm ein grimmiges Lächeln. „Mir ist klar, dass es nicht deine Worte waren, Ajax“, versicherte er. „Ich habe es einfach satt, diese Einstellung zu hören. Ich führe viele Verhandlungen zwischen meinem Rudel und anderen Rudeln, ob Wölfe oder Katzen, und sogar Vampirzirkeln.“ Seine Brauen zogen sich zusammen und er schüttelte den Kopf. „Leider ist diese Meinung bei Paranormalen weit verbreitet.“

„Paranormale?“, fragte Ajax. Er war sich dieses Wortes nicht sicher und wiederholte es langsam. „Was ist das?“

„Ein Paranormaler ist die Bezeichnung, mit der wir *uns* meinen. Jeder von uns, der als nicht-menschlich gilt“, erklärte Cayden und berührte seine eigene Brust. „Ein Wandler, ein Vampir, ein Gargoyle oder eine Hexe oder ein Hexenmeister, ein Engel oder ein Dämon. Wir sind alle Paranormale. Kreaturen, an die die meisten Menschen nicht einmal mehr glauben.“

„Früher haben sie an uns geglaubt?“, fragte Ajax und versuchte das zu verstehen. „Also wissen nicht alle Menschen, dass wir leben?“

Cayden schüttelte den Kopf. „Nein. Nein, tun sie nicht.“

Ajax seufzte. „Ich denke, das ist gut, oder?“, fragte er nach. „Dann gibt es weniger Leute, die uns den bösen

Männern überlassen, die an uns experimentieren." Er hielt inne und dachte über seine Worte nach. Mit finsterer Miene fügte er hinzu: „Außer den Wandlern, die ihnen geholfen haben." Er konzentrierte sich auf Caydens überraschten Gesichtsausdruck und fragte: „Warum sollten Wandler ihnen helfen? Werden sie kontrolliert oder gezwungen?"

„Das ist eine sehr gute Frage", stimmte Cayden zu. „Ich weiß es nicht, aber wir versuchen sie zu finden." Seine Augen verengten sich, als er beide Daumen bewegte – einen an Ajax' Hals und den anderen an seiner Hüfte – und ihn massierte. „Erinnerst du dich an sie? Irgendwelche Namen oder was sie waren? Wandler? Vampire? Etwas anderes?"

Ajax summte nachdenklich. „Ja, da waren Wandler." Er runzelte die Nase. „Ich habe keine anderen Wandler getroffen, bevor ich gefangen wurde, daher weiß ich nicht, wer sie sind." Als Ajax Caydens zusammengekniffene Lippen und langsames Nicken sah, fügte er hinzu: „Ich weiß, dass ich sie erkennen würde, wenn ich sie jemals wieder riechen würde. Sie waren … unverwechselbar."

„Unverwechselbar?", murmelte Cayden. „Inwiefern?"

Ajax zuckte die Achseln und schüttelte den Kopf. „Ich habe nicht die richtigen Worte, um den Geruch der Leute zu beschreiben, die mich mitgenommen haben", gab er zu. „Ich weiß nicht …" Ajax hielt inne und schüttelte erneut den Kopf. „Es tut mir leid."

Cayden nickte. „Es ist in Ordnung, mein Gefährte", beruhigte er. Seine Daumen bewegten sich wieder. „Niemand erwartet, dass du sie kennst, aber wir müssen diese Informationen an Alpha Declan weiterleiten", sagte er, dann zwinkerte er und blickte auf Ajax. „Und du wirst ihn auch in menschlicher Gestalt treffen müssen."

Ajax nickte und zog die Brauen zusammen. „Ich habe seinen, ähm, Gefährten verletzt", gab er zu. „Wird er mich bestrafen?"

Als Ajax sah, dass Cayden zusammenzuckte, wurde er besorgt. Sekunden später wurde er von der Berührung des größeren Mannes abgelenkt. Er schaute auf ihre Körper hinab und entdeckte, wo der Daumen des Wolfswandlers erneut seinen Samen über seine Haut rieb.

„Du markierst mich", flüsterte Ajax überrascht, als er die Puzzleteile zusammensetzte. Er richtete seinen Blick wieder auf Caydens Augen. „Warum?"

Cayden richtete seinen Blick auf Ajax und schaute tief in seine Augen. „Weil du mein Gefährte bist, Ajax, genau wie ich dein Gefährte bin." Er strich mit weiteren seiner Finger durch das trocknende Sperma und rieb es in Ajax' Haut, bevor er fortfuhr. „Wenn wir unsere Bindung abgeschlossen haben, werde ich dich beißen, was deinen Geruch ein wenig verändern wird, sodass du ein bisschen nach mir riechst." Er bewegte seine Finger näher an Ajax' anschwellenden Penis. „Ich würde es lieben, wenn du mich auch beißt", sagte er und wackelte bedeutungsvoll mit den Brauen.

Nach Luft schnappend, zitterte Ajax, als Gänsehaut an seiner Leiste ausbrach. Er sah auf die Stelle hinunter und beobachtete, wie Caydens Finger das Sperma in seine Haut rieben. Ajax' eigene Finger zogen reflexartig an Caydens Brusthaaren.

„Oh, wow", flüsterte Ajax. „Das fühlt sich gut an."

„Das wird sich noch besser anfühlen“, grollte Cayden. „Alles andere kann warten.“

Ajax riss die Augen auf und sah zu, wie Cayden seine langen Finger um seine jetzt wippende Erektion legte. Er schauderte und stöhnte bei dem Gefühl der schwieligen Finger des Wolfswandlers. Als köstliches Kribbeln in seinem Schwanz ausbrach und über die Haut seiner Leistengegend prickelte, verblassten alle seine Probleme im Vergleich zu dem Verlangen, die berauschenden Empfindungen zu genießen, die sein Liebhaber ihm bescherte.

KAPITEL 6

Teague schnupperte an Caydens Hals und grinste breit.

„Halt die Klappe“, knurrte Cayden, der genau wusste, warum sein ältester Bruder ihn so ansah. „Ich weiß, was dieser Blick bedeutet.“

„Herzlichen Glückwunsch, kleiner Bruder“, sagte Teague. Er zwinkerte, und sein Grinsen wurde etwas weniger frech. „Ich freue mich wirklich sehr für dich. Seinen Gefährten zu finden ist ein Segen.“

Cayden nickte und bemerkte die leichte Wehmut in Teagues Gesichtsausdruck, die er auch in seinen Worten hörte. „Ja, das ist es“, stimmte er zu. Er lächelte zu seinem Bruder auf, als er ihm auf die Schulter klopfte. „Du weißt, was das bedeutet, richtig?“

Teague legte den Kopf schief. Seine dunklen Augen verengten sich. „Was?“

Cayden zwinkerte seinem großen Bruder zu. „Es bedeutet, dass das Schicksal uns nicht vergessen hat.“ Er schlug Teague leicht auf den Oberarm. „Du und Cecil werdet bald eure anderen Hälften finden. Ihr müsst nur offen sein.“

Teague schnaubte und stieß mit seiner Schulter gegen die von Cayden, als sie beide den Flur entlang in Richtung Kaffeekanne gingen. „Oh, ich bin offen“, behauptete Teague.

„Das kannst du mir glauben. Verdammt, es wäre mir egal, ob mein Gefährte ein vierhundert Jahre alter Nashornwandler ist. Zumindest würde er mir gehören."

„Ha!", neckte Cayden. „Also magst du Männer? Ich wusste es."

Teague schnaubte und schüttelte den Kopf, als er sich die Kaffeekanne schnappte, bevor Cayden es konnte. „Würde es einen Unterschied machen, wenn ich gesagt hätte, es wäre mir egal, wenn es eine siebzigjährige menschliche Frau mit runzliger Haut ist? Ich würde sie genauso lieben?" Er verdrehte die Augen, als er eine gebrauchte Kaffeetasse aus der Spüle holte, daran roch und sie dann mit dem heißen, frischen Kaffee füllte. „Es ist mir inzwischen wirklich egal", sagte er und klang, als würde er murren. „Ich möchte nur, was so viele andere Leute gefunden haben. Einen Gefährten, einen Liebhaber." Er drehte sich um und hielt ihm die Kanne hin. „Die perfekte andere Hälfte. Egal, ob männlich oder weiblich."

Als er die Emotionen auf Teagues Gesicht sah, hielt Cayden eine Grimasse zurück. Er hätte erkennen müssen, dass sein Bruder sich nur seinen eigenen Gefährten wünschte. Da er wusste, dass irgendeine Floskel nicht reichen würde, packte Cayden einfach den Oberarm seines Bruders, schenkte ihm ein Lächeln und ein Nicken. Dann nahm er die Kaffeekanne und wandte sich ab. Er konzentrierte sich darauf, sich eine Tasse des Getränks einzuschenken, um seinem Bruder die Chance zu geben, sich zusammenzureißen.

Teague räusperte sich und sagte: „Der Alpha wird jeden Moment hier sein. Ich glaube, er bringt Carson, Jared und ein paar andere mit."

Cayden nickte. Das ergab Sinn. Wahrscheinlich würde der größte Teil des inneren Kreises auftauchen. Sie würden den menschlichen Ajax treffen wollen, damit sie ihn in der Stadt wiedererkennen konnten. Sie würden wahrscheinlich auch aus erster Hand hören wollen, was er über die Entführer zu sagen hatte. Auch wenn Cayden Alpha Declan am Telefon mitgeteilt hatte, dass Ajax sich verwandelt hatte und die Leute, die ihn gefangen hatten, nicht kannte, würde sein Alpha wahrscheinlich nach Beschreibungen oder anderen Informationen fragen, die Cayden nicht zu erfragen gedacht hatte. Er war nicht an der Suche nach den Wissenschaftlern beteiligt gewesen und wusste nicht, was wichtig oder unwichtig sein könnte.

„Also, wo ist äh, Ajax?“, fragte Cecil und kündigte damit seine Anwesenheit an, als er die Küche betrat. Er öffnete den Kühlschrank und griff nach etwas darin. Während er das tat, schaute er über seine Schulter, grinste Cayden an und fuhr fort: „Ich war mit Andy ziemlich nahe dran, nicht wahr?“

Cayden schnaubte und schüttelte den Kopf, als er seinen Bruder anlächelte. „Sicher, Mann“, antwortete er, während er seinem Bruder zusah, wie der eine Dose Limo aus dem Kühlschrank holte und die Tür schloss. „Aber das heißt nicht, dass er es mochte.“

Cecil lachte, als er den Verschluss seines Getränks öffnete. „Dann hätte er sich früher verwandeln sollen.“

Cayden zuckte nur die Achseln. „Er hatte seine Gründe“, erinnerte er ihn.

Er hob seinen Becher zum Gruß an seine Brüder und ging zurück in sein Schlafzimmer, um zu sehen, was seinen

Gefährten aufhielt.

Nachdem er von dem Lauf nach Hause zurückgekehrt war, war er in die menschliche Form übergegangen. Er hatte die Jogginghose angezogen, die er auf der hinteren Veranda zurückgelassen hatte, und war hineingegangen. Ajax war in Katzengestalt geblieben und ihm durch das Haus gefolgt.

Als Ajax an der Tür zu Caydens Schlafzimmer gezögert und sich im Raum umgesehen hatte, hatte Cayden ihn hereingewinkt. „Du kannst gerne reinkommen, Ajax", versicherte er, als er die Ursache seines Unbehagens erkannte. „Du kannst jederzeit in mein Zimmer kommen."

Ajax war zu ihm ins Zimmer gekommen und hatte sich auf das Bett gesetzt. Trotzdem hatte er nicht begonnen, sich zu verwandeln, und für ein paar Sekunden war Cayden sich nicht sicher gewesen, warum. Dann fiel ihm ein, wie schüchtern Ajax ausgesehen hatte, bevor er sich vom Menschen zu seiner Katze verwandelt hatte. Ihm fiel auch ein, wie lange sein Geliebter dafür gebraucht hatte.

Cayden hatte ein paar Sachen zum Anziehen herausgenommen und auf das Bett gelegt. Nachdem er sich vorgebeugt und einen Kuss auf den Kopf seines pelzigen Wandlers gedrückt hatte, flüsterte er: „Ich werde das Sperma von meiner Brust waschen gehen und dann eine Tasse Kaffee trinken. Ich kann dir einen Waschlappen herbringen, oder du kannst dich nach der Verwandlung gerne selbst waschen gehen." Cayden ging einen Schritt auf die Tür zu und fügte hinzu: „Ich muss auch Alpha Declan anrufen. Er wird mit dir reden wollen, jetzt, da, na ja, er das kann." Er grinste und zwinkerte. „Lass dir Zeit, mein Gefährte."

Es hatte sich verdammt gut angefühlt, das zu sagen.

Nun war Cayden sauber, hatte seinen Kaffee, und er wusste, dass sein Alpha auf dem Weg war. Er musste sehen, wie es seinem Gefährten ging. Nachdem er kurz im Badezimmer angehalten und gesehen hatte, dass Ajax nicht da war, tauchte er ein Handtuch in warmes Wasser und drückte es aus.

Cayden kehrte in sein Schlafzimmer zurück, stieß die Tür auf und schaute sich um. Er entdeckte Ajax auf dem Bett sitzend. Zu Caydens Überraschung sah er blasser aus als zuvor, und Schweiß ließ die Haut seines Geliebten schimmern.

„Verdammt, tut mir leid", rief Cayden und eilte an die Seite seines Gefährten. Er würde wetten, dass sich mehrmals so kurz hintereinander zu verwandeln, nachdem er es so lange gar nicht getan hatte, seinen Geliebten wirklich anstrengte … und sein Gefährte war bereits durch die lange Zeit in Gefangenschaft geschwächt. „Wann hast du das letzte Mal gegessen?"

„Heute Morgen mit dir", erwiderte Ajax und runzelte verwirrt die Stirn.

Cayden verzog das Gesicht, als er seinen Kaffee abstellte. Er wandte sich wieder seinem Gefährten zu und drängte ihn mit einer Hand auf der Schulter, sich auf das Bett zu legen. „Du hast heute Morgen wirklich nicht genug gegessen", schimpfte er leise. „Ein paar Stücke Toast und ein bisschen Rührei. Das wäre in Ordnung, wenn du nur im Haus rumsitzen würdest, aber wir sind gerannt und haben gejagt, und du hast dich zum ersten Mal verwandelt nach, was? Jahren?"

Er wischte mit dem feuchten Tuch sanft über Ajax' leicht eingesunkenen Bauch und die deutlich erkennbaren Rippen, wischte nicht nur getrocknetes Sperma, sondern auch Schweiß ab. Als er seinen Geliebten seufzen hörte und fühlte, wie sich seine Muskeln entspannten, genoss er es, die Möglichkeit zu bekommen, sich um seinen Gefährten zu kümmern. Nichts konnte die Dominanz seines Wolfes besser befriedigen, als dafür zu sorgen, dass die, die ihm am Herzen lagen, komfortabel und sicher waren.

Das erforderte jedoch noch eine weitere Sache.

„Lass uns in die Küche gehen", drängte Cayden, warf das Tuch in Richtung Wäschekorb und half Ajax in die Jogginghose, die er ihm zuvor hingelegt hatte. „Ich mache dir ein Steak. Teague hat erwähnt, dass er welche aufgetaut hat, um sie heute Abend zu grillen, aber wir können sie ein bisschen früher essen."

„Ich mochte Steak, als ich eine Katze war", sagte Ajax und ergriff Caydens angebotene Hand. „Ist es auch gut, wenn wir in Menschengestalt sind?"

Cayden zog Ajax auf die Beine und schlang den Arm um ihn. „Oh, Ajax", schnurrte er. „Es ist wunderbar. Vor allem so, wie ich es mache", fügte er mit einem Augenzwinkern hinzu.

Cayden führte seinen Gefährten aus dem Schlafzimmer, den Flur hinunter und in die Küche, wo er sah, dass seine beiden Brüder immer noch dort waren. Teague nippte an seinem Kaffee und Cecil trank seine Limonade. Beide grinsten breit und sahen Ajax an. Cayden drängte seinen Gefährten zu einem der Hocker an der Küchenbar.

Ajax wirkte nervös und tat, was Cayden verlangte. Er

ließ sich auf dem Hocker nieder, sein Blick wanderte von Teague zu Cecil und wieder zurück, wobei er vorsichtig lächelte.

Cayden berührte Ajax am Kinn und küsste ihn auf die Schläfe. „Entspann dich hier“, forderte er ihn auf. „Ich werde etwas suchen, an dem du knabbern kannst, während ich die Steaks grille.“

Ajax nickte.

Cayden trat einen Schritt zurück und fragte: „Was möchtest du trinken?“ Er sah sich um und runzelte die Stirn. „Großartig. Ich habe meinen Kaffee im Schlafzimmer stehengelassen. Bin gleich wieder da.“ Er zwinkerte. „Sag meinen Brüdern einfach, was du willst. Sie werden es dir geben.“ Er warf einen Blick auf die beiden Männer und runzelte die Stirn. „Und hört auf, meinen Gefährten anzusabbern.“

Cecil gluckste und grinste breit. „Ajax ist süß, aber ich mag sie größer.“ Er zwinkerte, als er seine Aufmerksamkeit auf Ajax richtete. „Nichts für ungut. Ich freue mich, dich endlich offiziell kennenzulernen.“ Er schob sich von der Theke weg, an die er sich gelehnt hatte, und streckte die Hand aus.

Ajax starrte für ein paar Herzschläge auf Cecils Hand, als wäre sie eine Schlange. Nach einem Blick auf Cayden, der ermutigend nickte, streckte er die Hand aus und ergriff Cecils. Es sah aus wie ein sanfter Griff und Cayden wusste, dass sein Bruder Ajax niemals verletzen würde. Verdammt, ausgerechnet er hatte Cayden zur Vorsicht ermahnt.

Cayden nutzte die Gelegenheit, um in sein Schlafzimmer zu eilen und sich seinen Kaffee zu holen. Als er in die Küche zurückkehrte, bemerkte er, dass Ajax seine Nase rümpfte und den Becher, den er hielt, von sich streckte. Er blieb neben ihm stehen und stellte fest, dass einer seiner Brüder seinem Gefährten eine Tasse Kaffee eingegossen hatte.

„Nicht nach deinem Geschmack?“, fragte Cayden und rieb ihm den Rücken. „Ich denke, man muss sich an den Geschmack erst gewöhnen.“ Er stellte seinen eigenen Becher ab, griff dann nach dem, den Ajax abgelehnt hatte und hob ihn an seine Nase. Als er merkte, dass der Kaffee schwarz war, fügte er hinzu: „Und du solltest wahrscheinlich etwas Sahne und Zucker hinzufügen, wenn du Anfänger in Sachen Kaffee bist.“

„Vielleicht nur etwas Wasser“, murmelte Ajax. „Das war immer gut.“

„Wie wäre es, wenn wir jedes Getränk, das wir dahaben, in einer Reihe aufstellen und du probierst, ob es etwas gibt, das du mehr magst als Wasser“, bot Teague an, öffnete den Kühlschrank und begann offensichtlich, seinen Plan umzusetzen. „Wir müssen etwas haben, das du magst.“

„Oh, ok.“

Als Cayden Ajax’ Unsicherheit hörte, drehte er sich um und griff nach einem Glas aus dem Schrank. Er füllte es mit Wasser aus dem Wasserhahn und stellte es vor seinen Geliebten. Grinsend sagte er zu ihm: „Nur für den Fall, dass du nichts magst.“

Cayden sah Ajax’ dankbaren Blick, und sein Herz fühlte sich, als ob es einen Schlag aussetzen würde. Er liebte diesen glücklichen Ausdruck auf dem Gesicht seines Gefährten. Als er sich daran erinnerte, wie blass und schwach sein kleiner

Katzenwandler vorhin ausgesehen hatte, drehte er sich um und öffnete die Speisekammer. Er holte Chips, Brezeln und Erdnüsse heraus und legte sie auf die Theke.

„Gib mir den Zwiebeldip, Teague", sagte Cayden. „Und die Tüte mit Gemüse und das Ranch-Dressing. Ajax braucht etwas zu essen, während ich grille." Er drehte sich um und sah Cecil an. „Würdest du den Grill für mich anzünden?"

Cecil nickte. „Sicher." Er drehte sich um und ging zur Hintertür hinaus, hielt aber inne und rief über die Schulter: „Probier mal die Kirsch-Cola, Ajax. Achte nur darauf, dass du das erste Mal kleine Schlucke trinkst, damit du keine Blasen in die Nase bekommst."

„Blasen?", fragte Ajax und zog die Brauen zusammen. „Warum trinkt ihr Blasen?"

Als Teague anfing, seine aktuelle Getränkeauswahl aufzureihen, von Limonade über Milch bis hin zu Bier, erklärte er, was es mit Kohlensäure auf sich hatte.

Eine halbe Stunde später stellte Cayden einen Teller mit einem Steak vor Ajax. Er setzte sich auf einen Hocker neben seinen Geliebten, während seine Brüder am Tisch saßen. Für die nächsten paar Minuten waren die einzigen Geräusche im Haus Summen der Freude, Grunzen der Wertschätzung und das Kratzen des Bestecks.

Cayden sah mit Befriedigung zu, wie Ajax mit konzentrierter Begeisterung sein Steak verputzte. Irgendetwas daran, den kleineren Mann zu umsorgen, gefiel ihm wirklich. Es befriedigte einen fürsorglichen Instinkt, von dem er nicht einmal gewusst hatte, dass es ihn gab.

Ajax erwischte ihn beim Zuschauen und lächelte ihn an. Als er schluckte, murmelte er: „Du hattest recht. Das ist wunderbar. Ich kann so viel mehr schmecken, wenn ich das Steak so esse."

Bevor Cayden erklären konnte, welche Gewürze er verwendet hatte, klingelte es an der Tür. Sofort spannte Ajax sich an. Cayden legte seine Gabel weg und rieb ihm über den Rücken.

„Entspann dich, Ajax", redete Cayden ihm zu. „Es ist wahrscheinlich nur der Alpha."

Auch wenn Ajax nickte, entspannte er sich nicht. Zumindest kehrte er zu seinem Essen zurück. Cayden tat dasselbe, wollte sein Essen schnell zu Ende bringen.

Teague erhob sich vom Tisch und ging zur Vorderseite des Hauses.

Cayden hörte, wie sich die Haustür öffnete und dann die tiefe, unverwechselbare Stimme seines irischen Alphas. Er sah hinüber und bemerkte, dass Ajax seinen Teller geleert hatte. Er hatte sein Besteck bereits auf den Teller gelegt und seine Hände ruhten auf seinem Schoß.

„Für welches Getränk hast du dich entschieden?", fragte Cayden, bevor er sich seinen letzten Bissen Steak in den Mund steckte. Er rutschte vom Stuhl und kaute schnell, während er auf die Antwort seines Geliebten wartete.

Ajax schaute über das halbe Dutzend Getränke, die vor ihm aufgereiht waren. Eines war näher an ihn herangezogen als die anderen. Irgendwann hatte er sogar sein halbvolles Glas Wasser weggeschoben.

„Ähm, der Orangensaft", antwortete Ajax, nahm das

Glas und starrte hinein. „Der ist lecker."

„Wir müssen noch ein paar andere Säfte besorgen, damit du sie probieren kannst", sagte Cayden und hob seinen Becher mit der linken Hand auf. Mit seiner rechten ergriff er die Hand seines Geliebten und schob ihre Finger zusammen. „Nimm ihn mit. Wir machen es uns auf der Couch gemütlich. Dort werden wir mit dem Alpha sprechen."

Ajax nickte, nahm sein Glas und rutschte ebenfalls von seinem Hocker.

Cayden ging durch das Esszimmer ins Wohnzimmer. Er fand den Raum bereits überfüllt, da Alpha Declan nicht nur seinen Gefährten Lark mitgebracht hatte, sondern auch den Beta des Rudels, Shane Alvaro. Hinzu kamen die drei Vollstrecker, Carson, Kade und Manon, sowie Carsons Gefährte Jared und dessen Hackerkollege Raul. Zu Caydens Überraschung waren auch der Wolfswandler Nick, ein Tracker, und sein Gefährte Miach dabei.

Miach Coleman war das, was das Rudel einen modifizierten Menschen nannte. Er war ein Soldat gewesen, der mit den Wissenschaftlern zusammengearbeitet hatte. Nachdem sie ihn gefangen hatten, hatten sie rund um die Uhr eine Reihe von Wachen bei ihm positioniert, darunter auch Nick.

Es hatte einige Zeit gedauert, aber Miach hatte endlich erkannt, dass die Wissenschaftlers falsch lagen. Er hatte Nick als seinen Geliebten und Gefährten akzeptiert und dann begonnen, dem Rudel zu helfen, die Wissenschaftler aufzuhalten. Dank Miachs Insiderinformationen und Jareds Fähigkeit als Hacker hatten sie die meisten Einrichtungen zerstört. Das Rudel hatte sogar den leitenden Wissenschaftler ausfindig gemacht und ihn der Regierung übergeben.

Trotzdem wussten sie, dass ihnen ein paar wichtige Teile fehlten … wie zum Beispiel, wer der unabhängige Finanzier war und wer die Wandler waren, die andere Wandler gefangen genommen und an besagte Wissenschaftler verkauft hatten.

Cayden hatte keine Ahnung, warum ein Wandler so seinem Erbe den Rücken kehren würde. Geld wäre die einfache Antwort, aber er fragte sich, ob es nicht tatsächlich noch etwas mehr war. Sie würden die Täter finden müssen, um danach fragen zu können.

„Ajax", sagte Declan und trat zu ihm. „Es ist schön, dich endlich in dieser Gestalt zu treffen." Er streckte die Hand aus und fügte hinzu: „Ich habe gehört, dass Glückwünsche angebracht sind."

Cayden ließ Ajax' Hand los, damit dieser die des Alphas ergreifen konnte, und schlang stattdessen die Arme um die Taille seines Gefährten.

Nachdem sie einander kurz die Hände geschüttelt hatten, hielt Ajax sein Glas mit beiden Händen fest und drückte es an seine Brust. Er schmiegte sich an Caydens Seite und blickte sich im Raum um. Seine Anspannung war fast spürbar und sein Geruch wurde von Unbehagen durchdrungen.

Cayden verstärkte seinen Griff um Ajax. „Komm, Ajax", drängte er. „Nehmen wir hier Platz."

Cayden schenkte seinem Alpha ein entschuldigendes Lächeln und führte Ajax zum Zweisitzer. Dort setzte er sich und zog seinen Gefährten mit sich, der sich fast auf seinem

Schoß zusammenrollte.

Völlig einverstanden damit, begann Cayden auf Wandler und Menschen zu deuten, um sie und ihre Positionen innerhalb des Rudels vorzustellen. Auch wenn er vermutete, dass sein Gefährte die meisten von ihnen bereits getroffen hatte, gab dies Ajax etwas, auf das er sich konzentrieren konnte, abgesehen von der Tatsache, dass der Raum voller Wandler war, die alle größer waren als er. Cayden wollte, dass sein Geliebter sich mit diesen Männern wenigstens so wohl wie möglich fühlte.

Sobald alle vorgestellt worden waren, wobei die fraglichen Männer nickten oder lächelten oder einfach bestätigend eine Braue hoben, wurde der Raum ruhig.

Bevor Alpha Declan anfangen konnte, Fragen zu stellen, hob Ajax eine zitternde Hand und zeigte auf Miach. „D-du riechst wie sie, aber anders."

KAPITEL 7

Ajax drückte sich dicht an Cayden. Er spürte, wie sein Körper zitterte, und er kämpfte gegen den Drang an, sich zu verwandeln. Weglaufen und sich verstecken würde nichts lösen.

„Ruhig, Ajax, mein Gefährte“, murmelte Cayden. Er spannte den Arm, den er um Ajax’ Körper gelegt hatte, als er sich vorbeugte und seinen Kaffee auf den Boden stellte. Er legte seine freie Hand auf Ajax’ Oberschenkel und rieb ihn leicht. „Du bist hier in Sicherheit. Keiner dieser Leute wird dir etwas tun.“

„I-ich weiß.“ Ajax schaute Cayden an und schenkte ihm ein zittriges Lächeln. „Ich, ähm, der Geruch hat mich erschreckt.“

Cayden rieb ihm wieder über den Oberschenkel. „Okay. Ich hasse es nur zu riechen, wie aufgewühlt du bist“, gab er zu und lächelte ihn an. „Ich mag es, wenn du glücklich riechst.“

Ajax legte seinen Kopf auf die Stelle, wo Caydens Brust auf die Schulter traf und schmiegte sich an ihn. „Ich mag glücklich sein auch gerne“, flüsterte er.

„Ich bin tatsächlich nach Russland gegangen, aber ich war bei der Gruppe, die die verlassene Einrichtung geräumt hat“, sagte Miach und unterbrach den Moment. Er rieb sich mit der rechten Hand den Nacken, während er sich mit der linken Schulter an die Wand lehnte. „Als wir bestätigt hatten, dass alle Wandler fort waren und die Einrichtung verlassen wurde, kehrten einige von uns in die USA zurück. Ich war einer von ihnen.“ Er warf einen Blick auf den schlanken Mann, der an seiner Seite stand. „Wir sind nicht einmal zum Anwesen des Vampirs zurückgekehrt, also hast du mich nie gerochen. In gewisser Hinsicht ist das gut.“

„Warum?“, fragte Ajax, verwirrt, warum der Mann das denken würde.

Miach nahm die Hand von seinem Nacken und winkte in seine Richtung. „Nun, schau, wie ängstlich du bist“, erklärte er. „Nichts für ungut. Wenn du mich gerochen hättest, bevor du dich in deiner Umgebung wohl fühlst, ganz zu schweigen von der Sicherheit, den dein Gefährte dir bietet, wärst du niemals freiwillig hierhergekommen.“ Er verzog das Gesicht und fügte hinzu: „Du hättest wahrscheinlich versucht, davonzukommen, was das Risiko bedeutet hätte, wieder eingefangen zu werden, da du dich an einem fremden Ort befunden hättest, und du hättest auch niemals deinen Gefährten getroffen.“

Ajax nickte langsam. „Du bist nicht sie, aber du riechst ähnlich“, gab er zu. „Ich möchte deine Familie nicht beschuldigen, etwas … so etwas zu tun.“

„Warum erzählst du uns nicht, was Miachs Geruch für dich bedeutet, Ajax?“, forderte Shane ihn auf. Der große Beta-Wolfswandler saß auf der Armlehne eines großen Sessels und starrte ihn mit kühlen, dunklen Augen an. „Es ist offensichtlich, dass du Angst hast. Kannst du uns sagen warum?"

Ajax nickte wieder und erklärte langsam: „Ich habe allein in den Bergen gelebt. Ich habe andere Wandler gerochen, keine Katzen wie ich, und ich war neugierig." Er verzog das Gesicht, als er sich daran erinnerte, was ihn das Stillen seiner Neugier gekostet hatte. „Ich bin hingegangen, um zu sehen, wer sie sind. Drei Fuchswandler nahmen meinen Geruch wahr und jagten mich. Sie haben mich in ein Tal gejagt, und ich spürte Schmerz, als etwas meine Seite traf", erzählte er ihnen und zitterte bei den Erinnerungen. „Ich wurde müde und mir war schwindlig, und meine Beine funktionierten nicht mehr. Ich konnte mich nicht mehr bewegen und dann waren zwei Männer dort, und die Füchse holten mich ein. Die Männer haben seltsam gerochen, wie du."

„Die Wissenschaftler könnten sie modifiziert haben, damit sie besser darin sind, einen laufenden Wandler mit Betäubungspfeilen zu treffen", überlegte Declan. „Ich frage mich, wie viele noch da draußen sind. Ich kann mir nicht vorstellen, dass wir sie alle aufgespürt haben."

„Ich habe Personalakten heruntergeladen, bevor ich den Virus hochgeladen habe, der ihre Forschungen zerstört hat", sagte Jared. „Auch wenn mir die Akten verraten, an wem gearbeitet wurde, steht darin nicht, was verbessert oder angepasst wurde." Seine Augen verengten sich, als er hinzufügte: „Und auch wenn ich Gesichter zu Namen habe, kann ich nicht feststellen, wer im Dienst gestorben sein könnten, als wir die Einrichtungen geräumt haben und wie viele draußen im Einsatz waren."

„Hast du jemals herausgefunden, wer der Geldgeber

war?“

„Ich habe noch keinen Namen, aber dank der Rettungsaktion in Russland habe ich eine Spur“, antwortete Jared und beantwortete damit die Frage von Beta Shane. „Ich arbeite gerade daran, den Wissenschaftler aufzuspüren, Doktor LeReux.“ Sein Lächeln wirkte beinahe wie das eines Reptils, als er behauptete: „Ich werde ihn finden.“

„Ich bin mir sicher, dass du das wirst, Schatz“, murmelte Carson. Dann wandte er sich Ajax zu. „In der Zwischenzeit könntest du dir vielleicht die Bilder von den veränderten Menschen ansehen und uns zeigen, welche du gesehen hast. Auf diese Weise bekommen wir eine bessere Vorstellung davon, wer noch da draußen sein könnte.“

Ajax war nicht allen Gesprächen gefolgt, aber er nickte trotzdem. Er konnte sich Bilder ansehen. „Ja.“ So viel verstand er. „Ich werde euch sagen, ob ich einen von ihnen in der Einrichtung gesehen habe.“

„Wir bringen sie vorbei, Kleiner“, bestätigte Jared. Er grinste. „Also geht es dir jetzt besser?“ Er blickte ihn an. „Du siehst aus, als hättest du es bequem da … so eng an deinen Gefährten gekuschelt. Sogar ich kann den Sex in der Luft riechen. Es muss wirklich vergnüglich gewesen sein, um so einen schweren Geruch zu hinterlassen –“

„Jared, das ist genug“, tadelte Carson. Er schlang seine Arme von hinten um den Menschen, legte eine Handfläche auf seine schlanke Brust und die andere über seinen Mund. Er neigte seinen Kopf, sodass seine Lippen nah an denen des amüsierten Jareds waren. „Ficke ich dich nicht oft genug? Bist du geil, mein Gefährte? Ist das der Grund, warum du von den sexuellen Aktivitäten anderer sprichst?"

Seine Augen waren von Fältchen umringt und verrieten seine Belustigung, als Jared den Kopf drehte, um über seine Schulter zu dem Wolfswandler zu schauen. Das musste eine Art Signal gewesen sein, denn Carson nahm seine Hand von Jareds Lippen und zeigte das breite Grinsen des Menschen. Jared schnaubte, bevor er antwortete.

„Wann habe ich jemals einen Grund gebraucht, um über Sex zu sprechen?"

Carson knurrte leise für ein paar Sekunden, bevor er sagte: „Stimmt auch wieder." Er biss den Menschen leicht in den Hals und fügte dann hinzu: „Und dabei heißt es immer, Wandler wären geil."

Jared lachte und reckte den Hals, um Carson einen Kuss auf die Wange zu geben. „Nur für dich", murmelte er. „Muss die verlorene Zeit wieder gut machen. Ich war ziemlich zölibatär, bevor ich mich mit dir zusammengetan habe."

„Meine Herren, wenn ihr euch bitte konzentrieren könntet", grummelte Declan.

„Ja", murmelte Kade. „Jetzt will ich nur noch nach Hause und Tom suchen."

Nick stieß mit der Hüfte gegen Miachs. „Vielleicht sollten wir ein bisschen laufen gehen", neckte er und zwinkerte. „Uns einen schönen abgelegenen Ort suchen."

„Du liebe Güte", grollte Shane und fuhr sich mit der Hand durch die Haare. Trotzdem lächelte er, als er hinzufügte: „Vielleicht solltet ihr zwei überlegen, eine Leihmutter zu finden und ein Kind zu bekommen, das würde euer Verlangen, alle paar Minuten zu ficken, verringern."

Ajax musste sein Lächeln hinter vorgehaltener Hand verbergen, und er schaffte es geradeso, sich vom Lachen abzuhalten. Der *Reh im Scheinwerferlicht*-Ausdruck, den selbst *er* sowohl auf Carsons als auch auf Jareds Gesicht erkennen konnte, war wirklich lustig. Offensichtlich hatten sie diesen Seitenhieb nicht erwartet.

„Könntest du dir Jared als Vater vorstellen?“, murmelte Raul lachend. „Es fällt ihm schon schwer genug, während der wenigen Stunden, die er mit Lily verbringt, seine Zunge im Zaum zu halten.“

„Wer ist Lily?“ Ajax konnte nicht umhin zu fragen.

„Die Nichte meines Mannes“, sagte Raul mit einem zärtlichen Lächeln auf den Lippen. „Wir ziehen sie auf, weil ihre Mutter während der Geburt gestorben ist.“

„Oh“, flüsterte Ajax. Er warf einen Blick auf Cayden, der die ganze Zeit ruhig geblieben war. „Ähm, willst du Kinder?“ Er platzte mit der Frage heraus, unfähig seine Neugier zu zügeln. Auch wenn ihm Kinder zu haben noch nie wirklich in den Sinn gekommen war, Cayden war älter als er. „Wie können zwei Männer ein Baby bekommen?“

„Nun, ich glaube das ist mein Stichwort, zu gehen“, sagte Kade. Als er Ajax anlächelte, wirkte der Blick etwas nachsichtig. „Sehr nett, dich kennenzulernen. Willkommen im Rudel. Wenn du jemals etwas brauchen solltest, kannst du mich gerne anrufen.“ Er ging zur Haustür. „Die Brüder Rochette haben meine Nummer.“

Eine Reihe anderer sagten auch etwas Ähnliches. Sie gingen zur Tür und boten ebenfalls ihre Hilfe an, falls sie benötigt wurde. Ajax wusste nicht, wofür er ihre Hilfe brauchen sollte, aber er nickte und sagte, *schön, dich kennenzulernen* und *danke* und alles, von dem er dachte, dass er es sagen sollte. Ajax hatte die Wachen gesehen, wie sie das mit neuen Wissenschaftlern taten, also dachte er, dass es angemessen war.

Als sich die Tür schloss und Ajax mit Cayden, dessen Brüdern, dem Alpha, dem Beta und Carson und Jared allein blieb, sah er seinen Geliebten an und flüsterte: „Habe ich etwas falsch gemacht?"

„Überhaupt nicht", versicherten Cayden. „Die meisten dieser Leute kamen nur, weil sie Teil des inneren Kreises sind oder stark daran interessiert, die Arschlöcher zu finden, die unserer Art Schaden zufügen", erklärte er. Dann grinste er. „Außerdem, nachdem sie dich nur als niedliche, flauschige Katze gesehen hatten, wollten sie wahrscheinlich wissen, wie du als Mensch aussiehst."

Cayden drückte Ajax leicht und gab ihm einen Kuss auf die Schläfe, bevor er flüsterte: „Aber du bist *mein* Gefährte, und nur *ich* darf es genießen, dich in den Armen zu halten und zu berühren."

Ajax lächelte den gut riechenden Wandler an. „Gut."

„Und als Antwort auf deine Frage, ja, ich hoffe, eines Tages Kinder zu haben", enthüllte Cayden. „Und damit zwei Männer ein Kind bekommen können, finden wir eine Frau, die bereit ist, das Baby für uns auszutragen, und dann verwenden wir den Samen von einem von uns, um sie zu schwängern." Er grinste breit, zwinkerte und murmelte: „Ich würde es lieben, ein süßes kleines Anden-Bergkatzenwandlerjunges ums Haus laufen zu sehen. Vielleicht sogar zwei."

„M-müssen wir mit ihr Sex haben?“, fragte Ajax und runzelte die Stirn. Aus irgendeinem Grund mochte er diese Vorstellung nicht, und er konnte nicht umhin, das zum Ausdruck zu bringen. Er glaubte nicht, dass er eine Erektion mit jemandem außer Cayden bekommen könnte, jetzt, wo er dessen Berührung so sehr genossen hatte. Bei der Vorstellung, dass sein Wolfswandler einen anderen berührte, maunzte die Katze in seinem Kopf *mein*. „Ich will nicht, dass du das tust, auch nicht für ein Baby.“

„Nein, mein Gefährte“, versicherte Cayden. „Es gibt Ärzte, die ihr entweder deinen oder meinen Samen einpflanzen würden. Ich will keinen Sex mit jemandem außer dir.“

Ajax nickte. „Okay. Gut.“ Als er bemerkte, wie besitzergreifend das klang, runzelte er erneut die Stirn. „Wie kommt es, dass die Vorstellung, dass du jemand anderen auf die Art und Weise berührst, wie du mich im Wald berührt hast, mich … gereizt macht? Warum fühle ich mich so?“ Auch wenn *gereizt* eine Untertreibung war – seine Katze tobte und fauchte in seinem Kopf – wollte er es nicht wirklich zugeben, da er es nicht verstand.

„Das wird sich nie ändern“, erklärte Declan ihm. „Wir Wandler sind extrem besitzergreifend, wenn es um unsere Gefährten geht. Es liegt in unserer Natur.“

„Warum?“

Carson zuckte die Achseln. Die Bewegung wurde etwas eingeschränkt, weil er noch immer Jared in den Armen hielt. „Wir akzeptieren einfach, was ist“, erklärte er. „Aber denk daran, wie du in Bezug auf Cayden fühlst, ist genauso, wie Cayden in Bezug auf *dich* fühlt.“

Ajax starrte Cayden an, fühlte sich plötzlich schüchtern. „Du willst auch nicht, dass ich jemanden berühre? Oder jemand mich berührt?“

„Nein, Ajax“, bestätigte Cayden. „Wenn jemand versucht, mir dich wegzunehmen, werde ich ihm die Eier abschneiden und ihn damit füttern.“

Ajax lachte über diesen Gedanken und musste einfach fragen: „Was ist, wenn es eine Frau ist?“

Cayden knurrte spielerisch, während die anderen Männer im Raum lachten.

Ein lautes Klopfen an der Haustür unterbrach die Fröhlichkeit der Gruppe. Ajax beobachtete, wie Cayden und seine Brüder einen Blick wechselten. Unbehagen erfüllte ihn erneut, als Cecil mit den Schultern zuckte und Teague den Kopf schüttelte.

„Ich erwarte niemanden“, sagte Cecil, erhob sich von seinem Stuhl und ging zur Tür.

Lark sprang von Declans Schoß und erhob sich ebenfalls. „Nun, wenn es dir recht ist, kann ich dich zu einer Untersuchung überreden?“, fragte er und machte ein paar Schritte in Richtung Ajax. „Wir können in ein Schlafzimmer gehen, während sie nachsehen, wer hier ist.“ Er wackelte mit den Brauen und fügte hinzu: „Wenn du Fragen zum Thema Spaß für Erwachsene hast, kann ich dir auch sagen, was dich erwartet.“

„Spaß für Erwachsene?“, murmelte Ajax, als er vom Sofa rutschte. Er sah Cayden an, der sich neben ihm erhob. „Was bedeutet das?“

„Lark spricht über Sex“, stellte Jared fest und lenkte

seine Aufmerksamkeit auf sich. „Er ist nur ein bisschen umsichtiger." Er grinste Carson über die Schulter an. „Siehst du. Ich bin nicht der Einzige, der Ficken im Kopf hat."

Declan schnaubte und lehnte sich auf seinem Stuhl zurück.

Shane schüttelte den Kopf, aber ein Lächeln umspielte seine Lippen. Er verschränkte die Arme vor der Brust und konzentrierte sich auf den Boden. Ajax fand, er sah aus, als wollte er nicht lachen.

Cayden packte Ajax' Handgelenk mit einer Hand und legte die andere auf seinen Kiefer. „Geh und lass dich vom Doc untersuchen", drängte er. Er senkte den Kopf und küsste Ajax auf die Lippen. „Ich weiß, dass du es wahrscheinlich leid bist, ständig befummelt zu werden", murmelte er, „aber je früher wir bestätigen können, dass es aufgrund der an dir durchgeführten Tests keine langfristigen Probleme gibt, desto eher können wir Lark seiner Wege schicken."

Ajax verzog das Gesicht. „Ich weiß." Er warf einen Blick auf den wartenden, schlanken, blonden Menschen. „Ich, ähm, jedes Mal, wenn ich ihn sehe, will er nur an mir rumdrücken."

Lark lachte. „Tut mir leid, Ajax", entschuldigte er sich. „Ich weiß, dass es so aussehen mag, aber ich möchte wirklich nur sicherstellen, dass es dir gut geht." Er lächelte verkniffen, als er zu Cayden sah. „Du willst doch nicht deinen Gefährten finden, nur um ihn an etwas zu verlieren, das hätte aufgehalten werden können?"

Da er nicht mochte, wie Cayden nach Luft schnappte und wie das Blut aus seinem Gesicht wich, fauchte Ajax:

„Bringen wir es hinter uns, denn das wird nicht geschehen."

Als Ajax aus dem Raum trat, hörte er, wie Lark sich bewegte, um ihm zu folgen. „Es ist nicht nett, ihn mit Schuldgefühlen gefügig zu machen, ungezogener Gefährte", rief Declan ihnen nach.

Ajax nahm an, dass der Alpha mit Lark sprach, was bestätigt wurde, als Lark antwortete: „Was auch immer funktioniert, Großer. Das weißt du doch!"

Mit finsterem Blick führte Ajax Lark in sein Zimmer … oder war es sein *altes* Zimmer? Er war sich nicht sicher. Auf jeden Fall wollte er den Menschen nicht in Caydens Zimmer haben. Er wollte die einzige andere Person sein, die diesen Raum betrat, … na ja, außer vielleicht seinen Brüdern.

„Okay", sagte Lark und folgte ihm ins Schlafzimmer. „Du scheinst wirklich in Ordnung zu sein", versicherte er. „Ich möchte nur, dass du mir ein paar Fragen beantwortest und basierend auf deinen Antworten gebe ich dir einige Empfehlungen, was du essen und trinken solltest und wovon du dich fernhalten solltest. Auf diese Weise können wir ein wenig Fleisch auf deine Rippen kriegen." Er lächelte traurig und fügte hinzu: „Die gute Nachricht ist, dass ich nicht an dir rumdrücken muss. Die schlechte Nachricht ist, dass ich vom bloßen Ansehen erkennen kann, dass du unterernährt bist."

Ajax nickte langsam, erleichtert, zumindest keine Nadeln ertragen zu müssen. „Sie haben uns mit Fleisch gefüttert, aber nicht genug, damit ein Wandler sein Gewicht halten kann." Er zuckte die Achseln. „Ich nehme an, sie wollten, dass wir am Leben bleiben, aber nicht genug Energie haben, um gegen sie zu kämpfen. Und wenn wir uns widersetzt haben, haben wir einen Tag lang nichts zu essen bekommen."

Lark verzog seine Lippen und zischte: „Verdammte Scheißkerle."

Ajax stimmte schweigend zu.

KAPITEL 8

Nachdem Ajax aus dem Raum verschwunden war, wurde Cayden auf die Haustür aufmerksam. Sein Bruder Cecil war hingegangen, um sie zu öffnen. Jetzt hörte Cayden seinen Namen von einer tiefen Stimme, die er erkannte.

Verdammt. Wie zum Teufel hat er mein Zuhause gefunden?

Während er sich erhob, murmelte Cayden eine Entschuldigung an die anderen. Er schritt aus dem Wohnbereich und durch den Flur zum Eingang. Dort sah er seinen Bruder die Tür blockieren. Der angespannten Haltung seiner Schultern nach zu urteilen, war der ältere Wandler nicht froh.

Cayden verstand das. Er konnte sich gut vorstellen, was Alpha Declan sagen würde, wenn er herausfand, dass der Beta des Kojotenrudels im Süden, Arden, ihn in sein Haus verfolgt hatte. Man hätte es Cayden gesagt, wenn jemand aus dem Kojotenrudel noch etwas mit ihm besprechen wollte. Das Treffen wäre organisiert und im neutralen Bereich durchgeführt worden.

Als Cayden sich mit Ardens Alpha Regan getroffen hatte, war er für zwei Wochen in einer Frühstückspension untergekommen. Bei all dem Hin und her hatte die Besitzerin begonnen, Fragen zu stellen. Cayden hatte eine Geschichte erfunden, laut der sich eine Wandergruppe in ihrer Gegend traf. Das erstaunlich gute Frühstück war den zusätzlichen Aufwand wert gewesen, seine Geschichte glaubwürdig zu machen.

Dass der Beta eines anderen Rudels ihn zuhause aufsuchte bedeutete … Schwierigkeiten.

Er hörte seinen Bruder knurren: „Für wen hältst du dich, mich in meinem eigenen Haus rumzukommandieren? Du bist hier ungebeten aufgekreuzt.“ Cecils Haltung veränderte sich nur ein wenig, als ob er sich für einen Angriff vorbereiten würde.

„Verdammt“, brummte Cayden. Er drehte sich um und lief auf nackten Füßen ins Wohnzimmer zurück. Als er die fragenden Blicke der anderen sah, erklärte er: „Wir haben einen Überraschungsbesuch von Arden, dem Beta des südlichen Kojotenrudels, von dem ich gerade erst zurückgekehrt bin. Cecil macht eine Show und verschafft uns Zeit.“

Auch wenn Caydens Bruder beschützerisch gegenüber seiner Familie war, war sein Wolf nicht sehr dominant. Arden mochte ein Kojote sein, die normalerweise gute zwanzig Kilo leichter waren als ein durchschnittlicher Wolf, aber der Mann war ein Beta. Cecils Wolf würde irgendwann zurückweichen. Cayden schätzte den Versuch seines Bruders dennoch.

Alpha Declan erhob sich von seinem Sitz, und ein leises Knurren durchlief ihn. Er warf einen kurzen Blick auf die anderen Wandler im Raum und befahl: „Umkreist den Bereich. Stellt sicher, dass sich keine Kojoten irgendwo verstecken.“ Als Shane, Carson und Teague sich auszuziehen begannen und zur Hintertür gingen, konzentrierte sich Declan auf Jared.

„Niemand gelangt ins Haus, den wir nicht kennen. Schütze Lark und Ajax mit tödlicher Gewalt, wenn nötig."

Jared grinste breit, als er hinter seinen Rücken griff und eine Waffe zog. Zwinkernd antwortete er: „Klar doch, Boss."

„Wo zum Teufel hast du die denn versteckt?" Cayden musste einfach fragen.

Cayden wusste nicht viel über Waffen, aber das Ding sah riesig aus. Doch Jared schien genau zu wissen, was er tat, als er den oberen Teil bewegte und sie laut klicken ließ.

„Nenn mich einfach einen verdammten Pfadfinder", antwortete Jared leichthin. Mit einem weiteren breiten Grinsen ging er in die Richtung, in der Lark und Ajax verschwunden waren.

Cayden rieb sich unbehaglich den Nacken. „Dieser Mensch jagt mir manchmal echt eine Scheißangst ein", murmelte er, froh, dass nur noch sein Alpha im Zimmer war, um es zu hören.

Declan grunzte, dann klopfte er ihm auf die Schulter. „Gehen wir unsere ungebetenen Gäste treffen."

Obwohl Cayden wünschte, er könnte Jared folgen, da er Ajax versichern wollte, dass alles gut werden würde, wusste er, dass er es nicht konnte. Stattdessen nickte er einmal und ging voran zurück aus dem Zimmer auf den Flur. Mit schnellen Schritten erreichte Cayden die Tür, gerade als er erkannte, dass sein Bruder dabei war, die Beherrschung zu verlieren. Cayden hätte daran denken sollen, dass dies auch eine Option war. Während Cecil der Spaßvogel des Trios von Brüdern war, war er auch der Hitzkopf.

Außerdem hatte Arden diese Wirkung auch schon ein oder zwei

Mal auf mich.

„Hör zu, du Arsch“, knurrte Cecil. „Wenn mein Bruder dich erwarten würde, hätte er es mir gesagt. Das heißt, er tut es nicht.“ Er hob eine Hand und schob sie nach vorne. Wahrscheinlich deutete er kriegerisch auf ihren ungebetenen Gast. „Das bedeutet, dass du dich nicht ans Protokoll hältst. Mein Bruder ist ein Rudelunterhändler, und er hat genau erklärt, wie das funktioniert.“ Die Hand wieder an Tür und Rahmen gelegt, füllte sein großer Körper die Öffnung, während er in einem herablassenden Ton fortfuhr: „Nun, was ich für dich zu tun bereit bin, ist, dir die Chance zu geben, unser Territorium zu verlassen. Mach das, und ich werde mich nicht dafür aussprechen, dass Cayden Beschwerde einlegt.“

„Eine Beschwerde bei wem denn, du dummer Wolf“, fauchte Beta Arden zurück.

Cayden griff nach der Kante der Tür, zog sie auf und enthüllte sich und Alpha Declan. „Ich würde mit meinem Alpha darüber sprechen, eine Beschwerde beim Rat einzureichen“, erklärte er ruhig, während er eine Hand auf Cecils Schulter legte, um ihn dazu zu bewegen, dass er sich drehte. Cayden schlüpfte an seinem noch immer wütenden Bruder vorbei und deutete auf den über eins neunzig großen Afroamerikaner, der sein Alpha war und jetzt neben Cecil stand.

„Erlaube mir, dir Alpha Declan vorzustellen.“ Er lächelte, und Belustigung erfüllte ihn, als er den Anflug von Unbehagen in Beta Ardens Geruch wahrnahm. Die Daumen in die Gürtelschlaufen seiner abgetragenen Jeans gehakt, fuhr er fort: „Wir waren gerade dabei, über die Vereinbarung zu sprechen, die ich mit deinem Alpha getroffen habe." Auch wenn das nicht ganz die Wahrheit war, hätten sie das Thema auch noch irgendwann angeschnitten.

Declan trat um Cecil herum auf die vordere Veranda. Er bot seine Hand nicht an. „Ich bin froh, dass ich hier war, als du aufgetaucht bist", sagte er. „Über diesen kleinen Besuch aus zweiter Hand zu erfahren, hätte mir sehr missfallen."

Arden räusperte sich und setzte einen festen Gesichtsausdruck auf. „Nun, ich bin auch froh, dass du hier bist", sagte er. „Als ich erfuhr, dass Cayden Alpha Regan so viel von unserem Territorium abgeluchst hat, wusste ich, dass ich kommen musste." Er verschränkte die Arme vor seiner breiten Brust und erklärte: „Ich wollte ihm die Chance geben, es richtig zu stellen, bevor ich seine Torheit vor dir preisgebe."

„Betrogen", antwortete Declan leise, sein Ton kalt. „Cayden Rochette ist seit über zwei Jahrzehnten für mich tätig. Wenn du sagst, er habe deinen Alpha betrogen, dann tat er es in *meinem* Namen." Seine tiefgrauen Augen verengten sich, als er knurrte: „Das bedeutet, dass du entweder sagst, dass ich schlecht geurteilt habe, was seinen Charakter angeht, oder *ich* einen schlechten Charakter habe, von anderen Rudeln zu stehlen, wie du es anscheinend Cayden vorwirfst." Er verschränkte die muskulösen, tiefbraunen Arme über seiner breiten Brust. „Also, welches davon ist es?"

Seine Arme entfaltend, hob Arden seine Hände in einer beschwichtigenden Geste. „Das meine ich nicht, Alpha", sagte er und sein Blick huschte zwischen den drei Männern hin und her. „Ich will deine Ehre nicht in Frage stellen. Ich möchte nur unser hart erarbeitetes Land für unsere Leuten behalten."

Arden warf einen Blick auf Cayden. Für einen Moment sah er ihn verschlagen an. Dann verschwand es genauso schnell, als er sich wieder auf Declan konzentrierte. „Hast du die Vereinbarung noch nicht gesehen? Vielleicht gibst du mir die Gelegenheit, dir zu zeigen, wie viel er uns weggenommen hat?“

Declan legte den Kopf zurück und schnüffelte, wobei er offen die Luft prüfte.

Zuerst dachte Cayden, er würde offensichtlich nach dem Geruch von Ardens Täuschung suchen. Cayden hatte einige Tage gebraucht, um die Gerüche dieses Mannes unterscheiden zu lernen. Er hatte einen überraschend schweren Duft von Moos an sich, der Cayden zuerst verunsichert hatte. Jetzt konnte er ihn jedoch leicht lesen.

Dann bemerkte Cayden, dass er etwas anderes roch. Die Düfte von Kate und Rory waren ebenfalls im Wind. Lag das daran, dass er engen Kontakt mit den beiden Vollstreckern gehabt hatte, bevor er in sein Auto gestiegen war?

Cayden erkannte, dass, auch wenn das der Fall gewesen war, die Fahrt lang war. Acht bis zehn Stunden je nach Verkehr. Es hätte einige Tankstellen und Toiletten unterwegs gegeben.

„Sind Kate und Rory mit dir gekommen?“

Cayden stellte die Frage völlig unvermittelt. Alles außer *Ja* oder *Nein* wäre eine Bestätigung. Das Antworten mit einer Lüge wäre auch leicht erkennbar.

Offensichtlich wusste Arden das auch. Seine Augen verengten sich. Ein Muskel in seinem Kiefer spannte sich an. Nach ein paar Herzschlägen sagte er: „Ja. Ich habe sie vor meiner Ankunft hier abgesetzt."

Interessanterweise stimmte diese Antwort.

„Sind sie auch in meinem Territorium?", fragte Declan. Sein Kinn hob sich, und er blickte auf den Beta herab. „Sie sind es, nicht wahr? Sind sie gerade da draußen? Vielleicht erkunden sie das Land, für den Fall, dass du von Cayden nicht die gewünschte Antwort bekommst." Er lachte leise. „Du wusstest nicht, dass er mit seinen Brüdern zusammenlebt, nicht wahr? Auch wenn ich nicht hier wäre, könntest du meinen Unterhändler nicht zwingen, den Vertrag zu ändern."

„Darf ich wenigstens reinkommen, um die Dokumente zu besprechen?"

Auf Ardens Frage hin schüttelte Declan den Kopf. „Nein. Kannst du nicht. Raus aus meinem Territorium", befahl er. „Wenn ich dich oder deine Vollstrecker nochmal in meinem Gebiet erwische, werde ich mit tödlicher Gewalt reagieren. Hast du das verstanden?"

Zwei Wölfe heulten in der Nähe, brachen das unbehagliche Schweigen. Declan hob eine Braue, und seine dunklen Augen funkelten vor Wut. Cecil verschränkte die Arme vor der Brust, sein Gesichtsausdruck finster.

Cayden schüttelte den Kopf. „Weiß Alpha Regan, dass du, Kate, und Rory seine Entscheidung anfechtet? Weiß er, dass euch die Vereinbarungen, die er getroffen hat, nicht gefallen? Soll ich ihn anrufen und ihn wissen lassen, dass ihr hier seid?", fragte er und griff in seine Tasche, als würde er nach seinem Handy suchen.

Als er die Sorge in Ardens Augen aufblitzen sah, kannte Cayden die Antwort.

Nein.

Alpha Declan kannte sie auch.

„Wo hast du die anderen abgesetzt, *Beta* Arden?“, fragte Alpha Declan und betonte seinen Titel. „Wo sind deine Vollstrecker jetzt?“

Wie zur Beantwortung seiner Frage ertönte Knurren und dumpfe Geräusche aus den Büschen. Der Lärm war mit Heulen und Jaulen durchsetzt. Innerhalb von Sekunden huschten zwei Kojotenwandler – von denen Cayden vermutete, dass sie die Vollstrecker waren, da er tatsächlich nie einen von ihnen in Kojotengestalt gesehen hatte – aus dem Gebüsch. Der dunklere von beiden, Kate, der Färbung nach zu schließen, hatte eine Wunde, aus der langsam Blut sickerte.

Shane, Carson und Teague trieben sie zusammen und schnappten nach ihren Hacken, Hüften und Seiten. Das Trio arbeitete problemlos zusammen, wie es nur möglich war, wenn man einander seit Jahrzehnten kennt. Schließlich kauerten die beiden Eindringlinge an der Basis der Treppe, duckten sich unter den aufmerksamen Blicken der drei größeren Wolfswandler.

Cayden wollte das gerade als Sieg verzeichnen, als das laute Knallen einer Pistole mehrmals kurz hintereinander durch die Nachmittagsluft drang.

Laut knurrend wirbelte Cayden herum und sprintete ins Haus. Er bemerkte kaum, wie Declan jemandem befahl: „Festhalten.“ Cayden war zu sehr damit beschäftigt, um eine Ecke zu biegen und den Flur entlang zu rasen, durch den Ajax vorhin verschwunden war.

Dem erdigen Duft seines Gefährten folgend, platzte

Cayden ins Gästezimmer. Er sah sich schnell um und entdeckte Lark, der sich zwischen der Kommode und der Wand zusammenkauerte. Jared duckte sich neben das Fenster, das ein paar Zentimeter geöffnet worden war – wahrscheinlich, um hindurch schießen zu können. Er hielt seine Waffe nahe an der Öffnung und schaute nach draußen, sah nicht einmal zu Cayden.

Cayden sah Ajax nicht und schaute erneut prüfend durch den Raum. Als er Bewegung aus den Augenwinkeln bemerkte, drehte er sich zu Lark um. Cayden sah den sehr blassen Alphagefährten auf das Bett deuten … oder genauer gesagt, *unter* das Bett.

Nachdem er auf die Knie gefallen war, schaute Cayden unter die Möbel. Er dachte nicht einmal nach. Als er zwei geweitete grüne Augen sah, die ihn anstarrten, verwandelte er sich. Ungeachtet seiner Kleidung, oder wer mitbekommen könnte, wie blöd er aussehen würde, drängte Cayden seinen Wolf, so schnell wie möglich zu übernehmen.

Was normalerweise ein nahtloser Übergang von zweiundzwanzig Sekunden Dauer war, war schmerzhaft. Trotzdem brauchte er nur ungefähr die Hälfte der Zeit. Cayden ignorierte den unangenehmen Sitz der Jeans um seinen Schwanz und seine Hinterbeine und schob sich unter das Bett.

Cayden rutschte neben seinen offensichtlich verängstigten Gefährte. Sein einziger Gedanke war, Ajax zu beruhigen, also drückte er die Nase gegen den Hals seines Geliebten. Er leckte über das dichte Fell der Katze, als er sie zwischen seinen Körper und die Wand drückte.

Gleichzeitig lauschte Cayden, was in der Nähe vor sich

ging.

„Jared, Bericht“, befahl Declan.

„Ich würde sagen, dein Freund hat ein paar Freunde mitgebracht“, erwiderte Jared trocken. „Ich weiß nicht, wen Carson aufgescheucht hat, aber sie haben den Fuchs übersehen, der hinter dem Haus rumschlich.“ Er verzog die Lippen. „Tatsächlich hätte ich das fast auch. Das Biest weiß genau, wie es sich in seine Umgebung einzufügen hat.“

Bei der Erwähnung eines Fuchses, erinnerte Cayden sich Ajax' Geschichte, das er von Fuchswandlern gefangen genommen wurde. Sicher war das nur ein Zufall. Er bewegte sich, um unter dem Bett hervorzukriechen, aber seine Katze packte sein Vorderbein mit dem Mäulchen, grub die Zähne ganz leicht hinein.

Cayden wandte sich zu den riesigen grünen Augen um. Als er die Besorgnis in den leuchtenden Augen seines Gefährten sah, hielt er inne. Er rieb sich wieder am Hals seines Geliebten, wartete dann und lauschte.

„Wie viele hast du gesehen?“, fragte Declan schroff. Er beugte sich neben Lark und zog seinen Gefährten in die Arme. „Waren es Füchse oder Kojoten?“

„Nun, ich habe seit ein paar Jahren keins von beidem gesehen“, sagte Jared. Dann schnaubte er und fügte hinzu: „Außer einem Polarfuchs-Wandler, und ich glaube nicht, dass ich irgendetwas damit verwechseln würde. Also, ich würde sagen, du schickst ein paar deiner verdammten Tracker los, um die Gegend zu durchsuchen und es herauszufinden“, riet er unverblümt. „Ich kann dir sagen, dass es einen dort gab, er war verdammt schnell und hatte eine rötlich-graue Farbe. Das ist der einzige Grund, warum ich ihn entdeckt habe. Der blöde Scheißer passte nicht so gut zu unseren braun-grünen Kiefernwäldern, wie er dachte."

Declan knurrte leise. „Ich werde ein Paar Wölfe losschicken, um die Gegend zu überprüfen", stimmte er zu. „Ich werde schon bald wissen, wer er ist, Hölle, was zum Teufel er in meinem Territorium will."

„Er sollte nicht zu schwer zu verfolgen sein", fügte Jared hinzu, und sein Ton wurde kalt. „Ich verfehle mein Ziel nicht."

„Gut."

Als Cayden Jared grunzen hörte, bemerkte er die charakteristischen, kratzenden Geräusche von Krallen auf Hartholz. Zur gleichen Zeit tappte ein mittelgroßer grauer Wolf in den Raum. Er hatte die Zähne entblößt, und sein Fell war gesträubt.

Cayden erkannte den Wolf als Carson.

„Hey, Injun", grüßte Jared gelassen. „Solltest du nicht bei den anderen da draußen sein?"

Carson knurrte leise, als er zu Jared ging, der immer noch am Fenster hockte.

Zum Teufel, wenn sein eigener Gefährte in dem Haus war, in dem er Schüsse gehört hatte, … oh ja, deshalb war er unter dem Bett. Als sich die Dinge zu beruhigen begannen, blieb Cayden, wo er war, und leckte Ajax' Körper. Er konnte die Angst seines kleinen Gefährten riechen und wünschte, er könnte sie lindern. Nach allem, was Ajax durchgemacht hatte, wusste Cayden, dass er nicht überrascht sein sollte.

Mit diesem Gedanken im Kopf wartete Cayden. Er

kuschelte sich an seinen Gefährten, lehnte sich entspannt an ihn und drückte ihn gegen die Wand des Schlafzimmers. Zu seiner Erleichterung begann Ajax, sich auch an ihm zu reiben, leckte ihn und stupste gegen sein Gesicht und seinen Kopf.

Erfreut, dass Ajax sich zu entspannen schien, wandte Cayden seine Aufmerksamkeit seinem Alpha zu. Declan hockte neben dem Bett und sah sie an. Cayden sah, wie sein Alpha die dunklen Brauen hob, und schnaufte leise. Er beabsichtigte, seinen Gefährten das Tempo bestimmen zu lassen, und hielt den Blick seines Alphas, während er sich an den Hals seiner Katze kuschelte.

Declan schien zu verstehen, denn er nickte einmal. Er hockte sich zurück auf die Fersen und sein Gesicht verschwand aus Caydens Blickfeld. Dann stand er auf.

Cayden entspannte sich in dem dunklen, beengten Raum und war entschlossen, mit Ajax zu warten, bis der bereit war, herauszukommen.

KAPITEL 9

Ajax spürte, wie sein Puls sich langsam beruhigte. Er hörte, wie Alpha Declan mit Jared sprach und Befehle erteilte, aber er schenkte ihnen nicht wirklich viel Aufmerksamkeit. Seinen Geliebten neben sich zu haben beruhigte ihn mehr, als er sagen konnte.

Nachdem Ajax sich eine ganze Weile gegen den größeren Wandler geschmiegt hatte, sah er sich um … sah sich *wirklich* um. Er erblickte zwei Beinpaare und erkannte, dass Lark auf dem einzigen Stuhl des Zimmers neben dem Schreibtisch saß. Declan war nicht mehr im Raum. Der Wolf, der in den Raum getappt war, … Carson, den Kommentaren nach, auch nicht.

Jared war noch da. Der Art nach, wie seine Beine positioniert waren, nahm Ajax an, dass er an die Wand gelehnt war. Der Mensch mit der Waffe befand sich immer noch neben dem Fenster.

Ajax wusste nichts über Waffen, aber er erkannte einen Jäger, wenn er einen sah. Der Gefährte des Vollstreckers mochte ein Mensch sein, aber er wusste sich zu verteidigen. Diese Einschätzung wurde dadurch bestätigt, dass der Alpha den Mann anwies, seinen eigenen Gefährten zu beschützen. Zum Teufel, es war nicht so, dass Ajax es tun würde. Als

Bergkatze war seine instinktive Reaktion auf Gefahr wegzulaufen und sich zu verstecken.

Ajax fühlte sich wohler und schlich vorwärts. Seine Bewegungen erregten Caydens Aufmerksamkeit, der mit dem Kopf auf den Pfoten ruhte. Ajax leckte dem Wolf über die Nase, worauf dieser überrascht schnüffelte, und manövrierte dann um ihn herum.

Ajax blieb an der Bettkante stehen und streckte nur den Kopf heraus. Er sah sich langsam im Raum um, bestätigte seine Vermutungen, wer da war und wo sich jeder befand.

Jared wandte den Blick vom Fenster ab und richtete ihn auf ihn. „Hallo, Mieze. Geht es dir jetzt besser?“ Seine Mundwinkel verzogen sich zu einem Grinsen. „Du weißt, dass die Bösen zuerst unters Bett schauen, richtig?“

Ajax zeigte seine Eckzähne und hörte Jareds leises Lachen. Dann konzentrierte sich der Mensch wieder auf das Fenster.

Ajax kroch ganz unter dem Bett hervor und sprang auf den Schreibtisch. Er stellte seine Pfoten auf die Fensterbank und sah nach draußen. Während er herauszufinden versuchte, nach was der Mensch Ausschau hielt, sah er zwei Wölfe hinter dem Haus herumschnüffeln. Nach einem Moment, wohl um die Witterung aufzunehmen, stürmten sie in den Wald.

Ajax bemerkte, dass durch das leicht geöffnete Fenster ein Geruch hereinkam. Er erkannte ihn und spannte sich an. Gleichzeitig fühlte er eine Hand auf seinem Rücken landen. Ajax zuckte zusammen, als er sich zu dem Besitzer der Hand umdrehte und drückte seinen Schwanz dicht an seinen Körper.

„Ruhig, Ajax“, murmelte Lark. „Ich bin es nur.“

Ajax starrte den Menschen einen Moment an und zwang seinen Körper, sich zu entspannen. Er wusste, dass der kleine Mann ihn nicht verletzen würde. Niemand im Raum würde es. Das änderte nichts an der Tatsache, dass er etwas allzu Vertrautes gerochen hatte. Ajax sprang vom Schreibtisch auf den Nachttisch zum Bett. Er musste sich verwandeln, und dort hatte er die Jogginghose zurückgelassen.

Kurz bevor er sich zu verwandeln begann, bemerkte Ajax, dass Cayden es endlich unter dem Bett hervor geschafft hatte. Seine Bewegungen wurden durch die Jeans behindert, die immer noch um sein hinteres Ende gewickelt war. In Wolfsgestalt verhedderten sich Caydens Hinterbeine unbeholfen im Stoff, und Ajax konnte es nicht lassen, vor Vergnügen leise zu schnaufen.

Sein Laut erweckte Jareds Aufmerksamkeit, der offen lachte. „Na, verdammt, Cay", lachte er. „Jetzt weiß ich, warum ihr Wandler immer so sehr darauf beharrt, euch zuerst ausziehen."

„Willst du Hilfe?", bot Lark an und versteckte sein eigenes Lachen hinter seiner Hand.

Leise knurrend drehte Cayden ihnen den Rücken zu und begann seine Verwandlung.

Ajax nahm das zum Anlass, dasselbe zu tun. Er wollte, dass sein Körper wieder seine menschliche Form annahm. Auch wenn er sich nur langsam veränderte, war es zumindest nicht mehr ganz so schmerzhaft. Er war immer noch außer Atem, als er es schließlich schaffte, die Augen zu öffnen und sich umzusehen. Ajax bemerkte Cayden, der nun in menschlicher Gestalt war und die Jeans um seine Hüften zuknöpfte, und lächelte ihn matt an.

„Hey, Liebling“, gurrte Cayden. „Geht es dir jetzt gut?“

Ajax nickte, rollte sich in eine sitzende Position und griff nach seine Hose. „Ja, ich bin in Ordnung“, murmelte er. Er schaute durch seine Wimpern zu seinem Geliebten und hoffte, dass der Mann nicht zu sauer war, sich mit ihm unter dem Bett verstecken zu müssen. „Ähm, tut mir leid.“

Cayden streckte die Hand aus und half, die Jogginghose zu glätten, damit Ajax sie schneller anziehen konnte. Seine sanften, leitenden Berührungen ließen Ajax' Penis trotz ihres Publikums immer dicker werden. Als Cayden seine missliche Lage sah, zwinkerte er ihm zu und legte eine Hand auf seine eigene Leiste. Ajax sah den Umriss seines halbharten Schwanzes und war erleichtert, dass er nicht der einzige Betroffene war.

„Lass uns dich bedecken“, drängte Cayden. „Deinen nackten Körper zu sehen macht es mir wirklich schwer, mich nicht auf dich zu stürzen“, sagte er mit Hitze in den Augen. „Leider müssen wir uns zuerst um ein paar Dinge kümmern … wie um unsere Gäste.“

„Wer war an der Tür?“, fragte Ajax, als er seine Hüften hob und das Gummiband fester zog. Er musste die Kordel zubinden, um zu verhindern, dass die Hose herunterrutschte, während er aus dem Bett stieg. „Ich erkenne den Geruch des Fuchswandlers“, sagte er. „Es war einer der Wandler, die mich gejagt haben.“

„Nun, um den musst du dir nie wieder Sorgen machen“, erwiderte Jared.

„Warum?“, fragte Ajax. Auch wenn die Worte eine

Erleichterung waren, fragte er sich, woher Jared das wissen wollte, also fragte er. „Woher weißt du das?“

Jared winkte mit der Hand zum Fenster. „Weil ich ihn getötet habe. Carson und Cecil schleppen ihn jetzt gerade raus.“

Ajax sah aus dem Fenster. Er sah einen Wolf, der einen großen Fuchs zwischen den Bäumen hervorzerrte, während der andere den Bereich aufmerksam beobachtete. Offensichtlich hielt er Wache gehalten.

„Ich frage mich, ob Beta Arden mit ihm unter einer Decke steckte“, sinnierte Cayden. Er trat hinter Ajax und schlang die Arme um seinen Oberkörper. Das Kinn leicht auf seine Schulter gelegt, murmelte er: „Das war derjenige, der an der Tür war. Ich bin gerade von einem Besuch bei seinem Rudel zurückgekommen, wo ich ein größeres neutrales Territorium ausgehandelt habe. Unser Rudel wächst schnell“, erklärte er. „Und wir brauchten mehr Platz, um uns auszuweiten und sicher laufen zu können.“

„Nun, gehen wir ihn fragen“, sagte Jared und klang ein wenig zu begeistert von der Aussicht. „Komm schon, Lark. Du musst bei mir bleiben“, sagte er und deutete auf die Tür.

Lark nickte und erhob sich von seinem Stuhl. Er schaute nicht aus dem Fenster, als er Jared aus der Tür folgte. Der Duft des armen Menschen war von einem Gefühl getrübt, aber Ajax wusste nicht, was es war.

Ajax drehte den Kopf und drückte einen Kuss auf die Unterseite von Caydens Kiefer. Ein zufriedenes Lächeln erschien auf dem Gesicht seines Geliebten und ließ seine dunklen Augen leuchten. Cayden neigte den Kopf, um Ajax vollständig anzuschauen, dann spannte er seine Arme an und presste seine Lippen auf die von Ajax.

Ajax ließ seine Augenlider zufallen und genoss das Gefühl der Lippen seines Geliebten auf seinen eigenen. Er spürte, wie Caydens Zungenspitze über die Naht seines Mundes glitt. Ajax öffnete sich ihm, begrüßte die Zunge des anderen Mannes, saugte sanft an ihr.

Cayden knurrte leise und drückte seine Zunge tiefer hinein. Während er immer wieder an Ajax' Zunge leckte, erforschte er dessen Mund mit drängenden, schnellen Bewegungen. Er eroberte die feuchte Höhle, summte vor Begeisterung und hielt seinen Kiefer fest, indem er mit einer Hand seine Kehle umfasste.

Ajax stöhnte bei dem besitzergreifenden Griff. Er packte das Bein von Caydens Jeans mit der linken Hand und das Handgelenk, das seinen Hals fixierte, mit der anderen. Als er spürte, wie sich die Erektion gegen seinen Rücken drückte, verdickte sich sein eigener Schwanz zu voller Größe. Er hielt sich fest und stellte sich auf die Zehenspitzen, damit er seinen Arsch gegen den Schritt seines Geliebten reiben konnte.

„Nicht, dass dies kein schöner Anblick wäre, aber wir haben ein Problem."

Ajax quietschte und zuckte in Caydens Griff, beendete den Kuss. Er drehte sich und sah Jared, der sich gegen den Türrahmen des Schlafzimmers lehnte. Der Mensch grinste sie an, und seine haselnussbraunen Augen zeigten einen lasziven Glanz, als er mit einer Hand über seinen eigenen Schritt rieb.

Carson erschien hinter ihm. Er trug nur eine graue Jogginghose und einen finsteren Blick. „Lass sie in Ruhe,

Baby“, befahl er sanft und beugte sich nach unten, um Jared ins Ohr zu beißen. Er bekam dafür ein Schnauben von seinem Geliebten, richtete sich auf und konzentrierte sich auf sie. „Ihr müsst aber tatsächlich hier rauskommen. Wir haben ein Problem.“

Cayden lockerte seinen Griff, als er sich wieder zu ihm umdrehte und einen weiteren Kuss auf seine Lippen drückte. Danach legte er seine Hände auf Ajax’ Hüften und brachte ein paar Zentimeter Abstand zwischen sie. „Komm schon, Geliebter“, drängte Cayden und seine Stimme klang etwas angespannt. „Mal sehen, was los ist.“ Er zwinkerte und fügte dann hinzu: „Danach können wir noch ein paar spaßige Aktivitäten unternehmen.“

Ajax stellte fest, dass sein Gesicht warm wurde, aber er wusste nicht, ob er verlegen oder erwartungsvoll war. Er nickte, bevor er sich von Cayden entfernte. Wenn er von seinem Geliebten in den Armen gehalten wurde, war es so schwer zu denken.

War das auch ein Teil dieser Paarungssache?

Ajax fragte sich, ob er eine Liste machen sollte, aber es würde sicher eine sehr lange sein. Es war schon eine Weile her, seit seine Mutter ihm Lesen und Schreiben beigebracht hatte. Er hatte diese Fähigkeit nicht wirklich gebraucht, während er als Katze in einem Käfig eingesperrt war, aber er war sich ziemlich sicher, dass er sich daran erinnerte, wie es funktionierte.

Cayden schob seine Hand nach unten, um Ajax’ Finger zu ergreifen. Als er ein Ziehen an seiner Hand spürte, folgte er seinem Liebhaber aus dem Schlafzimmer und sie kehrten ins

Wohnzimmer zurück.

Dort war Declan zu seinem Stuhl zurückgekehrt, Lark auf seinem Schoß. Carson stand am Kamin, verschränkte die Arme über seiner Brust und hatte einen strengen Ausdruck auf seinem kupferfarbenen Gesicht. Jared lehnte sich an die Wand neben ihm. Cecil drückte sich eine Dose Soda an die Stirn.

Stirnrunzelnd fragte Cayden: „Bist du in Ordnung, Cecil?“

Cecil verzog das Gesicht, nickte aber. „Ja. Beta Arden hat einen glücklichen Treffer gegen meine Schläfe gelandet. In ein paar Minuten ist wieder alles in Ordnung“, versicherte er.

„Arden und die anderen sind entkommen?“, fragte Cayden. Während er sprach, gab er Ajax’ Hand frei und schlang einen Arm um seine Taille. „Was ist passiert? Wie kann ich helfen?“

Ajax kuschelte sich an seinen Geliebten, als er Carson erklären hörte: „Es war teilweise meine Schuld. Ich hörte die Schüsse und bin ins Haus gelaufen, dir und Declan hinterher.“ Sein Stirnrunzeln vertiefte sich, als er Jared anblickte. „Ich weiß, du kannst auf dich selbst aufpassen, aber das ändert nichts an dem Bedürfnis meines Wolfes, sich zu vergewissern, weißt du?“

Jared zuckte die Achseln und lächelte verständnisvoll. „Keine Sorge, Injun“, antwortete er. Sein Gesichtsausdruck wurde ernst. „Mir geht es genauso, weißt du?“

Carson nickte, obwohl er dabei leise knurrte.

„Shane und Teague folgen dem Trio in Shanes Auto“, enthüllte Declan. „Er wird anrufen und uns sagen, wo sie anhalten, damit wir sie einholen können. Ich habe Fragen, die ich von ihnen beantwortet haben will." Er konzentrierte sich auf Cayden. „Kannst du mir einen Grund nennen, warum er an deiner Tür auftaucht?"

Cayden seufzte. „Ich denke, Beta Arden ist der eigentliche Entscheidungsträger des Kojotenrudels. Er mag offensichtlich den Deal nicht, den sein Alpha gemacht hat", fuhr er fort. „Ich kann gar nicht zählen, wie oft er versucht hat, Alpha Regan zu sagen, was er tun soll, und er tat das direkt vor mir. Schließlich wurde Alpha Regan wütend genug, um ihn und Kate auszuschließen. Sie ist die hitzköpfigere der beiden Vollstrecker, unseren Treffen nach zu urteilen."

„Also gelangen ihre inneren Rudelzwistigkeiten in mein Territorium", grummelte Declan. „Großartig."

„Tut mir leid, Alpha", sagte Cayden. „Ich hatte vor, es dir zu sagen, aber …" Er hielt inne und warf Ajax einen Blick zu. „Ich wurde ein wenig abgelenkt."

Declan winkte ab und sagte: „Mach dir keine Sorgen deswegen. Die internen Probleme ihres Rudels sollten nicht deine Sorge sein." Er rieb sich mit der Hand über das Kinn. „Ich frage mich aber, warum Beta Arden ihn nicht einfach herausgefordert hat. Warum nimmt sein Kojote Befehle von einem weniger dominanten Wandler entgegen?"

Cayden ließ sich auf die Armlehne des Sofas fallen, auf dem sie zuvor gesessen hatten. Er spreizte die Beine und zog Ajax zwischen sie. „Ich denke, es hat etwas mit dem Aufteilen des Rudels zu tun", erklärte Cayden. „Alpha Regans Vater ist derjenige, der seinen Sohn als seinen Nachfolger ernannt hat. Offensichtlich wurde in ihrem Rudel die Position des Alphas während der letzten paar Generationen so weitergegeben und die meisten im Rudel mögen diese Regelung. Wenn Arden ihn um die Führung herausfordert", erklärte Cayden, „könnte das Rudel daran zerbrechen."

„Es wird sowieso irgendwann zerbrechen", grummelte Cecil. „Wenn der Alpha nicht stark genug ist, wird jemand von außerhalb kommen, um ihn herauszufordern."

„Ihre internen Probleme sind nicht unsere Angelegenheit", stellte Declan fest, der sich von seinem Stuhl erhob und Lark mitnahm. „Gib mir einfach die Vereinbarung", befahl er. „Ich werde sie mir anschauen." Declan milderte seinen gereizten Gesichtsausdruck mit einem breiten Lächeln, zwinkerte und grinste. „Ich denke, ihr zwei braucht ein bisschen Zeit für euch alleine. Glückwunsch nochmals."

Cecil verzog das Gesicht und stand auch auf, während Carson und Jared sich aus ihren Positionen beim Kamin lösten. „Ich werde ein paar Bier trinken und mich auf der Veranda entspannen", murmelte er. „Das Haus gehört für ein paar Stunden dir, kleiner Bruder. Nutze die Zeit mit Bedacht." Cecil grinste, als er an ihnen vorbeiging. „Oh, und ich werde sicherstellen, dass Teague nicht reinplatzt. Ich bin sicher, unser großer Bruder würde das nicht sehen wollen", fügte er hinzu, während er Cayden auf die Schulter klopfte.

Schnaubend schüttelte Cayden den Kopf, als er seinen Griff verstärkte. Jeder der Männer tätschelte im Vorbeigehen nicht nur Cayden die Schulter, sondern auch Ajax. Ihre Mienen reichten von amüsiert zu aufgeregt, und Lark reckte sogar einen Daumen hoch.

Nachdem sie alle das Haus verlassen hatten, schaute Ajax zu Cayden zurück. „Ähm, worum ging es hier eigentlich?"

Cayden rieb ihm mit einer Hand über seinen Bauch, nach unten und nach oben, nach unten, dann wieder nach oben. Schließlich legte er sie leicht auf seinen Hals. Als er seinen Daumen über Ajax' Adamsapfel bewegte, konnte Ajax nicht aufhören zu zittern.

„Es bedeutet", sagte Cayden heiser, „dass sie uns Zeit geben, um unsere Paarungsbindung zu vervollständigen."

KAPITEL 10

Cayden hielt den Atem an. Er beobachtete, wie sich der verwirrte Ausdruck auf Ajax' Gesicht auflöste und durch einen der Lust ersetzt wurde. Sein eigener Puls pochte durch seine Adern als Reaktion auf den sexy Ausdruck. Nicht zu vergessen, dass er die Erregung seines Geliebten hochkochen roch.

Trotzdem musste er seinem Gefährten die Möglichkeit geben, sich zu weigern. Ajax wusste noch nicht wirklich, was Paarung bedeutete. Hatte Cayden ihm gesagt, dass es Jahrhunderte dauern würde? Er konnte sich nicht erinnern.

„Verdammt, Ajax", murmelte Cayden. „Die Art, wie du mich ansiehst, macht es mir schwer zu denken."

Ajax drehte sich in seinen Armen, bis er zwischen Caydens Beinen stand, Becken an Becken. Seinen von der Jogginghose bedeckten Schritt gegen Caydens mit Jeansstoff bedeckten reibend, hob er seine Hände. Er legte seine Handflächen auf seine Brust, während er seinen Körper an ihm rieb.

„Du fragst, ob ich für den Rest unseres Lebens dein Gefährte sein möchte, nur *dein* Gefährte, oder?"

Cayden nickte reflexartig. Er packte die Hüften seines Geliebten und hielt ihn fest, um ein wenig Erleichterung für seinen schmerzenden Schwanz zu finden. Es war jedoch schwierig, nicht gegen ihn zu schaukeln, weil es das war, was jeder Instinkt von ihm verlangte.

Stattdessen schluckte Cayden schwer und schaffte es, ein wenig Feuchtigkeit in seinen Hals zu bekommen. „Hat deine Mutter dir gesagt, dass ein Wandler über fünfhundert Jahre leben kann?“, fragte er. „Ich bin erst zweiundvierzig, und du bist wahrscheinlich jünger, also werden wir für eine lange, lange Zeit miteinander zu tun haben.“

Zu Caydens Überraschung versteifte Ajax sich in seinen Armen. Seine Brauen zogen sich zusammen, während sein Geruch sauer wurde. „D-du willst mich nicht?“

Als er seinen Fehler erkannte, verstärkte Cayden seinen Griff um Ajax’ Hüfte. Er hob seine rechte Hand an den Hals seines süßen Gefährten, umfasste ihn sanft. Seinen Daumen unter das Kinn seines Geliebten geschoben drängte er Ajax, seinen Kopf nach hinten zu neigen, damit sich ihre Blicke treffen konnten.

Die Traurigkeit und Enttäuschung, die in den tiefgrünen Tiefen schwammen, raubten Cayden den Atem.

Er holte tief Luft und platzte heraus: „Du missverstehst. Ich wollte dich nur nicht unter Druck setzen.“ Er sah den verwirrten, ungläubigen Ausdruck in Ajax’ Gesicht und fuhr schnell fort: „Ich meine, du wurdest nicht in einem Wandlerrudel aufgezogen, und wenn du warten willst, ehe du dich verpflichtest, werde ich auf dich warten. Ich möchte nicht, dass du dich in irgendeiner Weise gezwungen fühlst. Das ist alles.“

Für einen langen Moment starrte Ajax nur auf Caydens Brust. Seine Brauen waren gefurcht, und seine Hände waren in

Caydens Haare geschoben. Schließlich hob er seinen Blick und legte den Kopf schief.

„Also, willst du mich?"

Cayden hasste es, dass er seinen Gefährte veranlasst hatte, an dieser einfachen Tatsache zu zweifeln. Er hatte vor, alles in seiner Macht Stehende zu tun, damit er sich nie wieder darum Gedanken machte. Irgendwie wollte er seinem Gefährten klar machen, dass er sein Einziger war.

„Ajax", grollte Cayden und hielt seinen Blick. „Es gibt keinen anderen, den ich will. Jetzt oder in unseren nächsten fünfhundert Lebensjahren."

„Weil ich dein Gefährte bin?", fragte Ajax und zog die Brauen zusammen.

„Zum Teil ja", gab Cayden zu und wünschte sich völlige Ehrlichkeit gegenüber seinem Geliebten. „Sobald wir unsere Bindung beendet haben, werde ich von niemand anderem als dir erregt. Nicht wirklich. Ich werde nur noch daran denken, dich nackt zu sehen, dich zu berühren und dir zu gefallen." Er zuckte die Achseln und wünschte, er könnte es auf andere Weise erklären. „Du wirst alles für mich sein."

„Ich wollte vor dir noch nie mit jemandem Sex haben", gab Ajax zu, seine Stimme ein Flüstern. „Ich weiß nicht, ob das daran liegt, dass ich zu jung war. Ich glaube, ich war erst fünfzehn oder so, als ich durch die Füchse gefangen genommen wurde." Er zuckte mit den Schultern, seine Miene beunruhigt. „Trotzdem hatte ich viele Male gewichst. Ich wusste, was ein Orgasmus war, was Sex war. Meine Mutter hatte mir erklärt, woher die Kinder kommen." Seine grünen Augen waren groß, als er Caydens Blick hielt. „Ich kann nicht sehen, dass ich den Schwanz eines anderen in meinem Arsch haben will, außer deinem."

Ein anderer Gedanke kam Cayden, und er konnte nicht anders als zu fragen: „Wusstest du, dass du schwul bist, bevor du mich getroffen hast?"

Dabei sah Cayden, wie Ajax blinzelte. Er spürte, wie sich die Fingernägel seiner kleinen Katze in seine Brust bohrten und an seinen Brusthaaren zogen. Die Bewegung ließ seine Brustwarzen steif werden und seinen Schwanz zucken, aber er versuchte, seine Reaktion zu zügeln. Stattdessen konzentrierte er sich weiter auf Ajax. Er konnte sehen, dass sein Geliebten die Frage nicht verstand, und wartete auf seine nächste Frage.

Es dauerte nicht lange.

„Ich weiß nicht, was *schwul* bedeutet, Cayden", gab Ajax zu. „Und ich kann erkennen, dass du es für wichtig hältst. Kannst du es erklären?"

Cayden hatte das gewusst, bevor er die Frage hörte, aber das machte es nicht einfacher, darauf zu antworten. „Jemand, der schwul oder auch homosexuell ist, mag es, mit einer Person des gleichen Geschlechts Sex zu haben." Er verzog das Gesicht. „Es gibt viele Leute, die schwule Menschen verfolgen. Sie sagen unfreundliche Dinge, schlagen sie oder töten sie sogar, nur weil ihre Sehnsüchte anders sind als ihre eigenen." Als Cayden Ajax' empörten Gesichtsausdruck sah, fügte er hinzu: „Obwohl ich glaube, dass es ein verabscheuungswürdiges Verhalten ist, passiert es." Er rieb mit der Hand über den Rücken seines Geliebten und fügte hinzu: „Und ich würde niemals zulassen, dass dir etwas passiert, Ajax.

Nicht körperlich, aber ich kann die Leute nicht davon abhalten, ihre bösen Meinungen zu äußern, wenn sie in deiner Nähe sind."

Ajax schnaubte leise, als er den Kopf schüttelte. Er runzelte die Stirn und sagte: „Cayden, ich kann sehen, dass du mich in einem sicheren Kokon verstecken willst. Ich weiß das zu schätzen, aber es ist nicht notwendig." Er hob seinen Blick und schenkte ihm ein schiefes Lächeln. „Ich habe eine Menge überlebt."

Das Gesicht an Ajax' Hals geschmiegt, atmete Cayden seinen Geruch ein. Er versuchte, nicht an all das zu denken, worauf sich sein Gefährte bezog. Verdammt, der junge Wandler hatte jahrelang viel als Katze gelebt, bevor er eingefangen wurde.

„Ich weiß", flüsterte Cayden. „Ich wollte nur ehrlich mit dir sein. Ich wollte nicht, dass du denkst, ich hätte etwas vor dir versteckt", erklärte er. Er hob den Kopf und lächelte Ajax beruhigend an. „Ich bin mit dem Wissen aufgewachsen, dass ich meinen Seelenverwandten finden würde, den Mann oder die Frau, die meine andere Hälfte sein sollte. Du hast in den letzten Wochen so viel Neues erlebt." Er verzog das Gesicht und fügte hinzu: „Und das zusätzlich zu den Jahren in Gefangenschaft."

Cayden wusste nicht, was er sonst noch sagen sollte, also zuckte er nur die Achseln und sagte: „Ich möchte, dass du glücklich bist, mein Gefährte. *Das* ist meine größte Sorge." Er schenkte ihm ein zerknirschtes Lächeln. „Ich möchte nicht, dass du jemals denkst, ich hätte dich ausgenutzt."

Ajax lachte leise, als er ihn durch seine Wimpern

anschaute. „Ich kann nicht sehen, wie das passieren würde. Vor allem, weil ich derjenige bin, der dich bespringen will“, sagte er, während seine Wangen rosig leuchteten. Seine Worte wurden zu einem Flüstern, als er zugab: „Lark hat mir diesen Ausdruck beigebracht. Habe ich ihn richtig benutzt?“

„Hölle, ja“, antwortete Cayden, und seine Brust spannte sich an, als sein Blut zu seinem Schwanz schoss. „Ich würde es lieben, wenn du mich bespringst.“

Dann zog Ajax die Brauen zusammen. „Das heißt nicht, dass, äh, ich dich ficke, oder? Ich möchte …“ Er hielt inne, während seine Wangen glühten und er über Caydens Schulter starrte.

Cayden fuhr mit dem Daumen über Ajax’ Kinn. Gleichzeitig senkte er die Hand, die er auf dem Rücken seines Geliebten hatte, so dass er sie unter dessen Hosenbund schieben konnte. Er steckte den kleinen Finger in den Spalt seines Geliebten und rieb den empfindlichen Hautfleck am Ansatz seiner Pobacken. Cayden genoss den Schauer, der den viel kleineren Mann dabei durchlief.

„Oh, Ajax“, grollte Cayden heiser. „Dieser Ausdruck bedeutet nur, dass du Sex mit mir haben willst. Wie genau wir die Tat vollbringen, können wir für uns selbst herausfinden.“ Als er sah, wie Ajax seine rosa Zunge hervorschob, um seine Lippen zu berühren, verbunden mit der Art, wie er mit schweren Lidern zu ihm aufblickte, pulsierte Caydens Schwanz in seiner Jeans. „Ich möchte dich vor dem Kamin hinlegen, dich mit meiner Zunge öffnen, bis du um mehr bittest, und dann meinen Schwanz tief in deinen Körper stecken“, sagte er heiser. „Danach werde ich dich lange, langsam und tief ficken, bis du meinen Namen schreist.“

Ajax’ Geruch veränderte sich, tränkte den Raum mit seiner Erregung. Er öffnete den Mund und keuchte leise. Für ein paar Herzschläge schien er mit einer Antwort zu ringen.

Schließlich nickte Ajax, als er nach Luft schnappte: „Ja, bitte.“

Cayden war mehr als gerne bereit, seine Worte in die Tat umzusetzen. Er schob Ajax von sich und rutschte von der Armlehne des Sofas. Er griff nach der Hand seines Geliebten und ging voraus zum Kamin.

„Bleib hier“, befahl Cayden. „Ich werde das Feuer anmachen.“

Ajax sah ein wenig verwirrt aus und legte den Kopf schief.

Cayden lachte und grinste. „Ich weiß, wir brauchen eigentlich kein Feuer, aber ich habe mir immer vorgestellt, dass ich zum ersten Mal vor einem lodernden Feuer mit meinem Gefährten Liebe machen würde.“ Er spürte, wie sich sein Gesicht etwas erhitzte und wusste, dass er rot wurde, aber er konnte nicht anders. Er würde seine Wünsche auch nicht vor Ajax verbergen. „Ich werde nur einen Moment brauchen“, versprach er und wandte sich von ihm ab.

Cayden machte sich schnell daran, das Feuer zu entfachen. Er und seine Brüder hatten immer eine Reihe kleiner Zweige und Anzündhölzer bereit. Es hatte mit den gelegentlichen Stromausfällen in ihrem Haus zu tun und – laut Cecil – dem Wunsch, nach einem Date immer für einen romantischen Moment bereit zu sein. Auch wenn Cayden es noch nie zu diesem Zweck verwendet hatte, nutzte er die

Gewissenhaftigkeit seines Bruders.

Danach ging Cayden schnell in sein Schlafzimmer und schnappte sich eine Tube Gleitmittel. Er nahm sich ein paar Kissen vom Sofa, als er daran vorbeikam, kehrte zu Ajax zurück und warf alles auf den Boden, kniete sich dann auf den Teppich, der vor dem Feuer ausgebreitet war. Cayden blickte zu Ajax auf und bedeutete ihm mit einem Finger, zu ihm zu kommen.

Ajax sank neben ihm auf die Knie und sah ein wenig unsicher aus.

Cayden wollte das nicht. Er wollte, dass sein Gefährte sich wohl fühlte, gar eifrig war. Mit diesem Ziel vor Augen legte er seine Hände auf Ajax' Hüften und fuhr mit den Daumen über die Vertiefung um die Hüftknochen seines Partners. Während er die Krümmung des Knochens nachzeichnete und die glatte Haut genoss, die ihn bedeckte, drängte er seinen Geliebten auf den Rücken.

Cayden behielt eine Hand an Ajax' Hüfte und genoss den Kontakt. Er griff mit der anderen Hand sanft nach der Jogginghose seines Gefährten und zog sie an seinen Beinen hinunter. Als Ajax nackt vor ihm lag, nahm sich Cayden einen Moment Zeit, um seinen Geliebten zu bewundern.

Ajax' blasse Haut leuchtete im Feuerschein. Obwohl Cayden seine Rippen sehen konnte, bemerkte er auch die starken Linien der Muskeln in seinen Gliedmaßen. Sogar unterernährt war sein Körper noch stark. Er hatte außer den rotblonden Strähnen auf dem Kopf und dem dünnen Nest an seiner Leiste, das die lange, schlanke Erektion umgab, die von seiner Leiste aufragte, nur sehr wenige Haare.

Cayden ließ seinen Blick über Ajax schweifen und betrachtete ihn von den perfekt proportionierten Füßen bis zu seinen großen grünen Augen.

„So perfekt, Ajax", gurrte Cayden. „Du bist ein Bild der Perfektion."

Auf Ajax' Brust brach ein blassroter Schimmer aus, der seinen Hals bis zu seinen Wangen hinauflief. „Ich … ich weiß nicht", flüsterte er. „Ich, bin nur, ähm …" Er klappte den Mund zu, deutlich nervös.

Da Cayden das nicht gewollt hatte, zog er sich schnell die Jeans aus und legte sich neben ihn. Er legte seine Handfläche auf den Oberkörper seines Geliebten, rieb leicht auf und ab und fuhr über seine Rippen. Das Gewicht seines eigenen Körpers auf den Ellbogen seines anderen Arms gestützt, fuhr er mit dieser Hand unter Ajax' Arm, um sein Schulterblatt zu umfassen.

Cayden beugte sich über Ajax und schaute in die Augen seines Geliebten. Er lächelte zu ihm hinunter und war erfreut zu sehen, dass sich die Besorgnis nur durch seine leichte Berührung und Nähe etwas legte.

„Wenn ich etwas tue, das du nicht magst, oder wenn du dich zu irgendeinem Zeitpunkt unwohl fühlst, sag es einfach." Cayden hob seine rechte Hand und fuhr mit den Fingern durch Ajax' dichtes Haar. Er rieb mit der Hand über die glatte Haut seines Kiefers. „Ich möchte, dass du entspannt bist", fügte er abwesend hinzu, als er sich fragte, ob Ajax jemals Gesichtsbehaarung haben würde. „Ich möchte, dass du dich wohl fühlst."

Ajax hob zögernd die Arme und legte seine

Handflächen auf Caydens Brust. Er rieb über seine Brust bis zu seinem Hals hinauf. Ajax glitt über die Sehnen seiner Schultern und lächelte zu ihm auf.

„Deine Haut ist so glatt."

Cayden schauderte leicht unter Ajax' leichter Berührung und spürte, wie sein Schwanz zuckte. Seine Eier prickelten sogar schon von dem Gleiten seiner Fingerspitzen über seine Haut. Ein Verlangen, das er noch nie zuvor gefühlt hatte, erfüllte ihn.

Cayden wollte, dass Ajax das gleiche Verlangen empfand, brauchte es. Mit den Fingerspitzen über die Rippen seines Geliebten gleitend und dann über seine Brustwarze, schnippte er leicht dagegen und sah zu, wie sie sich im hellbraunen Kreis seines Warzenhofs zusammenzog.

Ajax zuckte zusammen und stöhnte. Seine Hände klammerten sich um Caydens Oberarme. Sein Körper wölbte sich und er schob sich Caydens Berührungen entgegen.

Cayden zupfte und drehte Ajax' Nippel und enttäuschte seinen Geliebten nicht. Er senkte den Kopf und bewegte die Zunge über seine zweite Brustwarze. Als er hörte, wie sein Gefährte nach Luft schnappte, lächelte er, während er seine Lippen darum schloss und leicht saugte.

Ajax wimmerte, legte die Arme um seinen Körper und bohrte die Nägel in seine Schulterblätter. Er wölbte sich und drängte sich Caydens Mund und Hand entgegen. Als er Caydens Namen wimmerte, schnappte er nach Luft und seufzte.

Cayden liebte die Geräusche, die er von seinem Geliebten hörte. Er schwelgte in dem Wissen, dass er Ajax

Vergnügen bereitete. Er brauchte mehr, wollte alles, nahm das fallengelassene Gleitmittel und öffnete die Kappe mit dem Daumen. Als er seinen Griff veränderte und etwas auf seine Finger drückte, arbeitete er sich über Ajax' Körper nach unten.

Cayden ließ Ajax' Nippel los und leckte sich an einer Rippe entlang zur Mitte seines Oberkörpers zurück, dann küsste er sich seinen Weg nach unten. Schließlich spürte er, wie die schlanke Erektion seines Gefährten an seiner Wange rieb. Feuchtes Vorsperma erwärmte seine Haut und zeugte von der Erregung seines Gefährten. Cayden wollte eine Kostprobe haben, öffnete den Mund und schluckte die Spitze, wobei er seine Zunge um die feuchte Eichel wirbelte. Er probierte die Perle aus Vorsperma und genoss den zarten Geschmack.

Ajax stöhnte. Sein Körper wölbte sich nach oben, dann legte er sich wieder. Seine Hände glitten in Caydens Haar und packten es in einem fast schmerzhaften Griff. Er spreizte die Beine, stellte die Füße auf und drückte sich tiefer in seinen Mund.

Während Cayden seinen Gefährten tun ließ, was er wollte, immer wieder in seinen Mund stoßen und bocken, saugte er kräftig. Er wirbelte mit der Zunge um die Eichel, tauchte in den Schlitz und reizte die faltige Haut darunter.

Gleichzeitig schob Cayden einen Finger in den Kanal seines Geliebten. Sein Gefährte hielt in seinen Bewegungen inne und schnappte nach Luft. Als Cayden seinen Finger zum größten Teil wieder herauszog und dann wieder zurück in ihn, schwoll der Schwanz in seinem Mund an und ergoss sich.

Cayden saugte und schluckte weiter, während er Ajax' Eingang dehnte, einen zweiten Finger neben den ersten schob und die seligen Schreie seines Geliebten genoss.

KAPITEL 11

Ajax keuchte heftig. Sein Körper fühlte sich an, als ob er auf den erstaunlichsten Wellen der Lust schwebte. Selbst das seltsame Dehnen und Zwicken, das von seinem Arsch ausging, konnte die Glückseligkeit nicht zerstreuen.

Ajax schaute an seinem Körper hinunter und starrte Cayden an. Er beobachtete, wie sein Geliebter seinen Penis freigab und zitterte, als die Luft auf seine feuchte, abschwellende Erektion traf. Lächelnd wand er sich, als er zu entscheiden versuchte, ob er das Gefühl der Finger seines Geliebten in seinem Arsch mochte oder nicht.

„Entspann dich einfach", drängte Cayden. Er legte seine Hand auf Ajax' Bauch und rieb ihn beruhigend. Gleichzeitig manövrierte er seinen Körper, so dass er zwischen Ajax' Schenkeln lag. „Ich suche nur …"

Eine Spitze der Empfindung schoss durch Ajax' Körper. Er schnappte nach Luft, als sich sein Körper krümmte. Er bewegte seine Hände zu beiden Seiten seiner Hüften, um sich zu stützen und blickte auf Cayden hinunter.

„W-war das meine Prostata?", fragte Ajax keuchend. Selbst jetzt durchzog ein Kribbeln seine Leistengegend. „Lark hat mir erzählt, wie es sich anfühlt, aber ich habe nicht …"

„Ja", bestätigte Cayden. „Was hat Lark dir noch über

deine Prostata erzählt?“

Während Cayden sprach, zog er langsam die Finger fast ganz heraus und drückte sie dann wieder hinein.

Die seltsamen Empfindungen, die durch seinen Kanal schossen, erschwerten jegliche Konzentration. Alles, was Ajax wollte, war, sich auf diese Finger zu drücken und sie dazu zu bringen, diesen Punkt erneut zu treffen. Lark hatte überhaupt nicht übertrieben!

Richtig, Lark.

„Ähm, nur die Grundlagen“, gab Ajax zu. „Er sagte, es könnte zuerst etwas weh tun, aber wenn Cayden, ähm, *du,* wüsstest, was du tust“, fügte er hinzu und grunzte dann, als er spürte, wie Caydens Finger sich wieder in ihm bewegten. Schnell beendete er: „Dann würde das Brennen schnell verschwinden und durch Genuss ersetzt werden.“

Ajax beeilte sich, alle Worte herauszubekommen. Es wurde immer schwieriger zu denken. Er stellte seine Füße auf und wiegte seine Hüften in jedem Stoß, um Cayden dazu zu bringen, schneller zu werden.

„Schneller“, verlangte Ajax, denn er wollte mehr. „Ich … Mmm. Ich will mehr.“

„Gerne gebe ich dir mehr“, flüsterte Cayden heiser. „Ich werde dir alles geben.“

Cayden senkte sein Gesicht zu Ajax’ Leistengegend. Er hielt seinen Blick, streckte die Zunge heraus und fing an, Ajax’ halbharten Schwanz zu lecken. Der halb erschlaffte Schaft zuckte und füllte sich schnell wieder bei der Stimulation. Gleichzeitig drückte Cayden einen dritten Finger in ihn hinein.

„C-Cay“, wimmerte Ajax und rutschte unruhig auf dem

Teppich herum. Das Feuer fühlten sich zugleich wunderbar und unangenehm an, als Schweiß auf seiner Haut erschien. „Ich fühle … ich weiß nicht, was ich fühle."

„Lust, hoffe ich", brummte Cayden und rieb das Gesicht an Ajax' neuerlicher Erektion. „Ich möchte dir nur Lust bereiten. Glückseligkeit. Vergnügen. All die guten Dinge im Leben."

Ajax schüttelte unruhig den Kopf. „Ich interessiere mich nicht für gute Dinge", flüsterte er rau. „Nur für dich. Du und ich. Zusammen sein. Das ist alles, was zählt."

Cayden stöhnte bei seinen Worten. Er drückte seine Finger wieder gegen Ajax' Prostata, als er sich auf die Knie erhob. Als er näher kam, packte er eines der Kissen und zog seine Finger heraus.

Als der frische Anflug von Erregung, der durch Caydens Massage seiner Prostata verursacht wurde, durch ihn strömte, brach Gänsehaut auf seiner Leistengegend aus. Er schauderte, als er spürte, wie sein Geliebter seine Arschbacke packte und sie anhob. Im nächsten Moment spürte er, wie das weiche Kissen unter seine Hüften geschoben wurde.

Ajax spreizte die Beine und sah erwartungsvoll zu, wie Cayden seine Hand über seinen Schwanz auf und ab bewegte. Der lange, schlanke Schaft des Wolfswandlers schimmerte im Feuerschein. Er packte die Basis und drückte die Spitze gegen Ajax' Loch.

Ajax spürte, wie die stumpfe Eichel seines Geliebten gegen ihn drückte. Er wollte sich entspannen und erinnerte sich an einen weiteren Ratschlag von Lark. *Drücken.* Während er genau das tat, hob Ajax seine Beine und schlang sie um seinen Geliebten.

Mit den Hüften auf einem Kissen liegend und den Beinen weit gespreizt, hatte Ajax sich entblößt gefühlt. Als er nun den Ausdruck von Erwartung und Verlangen in Caydens Gesichtszügen sah, fühlte er sich mächtig.

„Nimm mich“, flehte Ajax. „Füll mich. Ich möchte dich fühlen.“

Indem er seine Beine anspannte, drängte Ajax Cayden, genau das zu tun. Er fühlte Widerstand, als ob sein Wolfswandler immer noch unsicher wäre. Dann streckte Cayden die Hand aus und nahm Ajax’ Erektion in die Hand. Während er Ajax’ Schwanz streichelte, stieß er nach vorne.

Ajax spürte, wie sein Muskelring nachgab. Das Brennen, das in seinem Kanal ausbrach, überraschte ihn. Nach Luft schnappend kämpfte er gegen den Drang, sich anzuspannen.

„Ruhig, Ajax“, murmelte Cayden mit angespannter Stimme. „Drück dagegen, Gefährte. Drücken und atme langsam und tief.“

Ajax nickte und tat, was ihm gesagt wurde. Er konzentrierte sich darauf, seinen Körper zu entspannen. Er atmete tief durch und konzentrierte sich darauf, wie es sich anfühlte, wenn sein Liebhaber seinen Schaft streichelte. Caydens Hand auf seinem Ständer fühlte sich wunderbar an, mit der Spucke aus Caydens Mund, dem restlichen Gleitmittel der Vorbereitung, das immer noch an seinen Fingern klebte, und dem Reiben seiner Schwielen. Als er das bemerkte, bemerkte Ajax auch, dass das Brennen in seinem Rektum ein Kribbeln hinterließ.

„So ist gut“, schnurrte Cayden. „Genieß es, wie ich dich

nehme."

Als Ajax die rau gesprochenen Worte des Wolfswandlers hörte, stöhnte er. Er bemerkte, dass er seine Hüften nach oben geschaukelt hatte, um Caydens langsamen Stößen zu begegnen. Ungefähr zur gleichen Zeit veränderte Cayden den Winkel, in dem er in ihn stieß, und traf Ajax' Drüse.

„Cayden!"

„Ja, mein Gefährte", antwortete Cayden. „Ich liebe es, meinen Namen von deinen Lippen zu hören."

Ajax gelang es, den Teppich unter sich loszulassen. Er griff nach Caydens Nacken. „Komm her", befahl er. „Komm runter zu mir."

Cayden gehorchte. Während er sich senkte, verlangsamte er das Tempo seiner Stöße. Gleichzeitig ließ Cayden seinen Schwanz los und fuhr mit den Händen unter seinen Oberkörper. Seine Schulterblätter von hinten umfassend, bedeckte Cayden Ajax vollständig.

„Alles für dich, Ajax", antwortete Cayden heiser. „Ich liebe es, wie du dich um mich anfühlst. So gut."

Ajax stöhnte und bäumte sich in Caydens Griff auf, lächelte, als sein Körper von unzähligen Empfindungen überflutet wurde. Seine Brustwarzen prickelten, als sie an Caydens Brusthaaren rieben. Seine Erektion schmerzte, wo sie gegen die Bauchmuskeln seines Geliebten glitt. Das Beste war, dass jedes Mal, wenn Cayden seine Prostata traf, Funken durch seinen Kanal schossen.

Ajax grub die Fingernägel in die Sehnen von Caydens Hals, stöhnte und schaukelte. Sein Körper fühlte sich nicht mehr wie sein eigener an, und darüber könnte er nicht glücklicher sein. Jede Bewegung, jede Gleiten von Haut über Haut steigerte Ajax' Erregung.

Die Geräusche, die den Raum füllten, machten das Erlebnis noch besser. Ihre Körper klatschten und glitten gegeneinander. Leichter Schweiß tropfte von ihm, verursacht durch die Kombination des starken, schlanken Körpers, der ihn bedeckte, und der Hitze des Feuers. Sogar das Grunzen und Stöhnen, das ihnen entkam, schien Musik der ursprünglichsten Art zu sein.

„A-Ajax", stöhnte Cayden. „Ich werde meine Zähne in deinen Hals versenken und dich mit meinem Schwanz kommen lassen. Würde dir das gefallen?"

Ajax stöhnte lustvoll und nickte. „Ja. Oh ja, Cayden", rief er. Er spannte seine inneren Muskeln an und drängte seinen Geliebten instinktiv, mit ihm zusammen die Glückseligkeit zu erleben, von der seine prickelnden Eier ihm sagten, dass sie so nahe war. Trotzdem konnte er nicht anders als zu flehen: „Tu es jetzt."

„Zuerst musst du kommen", drängte Cayden. „Komm für mich, Ajax. Verspritz deinen Samen."

Während Cayden sprach, änderte er noch einmal den Winkel seiner Stöße. Er beschleunigte seine Bewegungen und nagelte immer wieder Ajax' Prostata.

Feuer schoss durch Ajax' Körper. Seine Eier zogen sich zusammen und trieben sein Sperma seinen Ständer hinauf. Heiße Impulse von Samen bedeckten ihre Körper, als die Glückseligkeit hart und schnell über Ajax hinwegrollte.

Gerade als Ajax nicht glaubte, dass er noch mehr fühlen

könnte, senkte Cayden seine Lippen an Ajax' Schulter. Er öffnete den Mund und versenkte die Zähne in seinem Fleisch. Ajax keuchte und erstarrte, erwartete brennende Schmerzen. Stattdessen überschwemmte ihn eine neue Welle der Euphorie.

Ajax schrie den Namen seines Geliebten und spürte, wie sein Körper wieder zum Orgasmus kam. Schwarze Flecken tanzten vor seinen Augen. Für einige lange Momente konnte er nur an die Empfindungen denken, die sein Geliebter in ihm erzeugte.

Ajax wusste nicht, wie lange er in Glückseligkeit dahinschwebte und den besten Orgasmus genoss, den er jemals erlebt hatte. Schließlich bemerkte er, dass Cayden seinen Hals leckte. Er grinste, überraschend erfreut über das seltsame Gefühl. Er legte den Kopf schief und summte vor Begeisterung.

Cayden drückte Ajax noch einen sanften Kuss auf den Hals, bevor er sich daran hocharbeitete. Nach ein paar Sekunden erreichte er Ajax' Lippen. Er schloss seinen Mund über den von Ajax, schob seine Zunge tief hinein und küsste ihn ausgiebig.

Schließlich beendete Cayden den Kuss. Er brachte ein paar Zentimeter zwischen ihre Münder und lächelte auf ihn herab. „Hallo, mein Gefährte", flüsterte er. „Wie fühlst du dich?"

Mit einem Summen grinste Ajax ihn an. Er konnte nicht einmal anfangen, in Worte zu fassen, wie er sich fühlte. Stattdessen griff er nach Caydens Nacken und Schultern und strahlte ihn an.

„Du riechst glücklich. Entspannt", flüsterte Cayden, als

er seine rechte Hand hob, um über seine Stirn zu reiben, dann die Seite seines Gesichts. „Hinreißend."

Ajax' Herz fühlte sich an, als würde es einen Schlag aussetzen. Caydens zuneigungsvolle Worte zu hören veranlasste seine Brust, sich aus einem ganz anderen Grund zu erwärmen. Er hob seinen Kopf und küsste sanft die Lippen des Mannes.

„Ich bin glücklich", flüsterte Ajax und senkte seinen Kopf zurück auf den Teppich. Er rieb mit den Händen über Caydens Brust. „Ich hätte nie damit gerechnet, so mit jemandem zusammen zu sein." Er lächelte und blickte auf das hübsche Gesicht seines Geliebten, schaute in seine dunklen Augen. „Ich möchte dich nie verlieren."

„Das wirst du nicht", versicherte Cayden. „Du bleibst jetzt bei mir." Er grinste, als er seine Hand senkte und seine Fingerspitzen über die Bisswunde an Ajax' Hals wandern ließ. „Ich weiß, dass wir uns erst einen Tag oder so kennen, aber du wirst es nicht bereuen, dich mir hingegeben zu haben."

Als Ajax die Sorge in Caydens Augen sah, wollte er sie vertreiben. „Das ist etwas, worüber du dir niemals Sorgen machen musst", versicherte er. Als sein Geliebter nicht ganz überzeugt aussah, machte er sich Gedanken und suchte nach einer Möglichkeit, ihn zu überzeugen.

Eine Erinnerung schoss ihm durch den Kopf.

„Meine Mutter hat mir einmal von meinem Vater erzählt", flüsterte Ajax. „Er war ein Mensch. Groß und stark mit Augen wie meinen." Er summte einen Moment und fügte dann hinzu: „Sie sagte, dass sie es liebte, meine grünen Augen anzusehen, weil sie sie an ihn erinnerten. Und auch wenn sie ihn nur ein paar Jahre hatte, würde sie sich für immer an ihn erinnern …, weil sie mich hatte." Seufzend flüsterte Ajax: „So fühle ich mich mit dir. Selbst wenn ich dich verlieren würde, müsste ich nur in die Augen deiner Brüder schauen, um mich an dich zu erinnern. Sie haben alle die gleichen Augen. Und ich würde dich nie vergessen."

Cayden schwieg so lange, dass Ajax befürchtete, er hätte es wieder falsch gemacht.

Schließlich schluckte Cayden schwer und nickte scharf. „Das wird nie passieren, mein Gefährte", flüsterte er. Seine Stimme klang belegt und hart. „Wir sind verbunden."

Bevor sich Ajax eine Antwort überlegen musste, senkte Cayden den Kopf und eroberte Ajax' Mund. Er schob seine Zunge tief hinein, leckte über seine Zähne, während er einen Daumen in seinen Mundwinkel drückte und ihn drängte, sich weiter zu öffnen. Ajax gehorchte und spürte, wie sein Liebhaber seinen Kopf neigte und tiefer ging, seinen Mund erforschte und eroberte.

Ajax spürte, wie sein Schwanz anfing zu reagieren, als er hörte, wie die Haustür geöffnet wurde.

„Bruder? Ajax? Seid ihr angezogen?" Die Stimme gehörte Cecil.

Cayden beendete den Kuss, küsste Ajax noch einmal mit einem Schmetterlingskuss und rief dann zurück: „Nein."

„Tut mir leid, euch zu stören, Mann", fuhr Cecil fort und seine Stimme drang zu ihren Ohren, als er im Flur stehen geblieben sein musste. „Macht euch sauber und kommt dann zu mir auf die hintere Veranda. Ich muss so schnell wie möglich mit euch reden."

KAPITEL 12

Leise knurrend legte Cayden seinen Kopf für einige Sekunden auf Ajax' Schulter. Er hörte seinen Geliebten lachen. Er hob den Kopf und als er das lächelnde Gesicht seines hübschen Gefährten sah, konnte er sein eigenes Grinsen nicht stoppen.

„Wer hätte gedacht, dass mein Bruder so schlechtes Timing hat", sagte Cayden trocken. „Ich hätte sehr gerne mehr Zeit am Kamin mit dir verbracht … alleine." Er zwinkerte. Nachdem er sich zurückgezogen hatte, zog er seinen nun halbharten Schwanz aus dem Körper seines Gefährten. Seufzend flüsterte Cayden: „Ich denke, es ist Zeit, dass wir uns säubern. Es macht keinen Sinn, meinen sensiblen Bruder zweimal an einem Tag zu verletzen."

„Sensibel?", fragte Ajax, als er sich auf die Knie rollte. „Was meinst du damit?"

Cayden lachte. „Äh, Sensibel. Seine Gefühle wurden durch etwas verletzt, das seine Sinne wahrgenommen haben." Als er Ajax' anhaltende Verwirrung bemerkte, stand er auf und begann, die Gegenstände einzusammeln, die sie benutzt hatten. „Als Wandler haben wir geschärfte Sinne. Wir können besser riechen als Menschen, also könnten meine Brüder unser vergossenes Sperma von vorhin riechen."

Ajax' Augen weiteten sich, und er verzog das Gesicht. „Das heißt, die anderen könnten es auch, oder? Ist das der Grund, warum der Mensch über Sex gescherzt hat und Lark fragte, ob ich Informationen brauche?"

Cayden nickte und lächelte zerknirscht. „Ich fürchte ja. Die meisten der Jungs sind zu höflich, um etwas zu sagen", erklärte er. „Jared ist …" Er hielt inne und schnaubte. „Nun, ich bin nicht so sicher, ob er die Bedeutung des Wortes *höflich* kennt."

Ajax lachte und nickte. „Richtig, ähm, duschen", murmelte er, als sein Gesicht rot wurde. „Cecil hat mir gezeigt, wie die Dusche funktioniert, als er mich hierher gebracht hat … für den Fall, dass ich mich verwandeln und sie benutzen will. Ich bin nicht sicher, ob ich mich richtig erinnere."

„Ich kann sie für dich anstellen", sagte Cayden und ging aus dem Wohnzimmer den Flur hinunter in sein Schlafzimmer. „Dann werde ich hier fertig aufräumen." Er wackelte mit den Brauen, als er die Tür seines Badezimmers öffnete, und fügte hinzu: „Wenn ich dich nicht alleine duschen lasse, werden wir nie rauskommen, um zu sehen, was los ist."

Ajax nickte und sah sich im Raum um.

Cayden wandte sich der großen ebenerdigen Dusche zu und stellte das Wasser an. Als er die Temperatur regulierte, hoffte er, dass Ajax den Raum mochte. Auch wenn sie wahrscheinlich die Farbe ändern könnten, war das Badezimmer ziemlich festgelegt. Es hatte eine geräumige Dusche mit einer großen Wanne, zusammen mit der erforderlichen Toilette und Doppelwaschbecken.

Als Cayden und seine Brüder das Innere des großen,

zweistöckigen Familienhauses entkernt hatten, hatte jeder seinen eigenen Raum entworfen. Cayden hatte sein Schlafzimmer und sein Badezimmer in dezenten hell- und dunkelbraunen Tönen mit grünen Akzenten gestaltet. Er hatte es gemocht, weil es ihn daran erinnerte, draußen im Wald zu sein. Abgesehen davon, sich in einem eisigen Fluss oder unter einem Wasserfall zu waschen, war dies das zweitbeste.

Cayden bemerkte, dass die Temperatur nur ein bisschen niedriger war als sonst, und trat einen Schritt zurück. Er konzentrierte sich auf seinen Geliebten und deutete auf die Bedienelemente. „Nur eine Erinnerung", sagte er. „Der linke Hebel ist für das heiße Wasser und der rechte ist für das kalte. Du kannst den Wasserstrahl beliebig mischen."

„Danke", flüsterte Ajax. Er bewegte sich von einer Seite zur anderen und drehte die Finger, während er von der Dusche zu Cayden und wieder zurück blickte. Nach einer Sekunde flüsterte er: „Ich habe immer Sand benutzt, nachdem meine Mutter gestorben ist, um mich, ähm, zu reinigen. Sie hat so einen nach Kiefern duftenden Klumpen gemacht, den sie Seife nannte." Seine Brauen zogen sich zusammen. „Was soll ich verwenden?"

Cayden trat sich innerlich selbst, weil er nicht an Ajax' Vergangenheit gedacht hatte, und lehnte sich in die Dusche. Er deutete der Reihe nach auf jeden Gegenstand, während er den Badeschwamm und die Seife erklärte, sowie die Flaschen mit Duschgel, Shampoo und Spülung. Als er Ajax' Augen rund werden sah, lächelte er verständnisvoll und fügte hinzu, dass die Seife der seiner Mutter ähneln würde, alles andere sei ihm überlassen.

Ajax lächelte zurück und trat unter den Strahl.

Für ein paar Sekunden fand Cayden seinen Blick auf die nasse Gestalt seines Geliebten geheftet. Er riss seinen Blick los und erinnerte sich daran, dass nicht viel Zeit blieb. So schnell er konnte, räumte er im Wohnzimmer auf und öffnete sogar ein paar Fenster, um den Geruch nach Sex zu vertreiben.

Cayden trat aus der Dusche und hätte beinahe den Entschluss über Bord geworfen, seinen süßen Gefährten nicht wieder zu vernaschen. Ajax lag ausgestreckt auf seinem Bett und trug nur ein Handtuch. Wassertropfen schimmerten immer noch auf seiner Haut, und Cayden wollte sie unbedingt ablecken.

Cayden drehte Ajax den Rücken zu und nahm eine Jogginghose aus der Kommode. Er streifte sie an seinen feuchten Beinen nach oben und schnappte sich dann eine zweite. Zu Ajax gedreht hielt er sie ihm hin.

„Komm schon, mein Gefährte", drängte Cayden. „Lass uns diese Unterhaltung mit den anderen hinter uns bringen." Er zwinkerte. „Ich möchte Speck und Eier. Ich habe mir mit dir Appetit gemacht."

Diese Worte waren zwar etwas übertrieben, hatten aber den gewünschten Effekt. Ajax lachte, als er sich die Jogginghose schnappte und sein Handtuch beiseite schob. Cayden bewunderte erneut den kompakten Körper und die schlanken Linien seines Geliebten. Sobald der Mann bedeckt war, streckte er die Hand aus, die Handfläche nach oben.

Zu Caydens Freude ergriff Ajax sie sofort. Er zog seinen Geliebten auf die Füße und führte ihn aus dem Raum. Als sie die Küche erreichten, warf er einen Blick aus dem Fenster und entdeckte seine Brüder, die beide hinten auf der Veranda saßen.

„Ich nehme mir eine Flasche Wasser“, sagte Cayden. „Möchtest du auch welches?“

Ajax nickte schnell. „Ja, bitte.“

Cayden riss den Kühlschrank auf und schnappte sich zwei Flaschen. Er schloss die Tür und drehte sich zu seinem Gefährten um, hielt ihm eine Flasche Wasser hin und überwand den Abstand zwischen ihnen. Nachdem sein Gefährte die Flasche genommen hatte, öffnete Cayden seine eigene und nahm einen Schluck.

„Komm schon“, drängte Cayden. „Mal sehen, was meine Brüder brauchen.“

„Cecil schien zu denken, dass es wichtig ist“, murmelte Ajax, als er den Deckel seiner eigenen Flasche Wasser abdrehte. „Vielleicht hat es etwas mit dem Fuchswandler zu tun, den Jared getötet hat?“

Die Art und Weise, wie Ajax den Tod des Wandlers kommentierte, erinnerte Cayden an das harte Leben seines Geliebten. Der Tod war ein Teil davon … ein *großer* Teil davon. Verdammt, sein junger Gefährte hatte jahrelang als Einzelgänger gelebt. Er musste seinen Teil an Töten erledigt haben, auch wenn es sich dabei um normale Tiere gehandelt hatte.

„Ich hoffe, wir können Antworten darauf bekommen“, bestätigte Cayden. Er ging in Richtung der Glasschiebetür, schaute aber hinaus und hielt mit der Hand am Griff inne. „Das ist seltsam.“

„Was ist denn?“

Cayden warf einen Blick über die Schulter und sah Ajax’ besorgten Blick. Die großen grünen Augen seines Geliebten sahen ihn fragend an. „Ich habe meine Brüder noch nie so intensiv in den Wald starren sehen, egal wie schlimm das Problem ist“, verriet er. „Bleib hier, Ajax.“ Als Cayden den verwirrten Ausdruck seines Gefährten sah, berührte er seine Schulter. „Ich will nur, dass du in Sicherheit bist. Ich muss wissen, dass du in Sicherheit bist.“

Ajax legte den Kopf schief und grinste ihn tatsächlich an. „Sie sind deine Brüder“, murmelte er. „Ich werde mich dir fügen.“ Seine Brauen zogen sich zusammen. „Wirst du die Tür geöffnet lassen?“ Er verlagerte sein Gewicht von Fuß zu Fuß und murmelte dann: „Ich möchte mich wirklich gern verwandeln. So lange war ich nicht mehr in Menschgestalt seit …“

Cayden sah, wie unbehaglich Ajax wirkte, und trat sich innerlich. Natürlich hätte er erkennen müssen, dass sein kleiner Wandlergefährte es gewohnt war, eine Katze zu sein. „Ich lasse die Tür etwas offen“, versicherte er. „Du kannst gerne mein Schlafzimmer benutzen, das du hoffentlich auch bald mit mir teilen wirst.“

Cayden umfasste den Kiefer seines Gefährten und küsste ihn schnell und fest auf die Lippen. „Ich werde es so schnell wie möglich machen“, versicherte er.

Ajax strahlte ihn an, stellte seine Flasche Wasser beiseite und begann sich auszuziehen, vermutlich, um sich zu verwandeln.

Nachdem Cayden seinem sexy Gefährten zugezwinkert

hatte, wandte er sich ab und öffnete die Tür. Er ging auf die Veranda hinaus und ließ die Schiebetür halb offen. Er lächelte Cecil und Teague an und versuchte, ihre ernsten, beinahe irritierten Gesichtsausdrücke zu verstehen.

„Hey, Brüder", grüßte Cayden. Er ließ seinen Blick über ihren Garten und den Wald schweifen und schnupperte diskret, als er auf sie zuging. Schade, dass eine leichte Brise um das Haus wehte. Er konnte nicht einmal den Wald riechen. „Du sagtest, es sei wichtig", erinnerte er leise. „Willst du mir sagen, was los ist?"

„Wir haben sie verloren", knurrte Teague. „In der einen Minute waren sie nur ein paar Kurven vor uns auf den Bergstraßen." Er knurrte, sichtlich wütend. „In der nächsten Sekunde, nichts." Er ließ sich auf seinem Sitz nieder und tippte mit dem Zeigefinger auf die Bierflasche, die er auf der Armlehne hielt. „Hurensöhne."

„Wow, ruhig, Bruder", murmelte Cayden. Als er den gereizten Blick seines ältesten Bruders sah, sagte er: „Sicherlich können sie nicht weit gekommen sein."

Cecil seufzte verärgert. „Das ist ja der springende Punkt", sagte er mit angespannter Stimme. „Beta Shane hat sofort jeden Wolf in der Nähe alarmiert, und sie durchkämmen die Gegend. Es gibt eine Reihe von Forststraßen, die sie genommen haben könnten, was ihnen Zugang zu vielen Kilometern Waldstraßen gibt."

Teague nickte, als er Cayden mitfühlend anlächelte. „Nick hat mich abgeholt und hier abgesetzt", erklärte er. „Irgendwas wegen Declans Befehl, für deine und Ajax' Sicherheit zu sorgen? Ich hörte was von einem toten Fuchs?"

„Ja, Jared ist ein beeindruckender Schütze", grummelte Cecil. „Wie zum Teufel er einen Wandler getroffen hat, werde ich …"

„Das ist eine sehr gute Frage, aber keine, um die ich mir solche Sorgen mache", donnerte eine tiefe Stimme, die Cayden erkannte. „Sobald wir deine Brüder erledigt haben, werden wir dich als Geisel nehmen, gerade lange genug, um dich zu zwingen, diese erbärmliche Vereinbarung zwischen unseren Rudeln in Ordnung zu bringen."

Beta Arden kam um die Seite des Hauses, eine Waffe in jeder Hand und seine Vollstrecker –in verwandelter Form – flankierten ihn. Als der Beta auf die Veranda stieg, hielt er inne und grinste breit. „Ich werde die bereinigte Vereinbarung mit zurück zu meinem Rudel nehmen und beweisen, wie unfähig mein Alpha wirklich ist. Dann", fuhr er fort und breitete die Arme aus, „werde ich den Alpha herausfordern und erledigen. Nach diesem Beweis seiner Dummheit, der beweist, dass er nicht in der Lage ist zu führen, kann niemand meinen Anspruch anfechten."

Das Gute am jahrzehntelangen Zusammenleben mit seinen Brüdern war, dass Cayden ihre Reaktion in nahezu jeder Situation antizipieren konnte. In dieser wusste Cayden, was passieren musste. Sobald der Beta seine Arme –und Pistolen – weit auseinanderhielt, hechtete Cayden nach vorn. Er leitete seine Verwandlung ein und obwohl er nur die Hälfte davon geschafft hatte, als er auf Ardens Brust landete, war es für seine Brüder immer noch eine ausreichende Ablenkung, ihre eigene Verwandlung zu schaffen und anzugreifen.

Gut, dass seine Brüder schnell waren … weit schneller

als er. Sie hatten trainiert, schnell zu sein.

Während Cayden also seinen halbverwandelten Körper in Ardens viel größeren rammte, hatten Cecil und Teague sich verwandelt und angegriffen, ehe es Ardens dummen Vollstreckern gelang, sich zusammenzureißen.

Teague versenkte seine Zähne in Rory, während Cecil sich Kate schnappte. Glücklicherweise verschafften die Aufregung und Verwirrung Cayden genug Zeit, um seine Verwandlung zu beenden und sich aus seiner Kleidung zu winden. Leider reichte diese Zeitspanne auch aus, damit sich der Beta ausziehen und verwandeln konnte.

Gerade als es Cayden gelang, seine Verwandlung zu beenden und sich aufzurichten, spürte er, wie scharfe Zähne in seine Flanke sanken. Er knurrte und drehte sich von seinem Angreifer weg. Knurrend und zähnefletschend trat Cayden gegen den Beta an.

Cayden legte die Ohren an den Kopf und knurrte warnend. Er duckte sich auf die Holzbretter und war bereit zu springen, sobald der andere Wandler auf ihn zustürmte. Hoffentlich hatte er das Glück, den Bauch des größeren Mannes zu erwischen. Leider musste Arden diese Taktik vermutet haben, denn er rutschte seitwärts über die Bretter.

Auch wenn das Cayden nicht die Gelegenheit verschaffte, die er wollte, um Arden auszuschalten, brachte es den großen Beta weiter weg von der Stelle, wo seine Brüder mit den Vollstreckern kämpften. Seine Brüder waren dafür ausgebildet. Ohne sich Sorgen um Angriffe von einem hinterhältigen Beta machen zu müssen, sollten *sie* in Ordnung sein.

Damit hatte Cayden immer noch das Problem, den Beta zu erledigen.

Cayden umkreiste den großen Kojoten. Als mächtiger Beta war Arden größer als er. Er hatte den Mann noch nie kämpfen gesehen, aber so, wie er ihn beobachtete, wusste Cayden, dass er viel Erfahrung hatte. Genau wie Cayden suchte Arden nach einem Angriffspunkt, schätzte die Fähigkeiten seines Gegners ab.

Cayden lauschte dem Knurren der anderen und hätte fast verpasst, wie Arden kaum wahrnehmbar in die Hocke ging. Der Beta sprang, niedrig und schnell. Cayden rollte sich auf den Rücken und hob die Hinterbeine. Er erwischte den Bauch des Kojoten, nutzte den Schwung des größeren Wandlers und trat zu, ließ ihn gegen die Seite des Hauses krachen.

Beta Arden rollte sich auf die Füße und bellte einmal, dann knurrte er laut.

Cayden sah, wie Arden seine Füße bewegte und sich wahrscheinlich darauf vorbereitete, ihn erneut anzugreifen. Sein Fokus war jedoch so fest auf den Beta gerichtet, dass er nicht bemerkte, wie Teague und Kate in den Kampf vertieft auf ihn zu rollten, bis es zu spät war. Die beiden rissen Cayden die Hinterbeine weg, wodurch er herumrollte und stürzte, was ihn verwundbar machte.

Aus den Augenwinkeln bemerkte Cayden, dass Beta Arden auf ihn losging. Er rappelte sich auf und versuchte, seine Füße unter sich und seinen Körper in eine bessere Position zu bringen, um den Angriff abzufangen. Cayden bekam nie die Chance dazu.

Ein lautes, kreischendes Jaulen erfüllte die Abendluft und ließ seine Haare zu Berge stehen. Schockiert sah er zu, wie eine kleine, grau-braune Fellkugel auf den viel größeren orange-grauen Kojoten zu schoss. Die beiden stürzten seitwärts über den Rand der neunzig Zentimeter hohen Veranda und außer Sichtweite.

Cayden sprang auf und jagte hinterher. Er schaute über die Kante und war bereit, seinem Gefährten zu helfen. Sein Kiefer sackte sogar in Wolfsform nach unten bei dem Anblick vor ihm. Ajax' viel kleinerer Körper klammerte sich nicht an Ardens Rücken, sondern an seinen Hals. Die rechten hinteren Krallen der Katze waren in das dichte Fell zwischen seinen Schulterblättern versenkt. Sein linkes hinteres Bein schien sich in das Fell hinter seinem Ohr zu graben. Das ermöglichte ihm irgendwie, auf Ardens Nacken zu reiten, egal wie der Kojote sich drehte, hüpfte oder bockte. Schließlich rollte Arden über den Boden und versuchte, Ajax zu zermalmen, aber alles, was er damit tat, war zu zeigen, dass die Katze eine Kralle zwischen Ardens Vorderbeinen und die andere neben der Unterseite seines Kiefers festgekrallt hatte – genau dort, wo seine unglaublich weit gestreckten Eckzähne tief in das verletzliche Fleisch des Kojoten versenkt waren.

Aus Ajax' Mäulchen quoll tiefrotes Blut.

Das Bild eines Luchses, der ein Reh schlug, schoss Cayden durch den Kopf und erinnerte ihn erneut an den Hintergrund seines Geliebten.

Ein paar Sekunden später lag Arden still.

„Verdammt, kleiner Bruder“, brummte Teague neben ihm und erschreckte ihn. „Dein Gefährte ist echt knallhart.“

Cayden verwandelte sich schnell und erhob sich zu seiner vollen Größe. Er sah zu, wie Ajax Arden langsam losließ und sich zurückzog. Trotzdem starrte die Katze den Kojoten aufmerksam an, als würde sie erwarten, dass er wieder aufstand.

„Ja", flüsterte Cayden und erkannte die Wahrheit. Obwohl sein Gefährte von Natur aus nicht dominant war, war er als Jäger aufgewachsen und hatte den Killerinstinkt eines Beschützers. „Ja, das ist er." Die Tatsache machte ihn an und drohte, Blut in seinen Schwanz schießen zu lassen.

Cayden erinnerte sich an die anderen und sah sich auf der Veranda um. Er bemerkte, dass sowohl Kate als auch Rory, immer noch in Kojotenform, auf den Brettern lagen. Cecil, immer noch in Wolfsgestalt, bewachte sie. Cayden vermutete daher, dass sie noch am Leben waren.

„Ich werde Alpha Declan anrufen", sagte Teague. „Ich werde ihm sagen, dass er die Suche abblasen kann, und wir jetzt jemanden haben, den wir befragen können. Zwei Jemande. Es ist Zeit, dass wir ein paar verdammte Antworten bekommen", grummelte er und knackte mit den Fingerknöcheln.

Cayden nickte und stimmte schweigend zu.

Teague klopfte ihm auf die Schulter und nickte zum Boden vor der Veranda. „Wir kümmern uns auch um ihn", grollte er. Seine Lippen verzogen sich zu einem breiten Grinsen und er fügte hinzu: „Ich glaube, du musst jetzt ein wenig Zeit allein mit deinem Gefährten verbringen." Er zwinkerte und fügte hinzu: „Schließlich gehört doch dem Sieger die Beute."

Als sein Bruder wegging, richtete Cayden seine Aufmerksamkeit wieder auf Ajax. Dann bemerkte er, dass seine kleine Katze um die Veranda gekommen war und die Stufen hochschlich. Seine tiefgrünen Augen waren auf Cayden gerichtet.

Er verfolgt mich!

Cayden grinste breit und wackelte mit dem Hintern, als ihn die Erregung überrollte. „Komm und hol mich, Ajax."

Mit dieser Aufforderung verwandelte er sich schnell und sprang dann von der Veranda. Als er in den Wald rannte, hörte er seinen Geliebten heulen und ihm nachjagen. Dem Sieger gehört die Beute, in der Tat, dachte Cayden.

ÜBER CHARLIE RICHARDS

Charlie begann im Alter von acht Jahren mit dem Schreiben von Fantasy-Geschichten und als sie mit neunzehn ihren ersten erotischen Liebesroman in die Finger bekam, erkannte sie ihre wahre Berufung. Jetzt konzentriert sie sich auf das Schreiben von homoerotischen Romanen, zumeist aus der Kategorie Paranormal, mit Helden jeglicher Art.

Dank der Hilfe und Unterstützung ihres Ehemanns hat sich Charlie endlich eines ihrer lebenslangen Ziele erfüllt: mit ihren Pferden auf ein großes Stück Land ziehen. Man trifft sie häufig mit ihrem Laptop und einer Tasse Tee oder einem Glas Wein beim Schmieden ihres nächsten Abenteuers an. Charlie erforscht gerne die Berge in ihrer neuen Heimat Oregon, am liebsten auf dem Pferderücken, in einem Geländewagen oder auf einem Motorrad.

Me and the Muse Publishing

WWW.MEANDTHEMUSE.COM

Printed in Poland
by Amazon Fulfillment
Poland Sp. z o.o., Wrocław

60474960R00171